王躍文

Works of Wang Yuewen

MANSHUI

王跃文 作品

目 录

漫水

一

漫水是个村子，村子在田野中央，田野四周远远近近围着山。村前有栋精致的木房子，六封五间的平房，两头拖着偏厦，壁板刷过桐油，远看黑黑的，走近黑里透红。桐油隔几年刷一次，结着薄薄的壳，炸开细纹，有些像琥珀。

俗话说，木匠看凳脚，瓦匠看瓦角。说的是木匠从凳脚上看手艺，瓦匠从瓦角上看手艺。外乡人从漫水过路，必经这栋大木屋，望见屋上的瓦角，里手的必要赞叹：好瓦角，定是一户好人家！

木屋的瓦檐微微翘起，像老鹰刚落地的样子。屋脊两头像鸟嘴翘起乡下人看匠人手艺，有整套的顺口溜，又比如:泥匠看墙角，裁缝看针脚。

扳得这么好瓦角的瓦匠，就是这屋子的主人，余公公。漫水这地方，公公就是爷爷。余公公的辈分大，村里半数人叫他公公。余公公大名叫有余，漫水人只喊他余公公。余公公是木匠，也会瓦匠，还是画儿匠。木匠有粗料木匠，有细料木匠。粗料木匠修房子，细料木匠做家具。平常木匠粗料、细料只会一样，余公公两样都在行。漫水人说话没有儿化音，独把画匠师傅叫成画儿匠。兴许晓得画画儿更需心灵手巧，说起这类匠人把话都说得软和些。画儿匠就是在家具或老屋上画画的，多画吉祥鸟兽和花卉。不只是画，还得会雕。老屋就是棺材，也是漫水的叫法。还叫千年屋，也叫老木，或寿木。如今家具请木匠做的少了，多是去城里买现成的，亦用不上画儿匠。余公公的画儿匠手艺，只好专门画老屋。

漫水的规矩，寿衣寿被要女儿预备，老屋要儿子预备。不叫作老屋，也不叫置老屋，叫割老屋。余公公的老屋是自己割的，他六十岁那年就把老两口的老屋割好了。不是儿女不孝顺，只是儿女太出息。两个儿子都出国了，一个在美国，一个在德国。女儿离得最近，随女婿住在香港。美国那个叫旺坨，德国那个叫发坨。两兄弟在外面必有大号，漫水人只叫他俩旺坨和发坨。女儿名叫巧珍，漫水人叫她巧儿。儿女不当官，不发财，余公公竟很有面子。逢年过节儿女回不来，县里坐小车的会到漫水来,都说是他儿女的朋友。漫水做大人的见着眼红,拿自家儿女开玩笑，说:“我屋儿女真孝顺，天天守着爹娘。不像余公公儿女，读书读到外国去了，爹娘都不认了！”做儿女的也会自嘲:“有我们这儿女，算您老有福气！要不啊，老屋都得自己割！”

余公公的老屋是樟木料的。他有一偏厦屋的樟木筒子，原来预备给儿女们做家具。儿女们都出去了，余公公就选了粗壮的割老屋。漫水这地方，奶奶，叫作娘娘。余娘娘还没打算自己做寿衣寿被，一场大病下来人就去了。隔壁慧娘娘把自己的寿衣寿被拿出来，先叫余娘娘用了。第二年，慧娘娘的男人家有慧公公死了。有余和有慧，出了五服的同房兄弟。慧娘娘虽把自己两老的寿衣寿被做了，老屋还没有割好。慧娘娘没有女儿，只有个独儿子强坨。她就自己做了寿衣寿被，等着儿子强坨割老屋。强坨说：“我自己新屋都还没修好，哪有钱割老屋？就这么急着等死？”话传出去，漫水人都说强坨是个畜生。乡里人修屋，就像燕子垒窝，一口泥，一口草。强坨新修的砖屋只有个空壳，门窗家具还得慢慢来。儿子只有这个本事,慧娘娘也不怪他。怪只怪强坨嘴巴说话没人味，叫她做娘的没有脸面。慧公公没有老屋，余公公把强坨叫来：“你把我的老木抬去！”慧公公睡了余公公的樟木老屋，漫水人都说他有福气。

二

漫水地名怎么来的，村里没人说得清。要是去城里查县志，地名肯定是有来历的。漫水人不会去想这些没用的事，只把日子过得像闲云。心思细的，只有余公公。他儿女们都说：老爹要是多读些书，必定是了不起的人物。漫水只有余公公跟旁人不太像，他不光是样样在行的匠人，农活也是无所不精。漫水这么多人家，只有余公公栽各色花木，芍药、海棠、栀子、茉莉、玉兰、菊花，屋前屋后，一年四季，花事不断。有人笑话说：“余公公怪哩，菜种得老远，花种在屋前屋后！”

余公公的菜地在屋对门的山坡上，吃菜需得上山去摘。一大早，余公公担着箢箕，箢箕里是些猪粪或鸡屎，晃晃悠悠地往山上去。一条大黑狗，欢快地跟在身边跳。黑狗风一样的蹦到前面，忽然停下来，回头望着余公公。黑狗又想等人，又想飞跑，回过头的身子弯得像弓，随时会弹出去。余公公喊道：“你只顾自己疯，你疯啊，你疯啊，不要管我！”黑狗肯定是听懂了，摇摇尾巴，身子一弹，又飞到前面去了。

山上有茂密的枞树，春秋两季树林里会长枞菌。离山脚三丈多的地方,枞树有些稀疏,那里就是余公公的菜地。余公公爬坡时,脚步有些慢。黑狗早上去了，又蹦下来，屁股一撅一撅，往后退着走。黑狗那吃力的黑狗肯定又听懂了，摇摇尾巴，脑袋一偏一偏，眼珠子亮亮的。

余公公施肥或锄草的时候，同黑狗说话：“你要是变个人，肯定是个狐狸精！”黑狗是条母狗，身子长长的，像刀豆角，毛色水亮水亮，暗红色的嘴好比女人涂了口红。村里别人的狗都是黄狗、灰狗或麻狗，只有余公公屋里是条黑狗。那些黄狗、灰狗或麻狗，又多是黑狗的子女，总有四五十条。前年开始，黑狗不再生了。过去八九年，黑狗每年都要做一回娘。不再做娘的黑狗，仍活得像年轻女人，喜欢蹦跳，喜欢撒娇。余公公逗它：“崽都生不出了，还这么疯，不怕丑啊！”

这时节，正是栽白菜的时候。余公公的白菜已栽下半个月，嫩嫩的叶子起着细细的皱。蒜已长得半根筷子高，秆子粗粗地包着红皮。辣子即将过季，改天得把辣子树拔掉，再栽一块白菜。快过季的辣子拌豆豉炒，或做爆辣子，都是很好的菜。村里人叫这扯树辣子，余公公叫它罢园辣子。秋后快过季的西瓜，余公公也叫它罢园瓜。罢园二字，余公公在画儿书上看到的。年轻时学画儿匠，余公公读过几本画儿书。

余公公慢慢收拾着菜地，突然想起好久没同黑狗说话了。一回头，见黑狗蹲在菜地边上，一动不动望着山下的村子。二十多年前，县里来人画地图，贴出来一看，漫水人才晓得自己村子的形状像条船。余公公的木屋正在船头上。船头朝北，船的东边是溆水。

村子东边的山很远，隔着溆水河，望过去是青灰色的轮廓；南边的山越往南越高，某个山洞流出一股清泉，那是溆水的正源；北边看得见的山很平缓，溆水流过那里大片的橘园，橘园边上就是县城；西边的山离村子近，山里埋着漫水人的祖宗。坟包都在山的深处，那地方叫太平垴。漫水人都很认命，遇着争强斗气的，有人会劝：“你争赢了又算老几？都要到太平垴去的！”人想想太平垴，有气也没气了。

溆水河边有宽宽的沙地，长着成片成片的柳树。柳树林又连着橘园，河边长年乌青乌青的，沙地好种西瓜和甘蔗。哪个季节都是伢儿子的天堂，从深秋到冬天，河边橘子红了，甘蔗甜了，伢儿子三五成群，偷甘蔗和橘子吃。偷甘蔗也有手艺，用脚踩着甘蔗蔸子，闷在土里掰断，不会有清脆的响声。一望无际的甘蔗地，风吹得沙沙地响，伢儿子在里头神出鬼没。偷橘子吃的，手上易留下橘子皮的香味。伢儿子也自有办法，扯地里枯草包着橘子剥皮，手上不再有气味。有人发现自家甘蔗或橘子被偷了，多会叫骂几句，哪个也不会当真。哪家都是养儿养女的，哪有不调皮的!

溆水要流到东海去，东海在日头出来的地方。溆水流到沅江，沅江流到洞庭，洞庭流到长江，长江流到东海。山千重，水百渡，很远很远。说近也很近，溆水边有座鹿鸣山，山下有个蛤蟆潭，潭底有个无底洞，无底洞直通东海龙宫，钻个猛子就到了。蛤蟆潭在溆水东岸，西岸是平缓沙滩，河水由浅而深。水至最深处，就是蛤蟆潭。很久以前，东岸有个姑娘，很孝顺，很漂亮。有一天，姑娘蹲在蛤蟆潭边的青石板上洗衣服，青石板突然变成乌龟，驮着姑娘沉到水里去了。姑娘被带到东海龙宫，做了千年不老的龙王娘娘。青石板原是乌龟变的，乌龟原是龙王老儿打发来的。

余公公还是伢儿子的时候，常在蛤蟆潭西岸游泳，打死也不敢游到东岸的潭中间去。余公公没听人说过南海、北海或西海，只听说有东海，也只听说过有东海龙王。东海龙宫遍地珍珠玛瑙，有美丽的龙女。漫水人望见太阳雨，总会念那句民谣：边出日头边落雨，东海龙王过满女！漫水人说过女，就是嫁女。遇上件好东西需得夸赞，必会说：龙王老儿的轿杠!

漫水没有人见过海，日子里却离不开海。天干久旱，依旧俗就得求雨，行祭龙王的法事。男女老少，黑色法衣，结成长龙阵，持香往寺庙去。一路且歌且拜，喊声直震龙宫。人过世了，得用龙头杠抬到山上去。孝男孝女们身着白色丧服，又拿连绵十几丈的白布围成船形，拉起十六人抬着的灵棺慢慢前行。已行过了水陆道场，孝子们拉着龙船把亡人超度到极乐世界去。余公公画过很多老屋，年轻时雕过很多人家的窗格子，就是没有雕过龙头杠。漫水这副龙头杠传过很多代了，龙的眼珠子像要喷出火来，龙尾像随时在甩动。余公公常想：这龙头杠怎么不是我雕的呢？那龙头杠是楠木的，不要油，不要漆，千年不腐心，想把龙头杠卖掉。龙头杠是全村人的，世世代代都放在强坨屋。他公公、他爹爹，都是保管龙头杠的。漫水很多事都说不清来龙去脉，人人只知守着种种规款就是了。听说强坨要卖掉龙头杠，余公公把强坨屋门拍得山响："强坨，你出来！你要好多钱？我给你！"强坨说："那个城里人是傻子，一个龙头杠他出好几万！信我，由我卖了，我做十副龙头杠赔给大家！"余公公扬起手就要打人，说："放你的屁！如今是不信迷信了，不然要把你关到祠堂去整家法！"过去祠堂有个木笼子，男人若不孝不义，会被族人绑在里面，屁股露在外头，任人用竹条子抽打。这叫整家法。一个村里只准有一副龙头杠，强坨说赔十副龙头杠，这话很不吉利。强坨这话很多人听见了，都骂他说的不是人话。几个年轻人一声喊，就把龙头杠抬到余公公屋后去了。

龙头杠搭在两个木马上，平时用厚厚的棕蓑衣包着。木马脚上绑了猫儿刺，不怕老鼠爬到龙头杠上去咬。猫儿刺形状像猫，刺头子又多又锋利，老鼠不敢往上面爬，漫水人又叫它老鼠刺。有个大晴天，余公公解开棕蓑衣，细心擦着龙头杠上的灰。心想：楠木真是好料，这龙头杠也不晓得传好多代了，虫不咬，水不腐，随便擦擦，亮堂堂的。慧娘娘望见了，过来说："余哥，龙头杠祖祖辈辈在我屋的，只怪强坨不争气。我想，龙头杠要不要漆一漆？漆钱还是我出，功夫出在你手上。"余公公还是很好的漆匠。余公公摇摇头，笑眯眯地说："老弟母，我们漫水龙头杠不要漆，永远都不要漆。漆了，可惜了！"慧娘娘不明白，问："余哥，你是说……我听不懂了！"余公公嘿嘿一笑，说："前年过年旺坨和发坨回来，我告诉他两兄弟，有个城里人要花几万块钱买我漫水的龙头杠。旺坨和发坨跑到屋后看了半天，说这龙头杠是个宝贝文物，肯定不止这个价钱。两兄弟都说，千万不要去油，去漆，文物越旧越值钱！"慧娘娘听着，吓住了："你也想把它卖掉？"余公公笑了起来，说："老弟母，强坨说这话不稀奇，你也这么说我就稀奇了。我是不想弄坏文物！你想想，你我哪天阎王老儿请去了，用几十万块钱的龙头杠抬去，面子天大！"

三

余公公喊了黑狗，说：“你望傻了啊！莫望了，我们回去！”余公公扯掉几株辣子树，摘下上面的辣子，差不多有一餐菜了，就说：“回去吃早饭去！”刚想下山，余公公回头望望身后的林子，想：干脆捡几朵枞菌去。人家捡枞菌要满山钻，余公公只去几个地方。每回余公公提着枞菌出来，碰见的都要说：“这山是你屋菜园啊，你捡枞菌就像去菜园掐蒜！”余公公只是笑，也不告诉人他的枞菌是哪里来的。这会儿余公公对黑狗说：“你莫要跟脚，我就回来！”黑狗偏一偏脑袋，望着余公公的背影到林子里去了。

余公公径直去了一个山窝堂，那里有个大刺蓬，枞茅铺得满地。针一样的枞树叶，漫水人叫它枞茅。回去二十年，漫水人会把枞茅扒去当柴烧，现在开始烧藕煤。扒枞茅的扒叉，过去家家户户都有好几把，如今看不见了。余公公熟悉山上的每一棵树、每一块石头，晓得哪个山窝堂好长枞菌，哪个山坎坎好长蕨菜。别人扒枞茅也是满山钻，却摸不出捡枞菌的窍门。余公公一路上就想着：那个刺蓬里肯定生了一窝好枞菌！他走到刺蓬前面，拿棍子扒开刺蓬，果然就望见里面生了好多枞菌。大的有半个手掌大，伞一样撑着；小的像扣子，圆溜溜的闪着蓝光。捡大菌子过瘾，吃还是小菌子好吃。就像捉泥鳅，捉喜欢捉大的，吃喜欢吃小的。余公公把一窝枞菌一朵一朵捡好，回头却见黑狗远远地立在那里，就说：“叫你莫跟脚！你想去告诉人家啊！这是我的菜园，不准说！”

下山时，余公公望望田垄中的村子，通通都是两三层的砖屋。白白的墙，黑黑的瓦。只有自家是木屋，远看很不起眼。记得从前，家家都是木屋，高低都差不多，可望见炊烟慢慢升到天上去。旺坨和发坨都说过，想把旧木屋拆了，改修砖房子。余公公不肯，说：“你们人都不回来了，我修新屋做什么？”两兄弟就安慰老爹：“我们也会回来养老的！”余公公不作声，心上想：哪个稀罕砖屋？哪有住木屋舒服！

一幢金屋，他也舍不得换。

余公公屋同慧娘娘屋只隔着菜园子。一边是慧娘娘屋的菜园，一边是余公公屋的菜园。慧娘娘屋菜园一年四季种各色菜蔬，余公公屋菜园子一年四季栽各色花木。屋场前后的菜园土很肥，慧娘娘屋的菜却没有余公公屋山上的长得好。慧娘娘自己动不得手了，就总骂强坨："人勤地不懒！你看看余伯爷，人家菜园还是黄土坡上，辣子驮断了树！"强坨说："我又不是菜农，又不靠卖菜赚钱，有吃就够了！"余公公不会去说强坨，人家毕竟不是他亲侄子。若是他亲侄子，他会说：种地是种脸面，地种得不好，见不得人！余公公是个要脸面的人，他的事就样样做得好。

慧娘娘屋有条黄狗，是余公公那黑狗的儿子。黄狗望见娘回来了，又是蹦跳，又是打转转。黑狗很有母仪，立在地场坪望一望黄狗，慢慢走到自家檐前，抖一抖皮毛，趴下。余公公进屋做早饭，自言自语："一人吃饱，全家不饿！"每次说过这话，他都会在心上问自己：是不是真的老了？老喜欢说这句话！人开始说冗话，就是老了。余公公的日子过得很慢，家家户户都吃过早饭了，他才开始慢慢地淘米下锅。有回巧儿回家，见老爹慢慢地淘米，就说："爹，现在城里人都不兴淘米了，工厂出来的大米是不用淘的。您老还是淘米，其实很好。"巧儿是想说，老爹很讲卫生。这年月在城里，吃的用的都不放心。余公公并不晓得城里人的恐惧，他只是把日子过成了习惯。

枞菌很不容易洗干净，粗手粗脚吃着必定有泥沙。余公公细心地洗着枞菌，听见黑狗突然汪汪地叫，同时也听见有人喊着："收烂铜、烂铁、鸭毛、鹅毛……"他赶紧跑出去看，怕黑狗惹事。他出门晚了一步，黑狗已经惹事了。慧娘娘屋的黄狗已咬了收破烂的外乡人。慧娘娘也跑出来了，嘴里不停地喊道："怎么得了，怎么得了，咬得重不重？"外乡人卷上裤子，哎哟哎哟的，说："你看你看，牙齿印这么深！你看你看，开始出血了。"慧娘娘作揖打拱的，说："真是对不住，我跑都跑不及，就出事了！你是年轻人，多原谅！"外乡人也不算很蛮，只说："原谅？您老人家是要我原谅人，还是原谅狗？"慧娘娘说："原谅人，也原谅狗。

我养的儿子蠢，养的狗也蠢！只要听见人家的狗叫，它就扑上去咬人！”余公公笑了起来，说：“老弟母，你是说这狗娘聪明呢，还是说狗儿子蠢？这个蠢儿子，可是聪明娘养的！”外乡人听着怪怪的，说：“我痛得要死，您二老还在说笑话。我死是死不了，就怕狂犬病。”慧娘娘忙往屋里走，走几步又慌慌地回头，说：“年轻人，我进屋取钱，你去打疫苗，钱我出。”余公公忙喊住慧娘娘，说：“老弟母，钱我出，你莫管。祸是我黑狗惹的，它不叫，黄狗不会咬。”慧娘娘不理余公公，进屋去了。没多时，两个老人都从自己屋里出来，手里都拿着钱。余公公笑着说：“老弟母，你莫和我争，养不教，母之过。黑狗到底是做娘的，哪个喊它乱叫！”慧娘娘不开脸，也不答话，径直把钱放在外乡人手里，说：“价钱我晓得，多几块零星钱你不用找了。”余公公把外乡人手里的钱抢过来，又把自己的钱塞过去，说：“年轻人，你不能拿她的钱。”慧娘娘开腔了，冲着余公公说：“你钱多，那是你的钱！”外乡人看不明白，瞪大眼睛看热闹，说：“今天我碰着两个怪老人了！我该要哪个的钱呢？算了算了，我都不要了，莫耽搁我的生意！”余公公把外乡人一推，说：“你快拿了钱走，我不留你吃早饭！”

外乡人推着推车走了，黄狗开始朝天狂叫。慧娘娘骂道：“你现在晓得叫了？你叫有人听吗？有人替你咬人吗？”

这时候，围过来几个看西洋景的村里人，开始说笑话：“慧娘娘，人哪会替狗去咬人？只有狗替人去咬人！”

余公公说：“你们慧娘娘正在生气，你们还在挑拨！你是说黄狗替我去咬人？我同那个外乡人有仇？”

有人又开玩笑，说：“黄狗真是个孝子，最听娘的话。娘一声招呼，儿子就扑上去了。”

“真是这样的娘，那就不是个好娘。”

“儿子也不是好儿子，哪有好事坏事都听娘的？”

慧娘娘听得脸上发青，转身进屋去了。余公公朝那些开玩笑的，歪坨不在屋，不然更不得了！”

余公公拖住一个小伢儿，说：“你把慧娘娘的钱送去！告诉你，不要放在她手里，放在她枕头底下。”小伢儿不肯，他娘作声道：“去不去？余公公叫你做事，你听话！”小伢儿接过钱，晓得这任务神秘，诡里诡气一笑，故意放慢了脚步，悄悄溜进慧娘娘屋去了。大人们都笑了，只道如今小伢儿都是精怪!

余公公回到屋里，又慢慢地做饭吃。心想：今天早饭和点心饭一餐吃了。漫水人不像城里人说吃中饭，他们说吃点心饭。做饭炒菜的时候，余公公老想着自己得罪慧娘娘了。狗惹的祸，你同人计较什么呢？难怪都说老怪物，人是越老越怪了。余公公的菜是罢园辣子烧枞菌，满屋子枞菌的香味。菜里还放了些菊花瓣，漫水只有他老人家把菊花当香料。他的菜园里栽了很多菊花，小的有拳头大，大的有饭碗大。饭快吃完的时候，余公公嚼了一粒沙子，嘴里很不舒服。必定是枞菌洗得不干净。余公公做事最细心，今天是心上有事。

四

慧娘娘屋后也是菜地，菜地里打了一口摇井，摇井四周铺着青石板。慧娘娘洗衣、洗菜，都在摇井边的青石板上。有时强坨惹她生气了，也独自搬了小凳坐到这里来。今天她是生余公公的气。那老的说，蠢儿子，也是聪明娘养的。不是骂我吗？想着强坨不争气，慧娘娘眼泪就出来了。揩干眼泪再想想，强坨也只有这个本事。他书不肯读，只有卖苦力的命。漫水把老婆叫阿娘，强坨阿娘嫌家里穷，走了好多年了。强坨在窑上替人做砖，挣几个辛苦钱。一个孙儿、一个孙女，也都不是读书的料，十五六岁就打工去了。强坨早出晚归，日里只有慧娘娘在屋。

听着菜园里的吱吱虫声，慧娘娘心想：今年是听不见几回虫叫了。她想起前几天余哥说的话：虫老一日，人老一年。人一世，虫一生，都是一回事。日晒雨淋，生儿养女，老了病了，闭眼去了。漫水人都不在意慧娘娘的名字，只依她男人家有慧的辈分，叫她慧娘娘、慧伯娘、慧叔母、慧嫂嫂。慧娘娘年轻时很怕虫子，望见棉花树上肥肥的绿虫，全身皮肉发麻。有一回，慧娘娘望见灶头死去的虫子，问她男人家有慧：“夜里吱吱叫的就是它吗？”有慧说：“不是它，还有谁？蛐蛐！”有余正好在她屋说话，听见了，说：“我看都不要看，就晓得不是蛐蛐，是灶虮子！”有慧是个犟人，说：“余哥，你做功夫手巧，我承认！蛐蛐，灶虮子，一回事，我都不晓得？”有余笑着说：“有慧，你的眼睛，看马同驴子，都差不多。你说的话，只有你阿娘信！”有余这话惹了有慧的心病，两人都不说话了，埋头抽旱烟。有余自己找梯子落地，说：“不信，我去捉个蛐蛐来！”蛐蛐叫声四处听得见，想捉个蛐蛐却不是件容易事。

天上好大的日头，有余出门捉蛐蛐。他耳旁尽是蛐蛐叫，就是找不到蛐蛐洞眼。伢儿时，他跪在地上，趴在地上，看各色虫蚁。长到做爹了，再不能趴在地上。他在地头到处翻，心上就在算账。一年有三个月听见蛐蛐叫，人要是活到七八十岁，二十来年都在听蛐蛐叫。听了二十来年蛐蛐叫，一世就过去了。望见过蛐蛐的，又没有几个人。不是望不见，望见了，等于没望见。人活在世上有那么多大事，哪有心思在乎蛐蛐呢？有余小伢儿时捉过蛐蛐，他认得蛐蛐。伢儿时捉蛐蛐很里手，多年没捉就手生了。

有余捉了个蛐蛐回去，有慧早把这事忘记了。有慧说：“认得蛐蛐算个卵本事！”有余弄得没脸，望望有慧阿娘。蛐蛐停在他手心，一蹦，逃走了。有慧阿娘脸都热了，忙说：“余哥，你慧老弟的脾气你是晓得的，莫把他的话当数！”有余笑笑，说：“又不是伢儿了！”有慧也笑笑，把烟袋递给有余，叫他自己卷喇叭筒。有余抽着喇叭筒烟，说起小时候抓早禾郎的事。漫水人说的早禾郎就是蝉，抓早禾郎是伢儿子夏天必要玩的。听得早禾郎“吱——”地叫，伢儿子弓着腰，循声往树上望。望见了，

就抓住了。有余说：“我做伢儿子时，才

蛛网。望见旱禾郎了,把竹竿伸过去一巴,就到手了。"有慧笑得被烟呛了,说:"余哥,又不是你一个人玩过!"有余说:"那我问你,叫的是公旱禾郎呢,还是母旱禾郎?"有慧并不感兴趣,只说:"你抓旱禾郎也要分公母!"有余说:"你就不晓得!动物跟人是个反的!人是女人漂亮,动物是公的漂亮。雄鸡比母鸡漂亮,雄孔雀比母孔雀漂亮。旱禾郎也是公的会叫,母的不会叫。蛐蛐也是的,公的会叫,母的不会叫。夜里叫的都是公蛐蛐,它在喊母蛐蛐。"有慧嘿嘿一笑,说:"余哥,你夜里吹笛子,也是喊母蛐蛐?"有慧阿娘白了男人家一眼,说:"你嘴巴不上路!"

从那个下午开始,有慧阿娘会留心地里每一个虫子,哪怕是蚂蚁、蜘蛛、蝴蝶。它们也分公母,有家室,养儿女。一生一世,日晒雨淋,好不辛苦!那时候,有余阿娘生了旺坨和发坨,巧儿还没有生。有慧阿娘还没有生强坨,她心想:地上的虫都会生养,自己就不生个一男半女!有余说有慧:"你说的话,只有你阿娘信。"有慧听着不舒服。他阿娘的来路,漫水人是当故事讲的。有日清早,有慧没事到城里去,天没黑就带了个女人回来。女人十七八岁,穿着缎子旗袍,手里挽个包袱。女人跟在有慧背后,头埋得很低。有人问:"有慧,哪个啊?"有慧说:"关你卵事!"女人进了有慧屋,没有做酒,没有拜堂。有慧爹娘早不在了,就他孤身一人。懒人自有懒人福,有慧是出名的懒人。他不要人保媒拉线,就把阿娘带进屋了,还是漫水最漂亮的阿娘。好多年过去,漫水老辈人还会记得那天的事。有人记得有慧阿娘的旗袍,过去是财主人家小姐穿的。有人记得她的头发,梳了个油光水亮的髻子,髻子上别了个白亮亮的银簪。有人记得她的脸皮,白白的不像乡里人。过了几天,听见她开腔了,讲的是远路话。

漫水人老少都晓得,有慧的漂亮阿娘是他骗来的。世上哪有蠢女人会上有慧的当呢?有慧并不聪明,他阿娘并不蠢。漫水人最觉稀罕的,是有慧阿娘还认得字!有慧阿娘来的时候,漫水认得字的没几个人。有一天,北方干部念报纸,鸭绿江的"绿"字,念成"绿色"的"绿",有慧阿娘抿了嘴巴,忍住不笑。干部看见了,问:"你笑什么?"有慧阿娘说:

“我没有笑。”干部说:“你抿着嘴巴笑! ”有慧阿娘只得说:“念鸭‘录’江，不念鸭‘律’江。”干部嘿嘿一笑，说：“绿帽子的绿，我不认得吗？”有慧阿娘脸红了,眼睛在干部脸上瞪了半天,说:“你现在穿的军装是绿色的，你投诚以前是‘绿林中人’，不读作‘律林好汉’。你讲志愿军的意思也是错的，志愿不是支援的意思。”曾为绿林的干部并不生气，很傲慢地问:“你说不是支援，那是什么呢? 中国人民志愿军，不是去支援朝鲜打美帝国主义吗？”有慧阿娘说：“志愿，就是自觉自愿。”那位干部在漫水就有了个外号：绿干部。漫水人背后叫他绿干部，当面还是叫他的职务。

有慧阿娘平日不太作声，那天当着众人讲了好多话。漫水人像遇了大仙，只道有慧阿娘嘴巴这么会讲！漫水没有女人认得字，她认的字比绿干部还要多！绿干部的兴趣比漫水人更大，散会后就问人：“她是谁的婆姨? ”这话漫水人听不明白，他们不晓得“谁”是什么，也不晓得“婆姨”是什么。有慧阿娘告诉漫水人:“谁”，就是漫水人讲的“哪个”，“婆姨”就是“阿娘”。绿干部晓得她是有慧阿娘了,就动员有慧参加志愿军。有慧说:“我阿娘告诉我，志愿就是自觉自愿。我不晓得自觉是什么，只晓得自愿是什么。我不自愿! ”

有慧不愿意当志愿军，漫水好几个人也不愿意了。鼓动有慧参军的人很多，他们都在绿干部面前讲烂话。绿干部就对有慧说：“你拖了大家的后腿！”有慧听不懂他的话，说：“人只有手和脚，哪有后腿？又不是猪，又不是牛！”绿干部说：“根子在你阿娘那里，她拖你的后腿！”有慧偏了脑袋,样子像个斗鸡,说:“不准你说我阿娘! 她晓得人只有手和脚，没有后腿! 人和畜生她是分得清的! ”绿干部的手朝有慧一点一点的，说:“你今天要讲清楚，你说谁是畜生? ”有慧吼了起来：“巴不得我去参军的人，都是畜生！”有慧的话哪个都听明白了，只是没有人往那上头点破。绿干部却抓住他的辫子不放,硬要他说清楚谁是畜生。有余上来劝架，说:“莫为一句话争了。有慧听不懂你北方干部的话，我也听不懂！漫水人自板行的公子哥儿教的！有一日，绿干部同人摆龙门阵，说："堂板行，我们北方叫窑子，大城市叫妓院。里边的女人，我们老家叫窑姐儿，大城市里叫妓女。你们南方叫啥来着？叫婊子！婊子见过的男人太多了，生不出的。不信你们看吧，生不出的！"绿干部正说得口水直喷，有余过来听见了，锄头往地上一杵，说："哪个畜生在放屁？"围坐在绿干部身边的人忙立了起来，只有绿干部一个人还坐在地上。有余说："你是个男人，讲话就要像个男人！你那天问人家，哪个是畜生。我今日告诉你，背后讲人家妻室儿女，就是畜生！难怪人家背后喊你绿干部！"众人围成一圈，绿干部坐在地上，样子有些狼狈。他只好立起来，拍拍屁股，说："你发啥火？又不是讲你阿娘！"绿干部这话说坏了，有余扛起锄头就要打人。众人忙抱住有余劝架，说："算了算了，莫和北方佬一般见识！"有余推开众人，说："你们都是漫水男人，漫水没有嘴巴像女人的男人！"众人脸有愧色，抓的抓耳朵，摸的摸脑壳。有余指着绿干部，说："不要以为你屁股上挎把枪哪个就怕你了！我们不犯王法，你那家伙就是坨烂铁！告诉你，漫水没有不干不净的女人！你要是乱说，我把你嘴巴撕齐耳朵边！"

事情过去好久，有慧请有余去屋里喝酒。有余说："又不是过年过节的，喝什么酒？"有慧说："余哥，我想请你，你老弟母也想请你。"有余听了这话，不好再推托。进了有慧屋，饭菜已经摆在桌上，只不见有慧阿娘。有余问："老弟母呢？"有慧说："她在灶屋吃，我两弟兄喝酒。"有余说："那不行，又不是过去了，哪有女人家不上桌的？"有慧说："你老弟母说了，今天让我两弟兄好好说话。"

不晓得有慧要说什么话，有余也不问他。两人只是喝酒，东扯葫芦西扯叶。酒喝得差不多了，有慧说："昨天夜里，老子打了绿干部一餐！"有余惕着了，问："听说绿干部被人扑了黑，你搞的？"有慧嘿嘿笑着，说："他妈妈的，哪个喊他嘴巴上长了块牛麻牝？"有余说："我就要说你几句了！老弟，男子汉，明人不做暗事。他嘴巴不干净，你堂堂正正找他。夜里扑黑，不算本事！"有慧说："他屁股上有枪！"有余把筷子一放，鼓着眼睛说："我当着他面说过，只要我们不犯王法，你那家伙是坨烂铁！我当面骂他畜生，他屁都不敢放！”听有余说了这话，有慧眼皮都抬不起了，端了酒杯说：“好，不讲这事了。”有余说：“慧老弟，这话到这里止。听说，县里来人查案子，说漫水有坏人，想杀害干部。抓到了，要坐牢的！你千万莫到外头去吹牛！”

有慧说：“余哥，你夜里吹笛子，你老弟母听着，手忍不住打拍子。”

有余说：“慧老弟，你马尿喝多了。”

有慧说：“我还没有醉！余哥，我阿娘是我从堂板行领回来的。”

有余把筷子往桌上一板，说：“有慧，你放什么屁！”

有慧摇摇手，说：“余哥，你莫发火。我过去不争气，放排，拉纤，担脚，几个辛苦钱，都花在堂板行了。我阿娘，早几年我就认得了。世道变了，不准有堂板行了。那年我上街，街上碰到她。我喊她，问她到哪里去。她就哭，不晓得到哪里去。我说，我屋就我一个人，你愿意，跟我回去。”

有余猛喝一口酒，说：“老弟，你一世只做对一桩事，就是把老弟母引进屋了。她是个好女人家！你样样听她的，跟她学，你会家业兴旺！”

有慧摇头叹气：“我人蠢，没有她心上灵空。听你吹笛子，我是个木的，她听得有味道，手不听话就轻轻拍起来了。”

有余说：“老弟，你莫讲了，我再不吹笛子了，好吗？”

有慧说：“余哥，哪个不要你吹笛子了？她喜欢听你吹笛子，又不犯王法。她认得字，写得出，晓得好多事。她的世界比我大，古人的事，远处的事，她都晓得。我不晓得哪辈子修来的，有她做阿娘。”

有余这回笑了，说：“漫水人老少都说，你是懒人自有懒人福。慧老弟，几辈子修来的福，你就好好珍惜吧。漫水有句老话，从良的婊子赛仙女。老弟母自己今后心正人正，没人敢说她半个不字。听我的，今后漫水哪个再敢说那两个字，我打死他！”

从那以后，有余多年没有吹过笛子。夜里没事，他是想吹笛子的。怕有慧阿娘听见，就忍了好多年。有慧说他喊母蛐蛐的那个夏天，他夜起来，慢慢就忘记笛子在哪里了。发坨三岁那年，翻箱倒柜找玩的，把笛子翻了出来。发坨把笛子当竹棒棒敲，妈妈看见了，忙抢了过来，说：“你爹的笛子,敲炸了不得了！”发坨惕哭了,半天哄不回。有余拿过笛子，逗发坨玩，就吹了起来。发坨听见笛子声，就不哭了。哄好了发坨，有余就不吹了。发坨不依,缠着他爹,叫他不停地吹。有余心上是没有谱的，他不爱吹现成的歌，自己爱怎么吹就怎么吹。吹着吹着，眼睛就闭上了。他就像进了对门的山林，很多的鸟叫，风吹得两耳清凉，溪水流过脚背，鱼虾在脚趾上轻轻地舔。第二日，有余去有慧屋摆龙门阵，有慧把烟袋递过去，说：“余哥，你夜里吹笛子，又是喊母蛐蛐吧？”有余脸红得像门神，心想哪个再吹笛子就不是人。

五

慧娘娘眼睛有些不好了，耳朵很清楚。蛐蛐的叫声，她听得见。余公公的菜园一片金黄，菊花开得热热闹闹。慧公公在的时候，总会笑话：“余哥，菊花是炒着吃呢，还是打汤喝？”

有回，余公公请慧公公去喝酒，慧公公问：“今日是什么日子？”

余公公说：“好日子。你叫老弟母也来。”

也是这个季节，菊花开得金黄，山上长着枞菌。余娘娘也还在世，她做了四个菜，一碗枞菌炒肉、一碗黄焖鲤鱼、一碗葱煎豆腐、一碗清炒白菜。

四个老人坐上来，慧公公又问：“什么好日子？”

余娘娘说：“问你余哥。”

余公公搓脚摸手的，对他阿娘说：“还是你说吧。”

余娘娘说：“今日是阴历九月初十，你余哥记得，慧老弟把老弟母引进屋，五十年了。”

余公公没有抬眼，望着桌上的菜，说：“你两老没有拜堂，没有做酒。

按电视里说的，五十年，算是金婚。金子不得烂，不得锈，好。”

慧娘娘忙把筷子放下，撩起衣襟揩眼泪，说：“这日子，你慧老弟是记不得的，我自己也忘记了。余哥，你哪里记得呢？”

余公公说：“人老了，年轻时的事记牢了，就忘不了，老了眼前的事，都记不住。那年粮子过路，阴历九月初八到的，在漫水歇了一夜，初九走的。我想参军吃粮去，我娘不准。娘病着，说，余坨，你敢走！你初九走，我初十死！我就没有去。娘这句话我一世都记得。初十，慧老弟把老弟母引回来了。听说慧老弟引了个阿娘回来，我娘说，粮子的衣服变了，世界也变了。娘的话，我都记得。”漫水老辈人，军人就叫粮子。

慧娘娘揩干眼泪，说：“我搭帮你慧老弟人好，要不我不晓得在哪里落难。”

余娘娘就笑，说：“老弟母，好日子，敞口喝酒！”

慧娘娘说：“我一世跟着他，值得！他人是生得蠢，手脚也不勤快。他不打我，不骂我，不嫌我。跟他五十年，手指头都没有在我头上动过。”

慧公公笑道：“我把你当菩萨供着，还嫌没有天天烧香哩！”

余公公端了酒杯，说：“我们四个老的，今天都要喝酒！慧老弟总问我，菊花是炒着吃还是打汤吃，今日菜里都放了菊花！”果然，四碗菜里都有黄黄的菊花瓣。

慧公公问：“余哥，吃得吗？”

慧娘娘不等余公公回答，自己先夹了几片，说：“菊花入中药，怎么吃不得？”

余娘娘说：“你余哥犟，硬要把菊花当香料放。我晓得，他就是要同慧老弟争，看菊花能吃不能吃。”

慧娘娘望望自己男人家，又望望余公公，说：“他两兄弟，一世都在争。不争大事，尽争些小伢儿的事。年轻时为个蛐蛐，两个也要争。”两兄弟你望望我，我望望你，碰碰杯子，笑了起来。

慧娘娘喜欢吃菊花，说：“菊花当香料放在菜里是好吃，不晓得日头开始偏西，井边的石板地到了阴处，开始变得清冷。慧娘娘仍坐在那里，想起死去的男人，眼泪又出来了。她望着菜园过季的辣子树，说:“你是好啊，两脚一伸去了好地方了，留我在世上受苦！你养的儿子蠢，养的孙儿、孙女也蠢。一屋都是不读书的！我是个蠢的，我也认了！我哪样事不会做？我要是再多读几句书，再大的世界都去闯！漫水的伢儿女儿，几个不是我接生的？漫水的人老了，不都是我去妆尸？”

慧娘娘年轻时是漫水的赤脚医生，哪家有人头痛脑热，她背着药箱就跑去。药箱是余公公做的，用的是好樟木料，漆成白色，锁扣下面画了个红十字。哪个的阿娘要生了，慧娘娘更加跑得飞快。背着木箱跑快了，箱子里的药瓶会碰碎。年轻男人只要看见慧娘娘跑，就晓得哪家要生了，会接过她的箱子，跟在她后面跑。年轻人手上有劲，悬空提着箱子跑,不会碰碎药瓶。日子久了,都成了规矩。年轻男人碰上慧娘娘飞跑，他不接过药箱，会落得人家去说。漫水四十岁以上人的生辰八字，慧娘娘个个都记得。糊涂的爹娘,收亲过女对八字,记不准儿女落地的时辰了，就说:“问问慧娘娘就晓得了。”慢慢地，后来不兴接生婆了，女人都去城里医院生。比慧娘娘老一辈的人讲，从前漫水哪家女人要生了，一边预备着喝喜酒，一边预备着打丧火。自从慧娘娘做了接生婆，漫水没有一个难产死的女人。

慧娘娘进男人家十二年，才生了强坨。巧儿也是那年生的，比强坨小三个月。那年，漫水的接生娘死了，村里几个大肚子，都愁着没人接生。大肚婆都掐着手指算日子，猜哪个先出窑。不晓得哪来的说法，漫水人开玩笑,把女人生产喊作出窑。哪个女人胆子大,帮人家把毛毛接下来了，她就一世都是接生婆。女人肚子越来越大，离生死关越来越近。她们嘴上只把这事当笑话，找信得过的女人说:“你来帮我接啊，生死都放在你手里。你要是平日恨我呢,那天就手打发我回去了。”漫水已没有接生婆，没人敢答应人家。有慧阿娘没有同人说，天天挺着大肚子，该做什么照做什么。有日深更半夜，有慧门前突然响起了炮仗声。有余两口子离得最近，惊得在床上坐了起来。有余对阿娘说:“你快去看看！”有余很担心，不晓得这炮仗是凶是吉。毛毛落地，马上要放炮仗；人死落气，也要马上放炮仗。炮仗祛邪,生与死都要祛邪。只是死人的时候,又放炮仗,又烧落气纸。

有余阿娘挺着大肚子，一步一挪跑了回来，惊喜得喘气都粗重了，说："老弟母生了，生了，生了个儿子！"有余问："哪个接的生？"有余阿娘说："神仙哩，老弟母自己接的生！"有余听得嘴巴都合不上，半天才说："我是不方便去,你快去招呼,有慧是什么都不晓得的。"有余阿娘说："我就去，就去。我是怕你担心，先回来说声。告诉你，我刚才出门，生怕看见落气纸。"有余长叹一声，说："天保佑啊！"

三个月之后，巧儿落地了。巧儿是慧娘娘接的生。漫水过去的接生婆，剪脐带的剪刀就是灶屋的菜剪刀，放在火上燂几下就用了。慧娘娘自己出了月子，就去街上买了医生用的剪刀和纱布，替有余嫂嫂预备着。巧儿要生那天，慧娘娘把接生要用的剪刀放在锅里煮着，把纱布放在蒸笼里蒸着。巧儿是下午生的，帮忙和看热闹的女人多，慧娘娘有条有理地忙着，她们就像看西洋景。

巧儿生下之后，有余屋招呼大家喝甜酒。有女人问："慧嫂嫂，你哪里晓得身下要贴一块大纱布呢？你哪里晓得纱布要放在蒸笼里蒸过呢？"

慧嫂嫂笑笑，说："想都想得到。"

有女人问："慧叔母，往日接生婆都把菜剪刀放在火上燂，你哪里晓得剪刀要放在开水里煮呢？"

慧伯娘又笑笑，说："想都想得到。"

又有女人问："慧伯娘，脐带留好长，你哪里学的呢？"

慧叔母还是笑笑，说："留短了怕伤了毛毛肚子，留长了不方便。我是这样想的。"

有一年，漫水要派人上去学赤脚医生。村里人想都没多想，都说这事只有慧娘娘做得了。她认得字,人又聪明,又肯帮忙。接生,她天生就会。女人都是要生的，没有哪个给自己接过生坨一把，巧儿一把。有余做木车，做两架，强坨一架，巧儿一架。旺坨和发坨穿过的衣服分做两份，强坨一份，巧儿一份。有天夜里，有余阿娘对男人家说：“有人背后讲，原先以为他阿娘是不会生的，哪晓得十多年后又生了。不晓得是有慧不能生，还是他阿娘原先生不了？”有余说：“生不生，观音娘娘管的，你问我，我问哪个？”有余阿娘说：“你还不明白我的话吗？”有余说：“我听明白了，只是不想听！告诉你，人家说什么，你不要插嘴。说得过分的，你就说他几句。吃自家饭，管人家事，我最看不得这种人！”有余阿娘说：“我是说，强坨算是算你侄儿，到底还是隔房的。我们平日对他好，有这样子就行了。”有余听出些名堂来，问阿娘：“你到底听到什么了？”有余阿娘说：“有人说，强坨只怕不是有慧的，说有慧是个王八脑壳。”有余问老婆：“我这回才听明白。你是信了？”有余阿娘问：“我信了什么？”有余说：“你问自己，有话就说。”有余阿娘说：“我相信有什么用呢？嘴巴长在人家身上！”有余说：“嘴巴长在人家身上，不怕。手脚长在自己身上，最要紧！人正不怕影子歪。”

有年，漫水替人妆尸的人也死了。一个八十多岁的老太太，身子很硬朗的，说去就去了。漫水的接生婆有时会有几个，妆尸的人永远不会有第二个。老的妆尸人死了，总有接脚的顶上来。老辈人想想这事，都觉得很怪。可是这回，妆尸人自己死了，替她的人不晓得在哪里。慧娘娘是赤脚医生，守着老人落气的。没有人给妆尸的老人妆尸，她说：“我来吧。”丧家哭得天昏地暗，她招呼村里人赶快烧水，问丧家寿衣寿被在哪里。她得趁老人身子还软和，快把澡洗了，穿上寿衣。慧娘娘已接生过很多毛毛了，但活到三十几岁还没有碰过死人。她是看着老人落气的，心上并不害怕。她替老人妆尸的时候，口罩始终没有取下来。口罩是抢救老人时戴上去的。

老人干干净净躺在案板上了，漫水人才回过神来，朝慧娘娘满口阿弥陀佛，只道她必定好人好报。慧娘娘取下口罩，说：“老人家做了一世善事，去得无病无痛。”

从那天起，漫水人不论来到这世上，还是离开这世上，都从慧娘娘手上过。

妆尸虽是积善积德，到底让人有些怕。怕鬼，怕脏，怕邪。往日妆尸的每送走一个亡人，总有几天人家不敢接近她。她的手是刚摸过死人的，人家不敢吃她拿过的东西，不敢同她挨得太近，不敢叫她进屋里去坐。

慧娘娘妆尸，没人怕她脏。只是觉得有些怪，慧娘娘那么爱漂亮，爱干净，怎么敢碰死人呢？她的头发总是梳得那么水亮，她的衣服总是那么干净整齐。哪怕是身上的补巴，她也比人家补得漂亮。

也有那嘴巴讨嫌的，逗有慧说："你那么漂亮的阿娘，去给死人洗澡，不论男女都洗，不论老少都洗，你不怕吗？她做的饭菜，你敢吃？"

有慧在外护阿娘，同人家吵架。回到屋里，也同阿娘吵架，怪她不该学妆尸，又不是讨饭吃的手艺。"你看病有工分，接生还有碗甜酒喝，妆尸得什么呢？"

有慧阿娘说："人都要死的，死人就得有人妆尸。"

有慧说："我只问你，你有什么好处呢？"

有慧阿娘说："做事都要有好处吗？日头照在地上，日头有什么好处呢？雨落在地上，雨有什么好处呢？余哥你是晓得的，他给人家修屋收工钱，做家具收工钱，捡瓦收工钱，只是给人家割老屋不收工钱。他得什么好处呢？"

有慧说："余哥这规矩是他自己定的，别处木匠割老屋也收工钱。漫水又不是他一个木匠，他不收工钱，人家也不好收，都恨他哩！"

有慧阿娘说："你是说，我替人家妆尸，也问人家要钱？人都死了，这钱还能要？你想得出啊！"

有慧忙说："阿娘，你莫冤枉我！我没说这话！我只是不想你去妆尸，不想人家开我的玩笑。"

"哪个开你的玩笑，告诉我！哪天他死了，我不给他妆尸就是了！"说过这话，有慧阿娘很后悔。这话太毒了。

六

有慧阿娘有件医生穿的白褂子，一年四季都白得刺眼睛。平日，白褂子叠得整整齐齐，拿干净布另外包着，放在药箱子上面。有事了，她一手拿着白褂子，一手背着药箱子，飞跑着出门。到了病人屋里，麻利地穿上白褂子，戴上口罩。病人就只看得见她的眼睛和眉毛。她的眼睛很大很亮，眉毛细长细长的像柳叶。她把脉的时候就低着头，病人又看见她的耳朵。她的耳朵粉粉的，像冬瓜上结着薄薄一层绒毛。看完病，打完针，她取下口罩，撩一撩并没弄乱的头发，笑眯眯地说几句安慰的话。这时候，若是夜里，幽暗的灯光下，有慧阿娘就像传说中的夜明珠。若是白天，日头从窗户照进来，她的脸上好像散发着奶白色的光。

白褂子慢慢发黄，强坨就有十岁多了。这年春上，有一日，有慧阿娘背着药箱子刚要出门，公社干部跟在大队书记后面进屋了。有慧阿娘招呼说："稀客啊，有事？"大队书记说："你急吗？不急就说个事。"原来，县里有个女干部，犯了错误，放到漫水来改造。想来想去，住在有慧屋合适。公社干部说："我们晓得你，你有文化，人又好，教育女同志，你很合适。"有慧阿娘说："安排了，我就服从。"大队书记说："你要不要同有慧商量？"有慧阿娘说："他是个直人，没事的。"有余屋前堆了很多杉木，公社干部问："修新屋吗？"有慧阿娘说："隔壁余哥屋的，他屋要树新屋了。"

第二天，漫水来了个女干部。引女干部来的还是那个公社干部，他像领贵客进屋似的，望着有慧阿娘说："慧大姐，人我给你引来了。她姓刘，你叫她小刘就是了。麻烦你啊。"公社干部中饭都没吃，说完话就走了。

小刘立不是，坐不是的。有慧阿娘说："小刘同志，我屋随便，只有我男人家，儿子强坨。你随便啊。"

有慧阿娘早给小刘预备了房间，领她进去，说："乡里条件不比你城里，屋里到处稀烂的。也还算干净，你将就着住吧。"

小刘放下行李，跑到厨房取了水桶，问："慧大姐，井在哪里？我去担水。"

有慧阿娘去抢水桶，说:“不要你担水，屋里有男人，哪要你担水!”

小刘死活要去担水，有慧阿娘抢了半天，只得由她去了。乡下人看城里女人，头一个就是白不白。小刘担水从村子里走过，路上就净是看热闹的人。

“长得白哩，像个白冬瓜!”

“白是白，比不上有慧阿娘白。”

“好看是好看，也比不上有慧阿娘。”

“她犯什么错误?”

“听说是男女关系。”

有个叫秋玉婆的女人说:“搞网绊!”

漫水人说男女私通，叫作搞网绊。谁和谁私通了，就说他们网起了。有慧阿娘见小刘后面有人指指点点，她耳朵根子就发热。好像人家说的不是小刘，说的是她自己。夜里，有慧阿娘去有余屋。有余正在中堂做木匠，晓得有慧阿娘有话说，就放下手里的斧头。有慧阿娘说:“余哥，小刘住在我屋，我就要管她。她哪怕犯天大错误，也是来改造的。有人背后说她，不好。”有余阿娘也在中堂忙着，把劈下的木片打成捆，旺坨和发坨给妈妈做帮手。有余阿娘听见是讲大人的事，就说:“你两弟兄进去，早把作业做了。”

强坨喜欢在巧儿屋做作业，他俩同班同学，都上小学三年级。强坨在隔壁偷听到了大人的话，跑出来问:“什么是搞男女关系呀?”

有余扬手轻轻拍了强坨屁股，说:“大人说话，不准听!”

有余阿娘笑笑，说:“一个女的，听男的说，我想去睡觉。女的也说，我也去睡觉。他们俩，就是搞男女关系。”

巧儿也跑了出来，说:“妈妈，我刚才说，作业做完了，我要睡觉了。强坨说，我也要睡觉了。我俩也是搞男女关系呀?”

有余笑得眼泪水都出来了，一把拉过巧儿，说:“你乱讲，爸爸打烂说说。最喜欢嚼舌的是秋玉婆，她不起头说，人家不会说的。”

有余阿娘说：“秋玉婆嘴巴最烂，你是不好说她的，我去说。”

有慧阿娘走了，有余对自己阿娘说：“你嘴巴笨，说不过秋玉婆。我不怕，我去说。”

有余阿娘说：“我要你不要去说！”

有余听着有些怪，说：“我还怕她？”

有余阿娘把头偏向一边，说：“你不怕，我怕！”

有余说：“你怕，那你还争着去说？”

有余阿娘说：“她要乱说让她说去，说出麻烦了有干部管！”

有余生气了，说：“你说的什么话？一个女人家，到漫水来改造，已经是落难的人了。听人家在背后乱说，我们不管？我说，你就没有慧老弟母晓得事！”

有余阿娘也来了气，高着嗓子说：“我是没有她晓得事！有她晓得事，也不用秋玉婆在背后说她了！”

“秋玉婆说什么了？慧老弟母有她说的地方吗？那年她自己害病害成那样，不是慧老弟母救她，她早到阎王爷那里去了！”有余嗓子也高了。

有余阿娘说：“你朝我叫什么？秋玉婆哪个跟她有仇？她哪个的烂话不说？”

两口子吵半天，有余阿娘就是没点破那层纸。原来，秋玉婆在外头说，强坨是有余的种。有余也听出来了，只是装糊涂。他晓得话说穿了，不好收场。又怕两口子为这事吵起来，传到慧老弟母耳朵里就不好了。

有余不作声了，闷头想了会儿，说：“放心，我不会无缘无故找她去说，我自有办法。”

有慧阿娘睡觉前，先去小刘房里看看。小刘正摊开本子写字，望见有慧阿娘进屋了，忙招呼道：“慧大姐，你坐啊。”

有慧阿娘说：“日子是春上了，夜里还是有些冷。你被子太薄了。”

小刘说：“我盖惯了，不冷。慧姐姐，我其实比你大。”

有慧阿娘望望小刘，说：“你城里人，天晴在阴处，落雨在干处，就是年轻些。乡里人看城里人，个个都漂亮！”

小刘笑笑，说：“慧姐姐其实比城里人还漂亮！城里人漂亮是穿衣服穿出来的，乡里人漂亮是天生的。慧姐姐是天生的漂亮女人。”

有慧阿娘红了脸，说：“小刘你说到哪里去了，乡里人哪敢同城里人比！”

小刘问：“慧姐姐，听口音，你不是本地人啊！”

有慧阿娘说：“我也不晓得自己到底是哪里人。我很小就流落在外，就像水上的浮萍，不晓得哪股风把我吹到漫水来了。”

“你说的也是漫水土话，你的腔调是外地人的，有些字音还是北方话。”小刘好像要从有慧阿娘的口音里替人家找到故乡。她一声不响看了有慧阿娘一会儿，长长地叹了一口气，“慧姐姐也是个苦命人！”

有慧阿娘也跟着她叹了一口气，反过来安慰小刘似的笑笑。有慧阿娘不经意瞟了一眼桌上的本子，赶忙把目光移开了。

小刘问：“慧姐姐，你认得字？”

有慧阿娘说：“哪敢在你们干部面前说认得字！我认得报纸上的字，晓得不讲反动话。我认得药瓶子上的字，晓得不用错了药。”

小刘合上本子，说：“慧姐姐，你晓得我犯的什么错误吗？”

有慧阿娘倒不好意思了，眼睛朝旁边向着，说：“不管什么错误，改造就行了。”

小刘叹气说：“明天要出工，我哪有面子见人！”

有慧阿娘说：“世上哪个人敢保证自己是干净的！你相信，乡里人多半老实，不敢当面不给人面子。你做事做人好好的，日久见人心，没人敢欺负你！”

“我是自己这关过不了。”小刘说着就哭起来了。

有慧阿娘拉了小刘的手，说：“你莫哭，哪个敢保自己一世百事都顺？你是一时不顺，改造好了回去，照旧是我们的领导。你明天跟着我去出工，小刘揩揩眼泪，说："慧姐姐，你去睡吧，我还要写认识。"

有慧阿娘立起来，笑笑说："有什么好认识的！人和人，不就是相处得热了，一时管不住自己！吃过亏，今后管住自己就好了！"

第二天清早，生产队长吹了哨子，高声叫喊："十队全体社员扯秧！"

有慧阿娘担了箩箕，喊小刘："走，出工去。"

小刘问："还有箩箕吗？"

有慧阿娘说："你不要担箩箕，我和我男人家担就行了。"

社员们从各自屋里出门，有担箩箕的，有空手空脚的。走到村外田埂上，前面的人不断地回头，他们都晓得后面有个城里来的女干部。小刘空着手，走路就更不自在。有慧阿娘看出来了，悄悄地说："小刘，你担着箩箕，显得积极些。"小刘接过箩箕担着，走路的样子果然自在多了。路上有正面碰上的，有慧阿娘就大声招呼，说这是哪个，那是哪个。有的是喊名字，有的是喊外号。有慧阿娘指着秋玉婆的儿子说："他叫铁炮！"小刘朝那人点头笑笑，说："铁炮你好。"听见的人都笑了，铁炮很不好意思。小刘问："慧姐姐，他们笑什么呀？"有慧阿娘说："他喜欢打屁，屁又很响，就像放铁炮。他是个猛子，胆子大，村里红白喜，放铁炮都是他的事。"说笑着，前面就有人学放炮的样子，喊着："砰！砰！砰！"

早工是扯秧苗，早饭后再去插秧。来到秧田边上，有慧阿娘一边挽裤脚，一边轻声问小刘："下过田吗？"

"年年要支农，下过田。"小刘答道。

有慧阿娘就笑了，说："又不是大姑娘上轿头一回，那就不怕。"

小刘把声音放得很低，说："我还是怕，怕蚂蟥！"

有慧阿娘说："不怕，我帮你看着。"

早上田里很冷，社员们下田时，一片哎哟哎哟的笑闹声。今天大家叫得更加欢快，更加放肆。男人叫得癫，女人叫得疯。只有小刘没有叫，咬紧牙齿忍着泥巴里渗骨的冷。有慧阿娘也笑着，她晓得大家都有些人来疯。田里多了一个城里来的女人，一个搞网绊的女干部。

有慧阿娘见小刘扯秧很熟练，也就很放心了。她说："小刘，要是评工分，你可以评七分！我也是七分。”

小刘说：“我是耐力不行，太累了还会发晕。”

有慧阿娘说：“多半是低血糖，莫要饿着就是了。”

小刘吃惊地望着有慧阿娘，说：“慧姐姐，你当得县医院医生哩！我过去在乡里发过晕，一般赤脚医生只晓得笼统说这是晕病。我就是低血糖。”

“我哪里敢算个医生，半瓶醋都说不上。”有慧阿娘说，“你要是太累了，放心大胆歇歇，没有人会说你偷懒。”

有余一向讨厌秋玉婆，出工时能离她多远就多远。平日碰着，也不太同她打招呼。今天他故意挨着秋玉婆，只是不理睬她。秋玉婆年纪比有余长二十岁，辈分比有余低两辈。有余辈分高，不太理秋玉婆，她也不好见怪。倒是秋玉婆总有些巴结的样子，老远就会眼巴巴望着有余。今天秋玉婆同有余挨得近，她总是无话找话：“余公公，你快修新屋了吧？”有余说：“少买瓦的钱，秋玉婆给我借一点啊。”秋玉婆说：“余公公笑我啊！我穷得锅子当锣敲！”有余说：“都是一双手、一张嘴，哪个比哪个富？”秋玉婆说：“余公公莫说了，你是手艺样样会，有工分，有活钱。你屋没有钱，河里没有沙！”有余说：“老话说，百艺百穷！我就是会得太多了，哪样都不精，哪样都混不到饭。”旁人都听见了有余同秋玉婆的话，有人就插嘴：“余叔叔，你这话就太过了。你手艺样样都精，人又好，众人服。”

这时，突然听见小刘哇地叫了起来。众人都直了腰，朝小刘望去。原来，她腿上爬了蚂蟥。有慧阿娘忙说：“莫怕莫怕，你立着莫动。”有慧阿娘怕世上所有软软的虫，她扯掉小刘腿上的蚂蟥，用劲往远处摔。蚂蟥被摔到铁炮脚边，铁炮笑道：“慧叔母你来害我啊！”铁炮把蚂蟥捉起来，爬到田埂上，找一根小柴棍，把蚂蟥翻了过来。里外翻了个的蚂蟥全是红红的血，看着叫人手脚发麻。铁炮却像缴获了战利品的士兵，是这样的。

铁炮落了田，众人看完把戏，又弓腰开始扯秧。听得秋玉婆说：“一个蚂蟥，也叫成那个样子！听她那叫声，就像个搞网绊的！”

有余立了起来，冷冷瞟着秋玉婆。旁边几个人也立起来了，望望有余，又望望秋玉婆。秋玉婆感觉有些不太对劲，也立起来了。有余见她立起来了，也不望她的脸，只瞟着她的腿脚，轻声道：“好锣不要重敲，好鼓不经重捶！高人莫攀，矮人莫踩！”

秋玉婆自知理亏，红了脸，说：“我又没说什么。”

有余说：“没说什么就好，说了等于放屁！好了，做事！”

有余弓下腰，众人都弓下腰了。秧田很大，田的那头在说什么，有慧阿娘不晓得，小刘更不晓得。

铁炮隐隐感觉到他娘又在那边讲烂话，他猜到肯定是在讲城里来的女干部。铁炮是个老实人，娘的嘴巴常弄得他没有面子。

听得呜的汽笛声，有人喊道：“放喂子了，吃早饭了。”漫水三公里之外有座火电厂，每天定时放两次汽笛，一次是上午八点半，一次是下午两点。漫水人叫它放喂子。漫水没有一个钟，没有一块表，喂子就是大家的时间。

吃过早饭，落雨了。雨越落越大，檐水成瀑。春上雨多，雨只要不太大，仍是要出工的，垄上便尽是蓑笠农人。这会儿风卷暴雨，滚雷不断。天都黑了下来，闪电扯得天地白一阵，黑一阵。听到雷声，有余想到了秋玉婆。漫水人把说人坏话，造谣生事，都叫讲冤枉话。讲冤枉话，会遭雷打的。有余活到快四十岁，从来没见哪个被雷打过。雷打死人的事常有，都是听来的远处的事。

有余不出工的时候，就在屋里做木匠。晚上也做，鸡叫半夜才去睡觉。他在盘算修新屋，屋前屋后堆满了杉树。杉树是南边山里买的，从溆水放排下来，放到村前西边山脚的千工坝，乡里乡亲帮着扛回来。漫水南上几十里，先人在溆水筑了一道坝，分出一支水，顺着山脚流过漫水，又从北边那片橘园流入溆水。这条水渠，叫作千工坝。千工坝流过之后，漫水南北自流灌溉，良田连绵万顷。河里那道坝很平缓，鱼可上下，船帆畅通。

平时别人家修屋，必是请木匠先树起屋架子，再慢慢装壁板和门窗。有余心上有谱，先把壁板和门窗做好，统统堆放在屋前屋后，拿油毛毡和稻草盖着。万事齐备了，只要把屋架子树起来，一声喊就有新屋住了。锯板子要帮手，只要喊一声，有慧就来了。有慧手上有蛮劲，拉半天锯不用歇气。有余过意不去，时常停下来抽烟。弟兄俩卷着喇叭筒，说话天上一句，地上一句。有回，有慧说："余哥，我阿娘说，人是猴子变的，你相信吗？"有余说："老弟母书读得多，她说是的，肯定就是的。"有慧说："山上还有猴子，怎么不变人呢？"有余笑笑，说："那我就搞不清了。"

今天不用锯板子，有慧就蹲在有余前面哑看。有余在做门板，拿刨子刨着。正好是星期日，伢儿们都没有上学。强坨同巧儿捡起地上的刨花，抠了两个洞，当眼镜戴着玩。旺坨初中了，发坨上五年级。他两兄弟年纪不大，却不能光顾着玩了，得帮大人做事。两兄弟把父亲做好的方料，先搬到屋檐下码着。炸雷打得屋子发震，一屋人默默地做事。

有余开玩笑，说："慧老弟，眼睛是师傅，我要是你，看了这么多年，肯定是半个木匠了。"有慧在有余面前从来认输，说："我有你这么灵空，也修新屋了。"有余说："修屋是燕子垒窝，一口泥，一口草，你莫急。你哪年修屋，我工钱都不要，饭都不要你屋供！"有慧嘿嘿地笑，说："等我修屋，等到胡子白！我是没本事了，只看强坨长大了有本事不。"

雨越落越猛了，看样子歇不住。有余递过烟袋，叫有慧卷喇叭筒。抽烟的时候，有余望望对面田垄，雨水漫过田坎，满眼尽是小瀑布。千工坝的水也漫出来了，流成几个更大的瀑布。山上必定也有水流下来，只是叫枞树挡住了，又罩着很浓的雾，看不见。有余想，漫水这地名，[illegible]来的吗？

七

余公公晓得自己得罪慧娘娘了，却并不晓得她正坐在屋后生气。他把早饭和点心一餐吃了，担着筲箕又上山去。木马脚上的猫儿刺太久了，应该剁些新刺回来换上。老鼠爬上去咬烂了龙头杠，他就要遭一世的骂名。

黑狗又跟着他，呼呼地飞到前面，忽又停下来等他。余公公越是笑骂，黑狗蹦跳得越高兴。余公公每次出门，慧娘娘屋黄狗也会跟上半里，路上总会碰到什么稀奇东西，停下来东嗅西嗅，就慢慢跑回去了。余公公就会望着黑狗说："看你养的好儿子！"

余公公晓得山上哪里有猫儿刺，上山没多久就剁好了。余公公眼尖，下山的时候，看见几处枞菌，顺手摘了回来。路过慧娘娘屋门口，余公公喊道："在屋吗？"喊了好几声，不见慧娘娘答应，余公公就推开她屋门，把枞菌放在门槛里。

余公公在屋后绑猫儿刺，听得慧娘娘在身后说："余哥，枞菌我要了，钱退你的。"余公公立起来，回头望望慧娘娘，不像生气的样子，就说："老弟母，事是黑狗惹的，你莫太认真！"慧娘娘说："人是黄狗咬的，钱不要你的。"慧娘娘说着，把钱放在龙头杠上。余公公笑笑，说："你脾气是越来越坏了！"慧娘娘也笑了，说："哪个脾气坏？《三字经》上明明说，养不教，父之过。你说，养不教，母之过。不是双我吗？"读书人说得含沙射影，漫水人只用一个字：双。余公公又嘿嘿地笑，慧娘娘也笑。两条狗在身边闹，黄狗跳得高高的，黑狗只是应付着，懒得奉陪的样子。余公公说："黄狗没良心，又懒。每回我出门，它都摇着尾巴跟着，都是半路上跑回来了。它娘好，跟前跟后，赶都赶不走。"慧娘娘说："毕竟，我是黄狗的主人，你是黑狗的主人。我出门，黄狗是左右不离的。人都像狗这么忠，世上就相安无事了。"听上去，慧娘娘真是在说狗，不是在双人，就晓得她消气了。

余公公把新剁的猫儿刺绑在木马腿上，再揭开棕蓑衣擦龙头杠。慧娘娘凑近嗅嗅，说："你听听，微微的一股香，不知道几朝几代了。"余公公说："你鼻孔好，我是听不见了。"漫水人讲话有古韵，声音用听字，气味也用听字。闻气味，说成听气味。慧娘娘说："我就是鼻孔太好，听不得太香的东西。过去年轻人用花露水，我听见就脑壳晕。你屋种的花，我样样喜欢，就是不喜欢栀子花和茉莉花，太香了。"余公公擦着龙头杠，说："那你不早讲，早讲我就把它剁了。"慧娘娘忙说："莫剁莫剁，我不喜欢，人家喜欢。世上的事都依我，那还要得？"余公公说："那就信你的，不剁。"

慧娘娘拿了抹布，也帮着擦龙头杠。慧娘娘说："我小时候看过一次舞滚龙，记不清在哪里看的了。漫水龙灯是竹篾皮扎的，糊上皮纸，里头点灯。滚龙全用黄绸子扎，上头画龙纹。漫水龙灯夜里舞，我看见过的滚龙日里舞。我是几岁看的，也忘记了。"慧娘娘从来不讲自己过去的事，从来不讲自己娘屋在哪里。漫水伢儿子都有外婆，强坨没有外婆。晓得慧娘娘不想讲，余公公也从来不问。听慧娘娘讲起小时看过滚龙，他也不往她过去的日子引，只说："十里不同音，隔山不同俗。漫水正月初二不可以拜年，只拜生灵。对河那边，正月初一不可以拜年，拜生灵。"先年屋里老了人，头年正月要祭拜，叫拜生灵。

慧娘娘问："余哥，阎王老儿真识货吗？他晓得这龙头杠是文物？强坨说它值几万，你信？"余公公说："龙头杠是漫水的宝贝，无价！莫说它雕得这么好，莫说它传了多少代，就是这么好的老楠木，如今也找不到了。什么是文物？旧！什么文物最值钱？稀奇！"慧娘娘笑笑，说："余哥，看我两人哪个先去。我先去呢，你不要后生家抬着我满村打转转，我要径直上山。八抬八拉，推来推去，吆喝喧天，热闹是热闹，我怕吵。"余公公放下抹布，说："老弟母，你比我小，身体又好，肯定走在我后面。你看你，七十三了，头发还乌青的！"慧娘娘说："七十三，八十四，阎王不喊自己去！"两个老人说起生死大事，就像说着走亲戚。日头慢慢偏西，时剪过短发，老了又梳着髻子，仍别着那个银簪子。她的头发又黑又浓，未见过半根白发。她到老都没用过洗发水，常年只用烧碱水洗头发。拿一把干净稻草烧了，把稻草灰放在筲箕里，用热水淋上去，底下拿脸盆接着。滤下的热腾腾的黄水，就是洗头发的烧碱水。慧娘娘每次洗了头发，手心点一点茶油抹匀，往头发上轻轻地揉。烧碱水有股淡淡的清香，像日头晒过干草的香味。余公公只是哑看，从来不对人说，却晓得慧娘娘头发好，就搭帮烧碱水和茶油。看着年轻人用各种香波和乳膏，心上就想：你不如用烧碱水和茶油。他也只是这么哑想，从来不说出来。

夜里，余公公去慧娘娘屋里，喊了强坨："你明天起个早，帮我把筒子盘出来。"强坨问："余伯爷，你要做什么？"慧娘娘就说强坨："你一听不就晓得了，还要问！"割老屋的木头叫筒子，漫水人都晓得。

强坨起了大早，帮余公公盘筒子。早就割好的老屋，慧公公先用掉了。余公公有一偏厦屋的樟木料，割得好几副老屋。余公公身子硬朗，原先也不急着割。昨天下午，慧娘娘讲到生死大事，余公公心头一惊，就想：还是把老屋先割了。

强坨盘了一大堆筒子出来，问："余伯爷，差不多了吧？"

余公公说："全盘出来。"

强坨望望坪里堆的樟木筒子，说："一副千年屋，差不多了啊！"

余公公说："你莫管，再盘几筒出来。"

吃过早饭，余公公下锯的时候，慧娘娘问："余哥，割老屋是好事，要看日子。你看了吗？"

余公公说："择日不如撞日。虫老一日，人老一年。今年不割，不晓得明年我还割得动吗？"

慧娘娘搬了小凳，坐在余公公前面说话："余哥，你怎么记得我是阴历九月初十来漫水的呢？你慧老弟是记不得的，我自己也忘记了。"

慧娘娘这话问过千百遍了，余公公每次都回答几句现话，心上却想：女人家老了，就讲冗话。人和动物，真是个反的。动物是公的漂亮，嘴巴也多。公鸡喜欢叫，早禾郎公的也喜欢叫。人是女的漂亮，嘴巴也多，老了讲冗话。慧娘娘耳朵还很尖，头发乌黑的，就是嘴巴老了，喜欢讲冗话。余公公拿斧头剁筒子，说：“我年轻时的事，记牢了就忘不了，老了眼前的事都记不住。那年，粮子从漫水过路，阴历九月初八到的，歇了一夜，初九走的。我想参军吃粮，娘不准。娘身体不好，说，余坨，你初九走，我初十死！我就没有去。娘这句话我一世记得。初十，慧老弟把你引回来了。听说慧老弟引了个阿娘回来,我娘说,粮子的衣服变了，世界也变了。”

“搭帮你慧老弟，要不我不晓得在哪里落难。”慧娘娘每次都说这句话。

斧头剁出的木片子，箭一样地往地上射。余公公说：“老弟母，你人到我后边来，木片子不认人，怕打着你了。”

慧娘娘立起来，笑道：“老了，就拦路了。打死还好些，省得在世上受苦！”

慧娘娘把凳子搬到余公公身后，望着他一斧一斧地剁。心上想：余哥也是七十七岁的人了，这么老了还自己割老屋，世上只怕没有第二个这样的木匠。樟木很香，听着这香气心上很安静。

慧娘娘说：“余哥，你说做城里人有什么好呢？死了一把火烧了！不如乡里人，还有个老屋睡！”

余公公说：“人死如灯灭，烧了还是煮了，哪个晓得？国家领导人老了，那么大的官，不说烧就烧了？一把灰，丢在海里！”

慧娘娘啧啧几声，说：“那海里的鱼，人还敢吃？”

也不要余公公句句话都答，慧娘娘只顾自己说话：“迷信你说有没有呢？秋玉婆讲了一世冤枉话，死了还叫雷打脱了下巴。”

漫水人都相信，讲冤枉话会遭雷打。哪里都有嘴巴臭的人，像秋玉婆这么喜欢嚼舌的人少有。那年有余修新屋，忙到秋后打过晚稻，农事就闲了。有余的老屋拆了，住到了有慧屋。有余要在秋月里树好屋，要有天，有余正在做屋架子，绿干部突然来了。有余笑着招呼：“绿干部，稀客啊！”绿干部的叫法，漫水人喊了快二十年。绿干部也不生气，他早就习惯了。今天绿干部脸色不太好，很生气的样子。有余以为又有什么运动来了，脸色也正经起来。每逢运动，绿干部总是到漫水蹲点。绿干部问：“人呢？”有余没头没脑，问：“哪个呀？”绿干部说：“我婆姨！”有余更加奇怪，说：“你婆姨？”绿干部脸色铁青，说：“你漫水人有远见，给我起个外号，绿干部！我婆姨给我戴绿帽子，放在你漫水改造。”有余这才明白，说：“小刘原来是你阿娘！”绿干部说：“什么小刘！四十多岁的人了，还搞男女关系！”

有余递上烟袋，请绿干部卷喇叭筒。绿干部摇摇手，自己摸出纸烟，抽出一支敬给有余。点上烟，有余说：“你阿娘出工去了。我是要树屋，请了假。”

绿干部骂骂咧咧，又被烟呛着了，太阳穴上的青筋胀成几根蚯蚓。有余说：“绿干部，小刘来漫水大半年了，没人晓得她是你阿娘。护你的面子，她瞒得天紧。今天你来了，就好言好语。想要离婚，到民政局去就行了，不要到漫水来吵。”

绿干部眼睛红红的，说：“你讲得轻松！要是你老婆偷人呢？”

有余笑笑，说：“绿干部，你对哪个漫水人这么说话，都会挨打。我不打你，我要告诉你，你阿娘偷人，只怪你自己。”

绿干部声音比有余还高，说：“放屁，怪我？我儿女都做出了三个！”

有余放下斧头，坐在屋架子上，双手抱胸，望着绿干部，话不高声：“绿干部，做得儿女出，就是男子汉？俗话说，一条鸭公管一江，一条脚猪管一乡。脚猪算男子汉吗？你脾气不改，你不像个好男子汉，你阿娘还会偷人。”

绿干部坐在刨木花里，眼泪一滚出来了。有余递过烟袋，绿干部接了。绿干部卷了喇叭筒，说：“儿女都还没成人，不然我离了算了。”

有余说：“我看小刘是个好人，她来漫水大半年，没人把她当犯错误的人。等她散工回来，你多说几句温暖话。大半年，你没来看过，她也没回去过。你不来，是你不对。她没有回去，是她怕见你。”

绿干部抽旱烟不习惯，一口又呛了。他咳了半天，歇下来，说：“我平日哪有空？今天是星期日。有余，我俩打交道快二十年了。你是第一个敢同我对着干的人，我一直以为你对我有意见。你知道小刘是我老婆，还替她说话，为我夫妻好。你是个好人。”

有余笑道：“漫水没有坏人！你要我讲句直话吗？”

绿干部望着有余不作声，不晓得他要讲什么天大的事。有余说：“你听得进，我就讲。漫水离县里近，不论来什么运动，都先到漫水试点。每回试点，你都是蹲点的。蹲来蹲去，你把漫水的人都得罪光了。人家蹲点越蹲官越大，你是年年雀儿现窠叫。你是上下都不讨好。”

绿干部抬起头，问：“你说漫水没有坏人，那地富反坏右呢？”

有余就不说话了，捡起斧头敲屋架子。木匠树屋都要人打下手，有余只是自己干。他只要树架子那天，再喊乡里乡亲帮忙。盖瓦也要人帮忙。架子树起来了，瓦盖好了，装壁板和门窗，都不要帮手。这个秋月，每日都是日头天。夏秋两季，只要不落雨，漫水的男人多光着上身做事。有余的上身叫日头晒了四十多个夏秋，皮色又黑又亮。长年拿斧头剁来剁去，臂上的肌肉鼓得紧紧的。

有余嘭嗵嘭嗵敲了老半天，歇下来，说：“我讲了那么多话，你只晓得问一句，地富反坏右！你官上不去，阿娘犯错误，都怪你自己！抗美援朝你来漫水，屁股上还背着坨烂铁，都没人怕你。今天你屁股上铁都没有了，还有人怕你？记得那年，我慧老弟母说你是绿林吗？”

绿干部说：“我早在四八年就投诚了。”

有余说：“你升不了官，只怕就是你早年做过绿林。绿林就是坏人？未必！你承认自己是坏人吗？漫水往南六十里大山冲里，过去也有绿林，逢赶场的日子，就在那里关羊。拦住的人，交钱就放人。实在没钱，也不害你。其实，他们都是穷人。日子苦，穷人搞穷人。”

[illegible]，有人就抓我历史问题的把柄，我那时

到一年半，我就投诚了。”

有余继续敲屋架子，说：“你晓得自己不是坏人，就莫随便说人家是坏人。我活到四十多岁，漫水老老少少两千多人，我个个都晓得。讨嫌的人有，整人的人有，太坏的人没有。整人，都是跟你们学的。过去，漫水也有整人的，那叫整家法。有那忤逆不孝的，关到祠堂笼子里，笼子外放一根竹条子，哪个都可以去打他的屁股。我长到这么大，只听见过去整过一回家法。你们蹲点蹲来蹲去，整过多少人？”

绿干部听着，望望四周无人，说：“有余，你说的句句都是反动话。相信我，我不会说出去。”

有余笑了，说：“你说我也不怕，有人证明吗？我还会说你造谣诬陷哩！”

绿干部说：“有余，我真的不会说的。”

“你要说就说！”有余笑笑，又忙自己的去了。

绿干部自己抽烟，望望天上的日头。他在等老婆回来。他没有手表，不像别的干部。一只雄鸡叫起来，惹得整个村子的雄鸡都叫了。雄鸡叫过之后，村子更加安静。只剩有余的斧头声，嘭嗵嘭嗵寂寞地敲着。天上没有半丝云，日头像停在那里不动了。绿干部无话找话，问：“那个被整家法的人还在吗？”

有余说：“怎么不在？我不想点他的名，他到土改时是最红的人。过去忤逆不孝的人，到你们手上成了宝贝！”

中午收工时，小刘跟在有慧阿娘后面，有说有笑地进屋。看见她男人家坐在屋里，脸色立马就白了。有慧阿娘说：“绿……绿干部，你来了啊！”原来，有慧阿娘早晓得小刘是他阿娘了，她就连有余老大都没有告诉。小刘和有慧阿娘贴心，手指缝缝里的话都说。

“小刘在漫水很好，群众关系也好。你们说话，我去做饭。”有慧阿娘刚出门几步，小刘就跟着出来了。

有慧阿娘说：“小刘，你俩说说话，怎么出来了？”

小刘说：“我要去担水。”

有慧阿娘高声喊她男人：“有慧，你去担水。”

有慧正在有余那里看热闹，很不情愿地过来。自从小刘来了，有慧就没担过几回水了，总是小刘争着担水。没等有慧过去，小刘说：“慧姐，你让我去担水吧。我心上乱，要想想。”

有慧阿娘就朝有慧摇头，叫他莫过来了。有慧又去帮有余搬木头。有慧阿娘把饭煮上，过来对绿干部说：“她不晓得哭过好多回了。她说千错万错，都是她的错。儿女还小，你们都作好的打算。你莫再骂她。她是想着儿女，不然死的心都有。她说你是个好人，就是脾气不好。夫妻间哪有不吵的？笼屉里的碗都有相碰的。她的错误不会再犯，你的脾气也要改改。”

绿干部说：“你余老大也是这么说我的，你们都商量好了？”

有慧阿娘说：“你说的什么话？漫水只有我晓得你俩是两口子！你爱听就听，不进油盐也没办法。你想想吧，我要炒菜去了。”

有余望望日头，说：“发坨、强坨、巧儿，还在哪里疯？”一大早，发坨引着强坨和巧儿，到河边扯猪草去了。余娘娘在屋里听见，猜发坨必定引弟弟和妹妹到河里洗澡去了。她不作声，怕男人家发脾气。有余也猜小的到河里洗澡去了，就担心他们去蛤蟆潭。有余小时候，溆水河里的水更深，他也喜欢去河里洗澡，时常见大船扯着白帆在河里走。看见船家行着船吃饭，真是羡慕极了。

忽听到几个小的在追打，就晓得他们回来了。有余虎了眼睛，望着发坨：“过来！”发坨晓得自己犯事了，一边往爹身边移着身子，一边拿手护着脑袋。有余抓住发坨的手膀，拿指甲一划，一道白白的印子。啪的一掌，发坨被打在地上。有余指着发坨骂道：“这么大的人了，不晓得带个好样，我剥了你的皮！”

有慧阿娘忙跑出来，拉起发坨揽在胸前，朝有余说：“哪兴你这么打伢儿？你手重，哪经得你打？不能只怪发坨，强坨也不小了。强坨，一[illegible]”

有余手里拿着弓尺，扬手就朝发坨打来。有慧阿娘转身护着发坨，弓尺打在她身上，啪地断了。有余阿娘跑出来，骂她男人家：“你只晓得打人！生儿养女，你没有痛过！你要打从我打起，都是我生得不好！”

发坨躲在慧叔母身子前面辩解：“我没有说！”

巧儿说：“就说了！”

强坨也说：“他发誓愿，说不敢去蛤蟆潭就是……”强坨话没说完，被他娘扇了一巴掌。强坨打哭了，嘴里咿里哇啦不晓得嚷着什么话。有余阿娘过来拉发坨，嘴里嚷着：“蛤蟆潭你也敢去，那里有无底洞，有乌龟精，你是不要命了啊！”发坨怕妈妈也会打人，躲在慧叔母怀里不肯出来。

秋玉婆正好路过，站在那里看把戏。她见有余护着强坨，他的阿娘护着发坨，就说：“侄儿也是儿，手板手心都是肉。余公公疼侄儿比亲儿子还疼，明理的人就是这样的。漫水哪个不讲余公公好？他是对人家的人比对自家的人好，明理啊！”

一听就是双双话，有余阿娘对她说：“秋玉婆，你是老鼠子偷盐吃，嘴巴咸啊！我屋的事，你莫管！”

秋玉婆说：“我哪管得了？又不是打我的儿！我的儿我是舍不得打，我养的狗都舍不得打！人也好，狗也好，我只认亲的，不认野的！”

有慧阿娘拉着发坨往屋里去，回头又喊儿子强坨：“你进自己屋去！人有屋，狗有窝，莫在外头乱叫！”

秋玉婆一听，叫了起来：“慧娘娘，你双哪个？”

有余阿娘晓得慧老弟母不会相骂，立马接过腔去：“秋玉婆，她骂自己儿子，你管得宽啊！”

秋玉婆更是起了高腔，朝有余阿娘拍手跺脚的：“我讲她，你也帮腔？晓得你俩共穿一条裤子！你们样样都是打伙的，屋打伙住，儿打伙养！你屋是共产主义哩，样样共哩！”

有慧蹲在屋前，本来半句话不讲。女人相骂，就让女人骂去。男人插手女人的事，漫水人是会笑话的。可听秋玉婆说得太难听了，他忽地站了起来，径直朝秋玉婆扑去。早围了很多看热闹的，忙拉住有慧说:“动不得手，动手就要出大事。”

这时候，绿干部从屋里出来，说秋玉婆:“你刚才说啥来着？你诬蔑共产主义！”

秋玉婆没想到绿干部会在这里，反而得了理似的，说:“你是县里干部，你评评理！我哪句话错了？有余树屋，有慧天天帮忙拉锯;有慧养儿，有余是帮了忙的。换工抓背，都是活雷锋，我是讲好话！有慧屋里来了个城里专门搞网绊的女干部，我从没讲过半句怪话。”

绿干部突然面上铁青，头往秋玉婆冲着，鼓起眼睛，骂道:“我操你妈！”

秋玉婆被骂蒙了，绿干部怎么会骂娘呢？她怕干部是有名的，不晓得自己犯了好大的事，掉头就想跑开。四周立了很多人，她就像被围猎的野兽，冲开一个口子跑了。

小刘担水回来，一声不响进屋了。她听见了秋玉婆的话，走过的时候头埋得很低。有慧阿娘立在门口喊:“吃饭了！”

有余阿娘过来喊发坨，有慧阿娘说:“伢儿不晓得事，嫂嫂莫骂他了。”

有慧屋吃饭时，不见小刘上桌。绿干部从小刘屋里出来，说:“她不想吃，我们吃吧。”

吃过中饭，有余蹲在地上抽了会儿烟，又嘭嗵嘭嗵做屋架子去了。天气有些闷热，强坨早没事了，他和巧儿并排坐在门槛上，扯着喉咙高声喊着:“布谷布谷送风来哪，嗬——嗬——”伢儿们相信只要这么叫喊几声，就会起风。

生产队长的哨子响了:“出工了，栽油菜！”九油十麦，阴历九月，正是栽油菜的时候。有慧阿娘站在小刘门外喊:“小刘，你快吃点东西吧，你有低血糖，饿不得。”

小刘开了门，眼睛又红又肿，说:“慧姐姐，我这样子见不得人，下讲话，莫吵。”

夜里，铁炮到有余屋赔礼。他的辈分更小，依漫水的叫法，他叫有余太太，叫有余阿娘太婆。他说：“日里的事，我听人讲了。我娘她嘴巴讨嫌，漫水人都晓得。太太和太婆莫把她放在心上。”

有余说：“我是个直肠子，话说了就说了。说了你娘几句重话，你也莫放在心上。”

有余阿娘说：“铁炮，你还要去给慧太婆赔个礼，慧太婆你是晓得的，漫水人哪个在她手上没有恩？”

铁炮忙说：“我就去，我就去。我这个娘，讲也讲不变，骂也骂不变。六十多岁的人了，看她哪日到头！”

绿干部到漫水不久，小刘就回城里去了。出门前，小刘在屋里拉着有慧阿娘手，流着眼泪说了半天话：“慧姐姐，十多个月，不是你，我熬不过来！你慧哥、你余哥、你余嫂，都是漫水最好的人。”

小刘走后没几日，有余就要树屋架子了。已到初冬，油菜长得尺把高，麦子长得手指长。大清早，薄薄的雾气中，刚刚出来的太阳，就像锅里蒸熟的鸡蛋黄。落了一夜的白霜，贴地的草木上都像撒了一层石灰。

吃过早饭，有余屋坪前面来了许多男人。有余阿娘特意买了纸烟，笑眯眯地散给大家。有的接了烟马上点燃，有的接过烟夹在耳根上。六封屋架子已摆在屋场上，立屋柱的塽墩岩整整齐齐，像挨地摆着的石鼓。有人留意到了，说：“余叔，你没声没气的，就在哪里搞来这么好的塽墩岩？”有余开玩笑说：“菩萨送了一个梦，告诉我哪里有现成的塽墩岩，我昨日取回来的。”原来是前几年，有余去山里帮人家树屋，主人家是个岩匠师傅。有余就不收岩匠工钱，岩匠就打了塽墩岩送来。有人说到塽墩岩，大家都来看，都说塽墩岩好，岩料好，打得好，抵得过去财主家的。

巧儿在大人中间钻来钻去，她娘喊道：“巧儿，莫疯！要树屋架子了，打着了不得了！”巧儿挨了骂，就跑到有慧屋坪前，邀几个女儿家踢房子。巧儿手脚麻利，捡了一块瓦片，几下就把房子画好了。巧儿正踢得上劲，听得大人们一声高喊，她回头望去，她屋的屋架子已树起来了。女儿家们都不踢房子了，立着不动看热闹。有个女儿家问："巧儿，你是哪间房？"巧儿说："我爹说，等长大了，旺哥把左边这头，他是大房。发哥把右边这头，他是二房。"女儿家又问："你呢？"又有女儿家就开玩笑，说："巧儿就嫁人了，回娘屋住偏厦。"巧儿晓得这不是好话，女儿家们就追打起来。

屋架子树好了，掐准了时辰抛梁。有余怕人讲他迷信，偷偷请风水先生看了时辰，只闷在肚子不讲出来。众人心上都有数，嘴上也都不说。梁早准备好了，是一根樟木梁。看女要看娘，看屋要看梁。梁要选好木料，要粗大，要直。漫水这地方，选根大樟木做梁，众人看着都眼红。梁中间包着红布，红布上钉着铜镜和古钱。古钱容易找到，铜镜很难有了，多用玻璃镜代替。有余屋这块铜镜是旧屋梁上取下来，重新磨得亮光亮光的。

有余看看日头，晓得时辰到了。梁的两头套了新棕绳，一声喊："起！"两头立在屋架上的壮汉齐手动作，把梁平平正正地吊上去。梁刚安放妥帖，铁炮就杀了雄鸡，朝梁上抛过去。炮仗就响起来了，在场的人都齐声高喊："好的！好的！好的！"

依规矩，抛梁的雄鸡是要送给木匠师傅的。有余是自己修屋，雄鸡就不用送人。铁炮就开玩笑："余太太，你是肥水不落外人田啊！"有余阿娘笑着接腔："做事的，看热闹的，都来吃中饭！鸡肉大家吃，鸡汤大家喝！山上打野猪，见者有份！"

盖好了瓦，屋样子就出来了。屋两头的瓦角朝天翘起，没人不夸有余的手艺："漫水第一，漫水第一！"

看有余装壁板，成了男人们的娱乐。从没见过哪个先做好门窗和壁板，再来树屋架子。看了几天，他们信服有余了，果然比别人修屋快。有余说："我是自己一个人的事，就先把门窗和壁板预备好。只要屋架子都有人在堂屋里烤火，摆龙门阵。有个落雨天，队上没有出工，有慧阿娘也坐到火堆边上纳鞋底。她问有余：“余哥，你柱子上写的是什么？像道士画符，我是认不得。”

有余笑着说：“老弟母，你字认得比我多，这几个字只有我认得。这是鲁班祖师传下来的，就是在料上做的记号，标明方位。这个写的是东山，这个写的是西山。左边为东，右边为西。前面喊前山，后面喊后山，前后又喊正地、顺地。”

有慧阿娘左右望望，说：“左边是南方，怎么说是东方呢？”

有余说：“木匠讲的东方、西方是不一样的。木匠以中堂屋为准，左手边是东，右手边是西。东为大，西为次。旺坨成亲了住东头，发坨住西头。”

“你们两老自己住哪头呢？”有慧阿娘笑着。

有余看看有慧阿娘的眼神，就晓得她在开玩笑。不等有余答话，他阿娘就说了：“我们老了，哪头都轮不到了，住外头！儿女养大了不孝，爹娘不就赶出去了？”

有慧阿娘忙说：“嫂嫂你说得好哩！旺坨和发坨这么懂事，哪会不孝？我强坨，我是不敢靠他。他那牛脾气，犟死了。”

有余就专心做事了，听她们两大媳说话去。忽又听有慧阿娘问：“余哥，我从没看见哪个木匠在板子上写洋文啊！”

有余有些不好意思，说：“旺坨告诉我的英语字母。我把每扇壁板都编了号，做好了就免得乱。六封屋，十几间房，天干地支编起来不方便，就用洋文编。我鲁班祖师没传过这个，嘿嘿！”

有余不要别人打下手，有慧闲着反正没事，就在有余身边递东递西。由你们说天说地，他都不搭腔。有慧阿娘喜欢男人老实，生气时却会嚷他：“哑起个尸身！”

冬月二十，有余进新屋。漫水进屋做酒，亲戚和同房叔侄要挨家去请，村里其他人不需请，愿意喝酒自己来，叫作喝乡酒。亲戚和同房叔侄得备礼，喝乡酒的不拘备不备礼，不备礼的放一块炮仗也行。

有余人缘好，流水席从中午开始，天麻眼了还是炮仗不断。秋玉婆也来喝乡酒，她是跟着儿子铁炮来的。通常喝乡酒的不管备不备礼，一户只来一个人。秋玉婆母子俩都来，只放一块炮仗，有人就在背后讲闲话。有余两口子倒是高高兴兴，不论哪个来了都高声招呼。秋玉婆喊着贺喜，就挨着铁炮坐下了。

秋玉婆眼睛跟着有余打转转，等有余走过身边，她忙立起来，再次招呼："余公公，贺喜啊！"有余拍拍秋玉婆的肩膀，笑道："秋玉婆，您老多吃多喝啊！"秋玉婆拍着肚子，满嘴油光，说："今日是吃大户，我敞开肚皮吃，把自己胀死！"同桌的就开玩笑，说："死个老牛，吃餐好肉！死个小牛，吃餐嫩肉！"有人又说："秋玉婆，你要是死了，我们打丧火吃三日三夜，热热闹闹把你抬到太平垴去！"铁炮端着酒碗，斜眼瞟了他娘，说："她死不上路的，漫水没有几个人喜欢她。她死了没有人抬，拿钉耙拖出去！"乡下人只要场合对劲，拿生死大事开玩笑，没人生气。秋玉婆笑着说："俗话说，讨死万人嫌！漫水好多人？要过三四代加起来，才上万人。我要把上万人的嫌都讨尽了才死！"有人就喊了起来，说："好啊，你是千岁不老的老妖精！"

天气很冷，场院里烧了一堆大火，又可取暖，又可照明。男人们高声猜拳，天上飘着薄薄的冰雾，没有人在乎。只剩铁炮这桌还在吃，早来的都散席了。没走的围着火堆说话，伢儿们穿来穿去在坪里疯。旺坨和发坨不时给火堆里加柴，火焰蹿到半天上去了。有人见秋玉婆趴在桌上不动，就喊铁炮："你娘睡着了，还是喝酒了？"铁炮望望娘，说："她没喝酒啊！娘，你回去睡啊！"铁炮推了推趴在身旁的娘，他娘软软地滑到地上去了。桌上的人都笑了，说："铁炮你娘会睡啊，还像小毛毛样的，肯定长命百岁，肯定千岁不老。"

铁炮想把娘拉起来，说："娘，你回去睡啊！"

铁炮发现不对头了，踢开脚边的凳子，把娘抱起来，喊："老娘！妈妈！

跑过来，摸摸秋玉婆的脖子，又把耳朵凑到她鼻孔边听听，回头喊："有慧，快把卫生箱拿来。"

有慧阿娘拿出听诊器，听了一会儿，说："老人家过去了。"

铁炮哭着："娘啊，落气纸都没烧，你就去了啊！你话都没有一句啊！"

有余阿娘忙从屋里取来纸钱，堆在秋玉婆身边烧了。遇着这种事，漫水总会有几个头脑清楚的人，一五一十地编条子，你做什么，他做什么。炮仗在铁炮家门口响起来，门口又烧了三堆纸钱。秋玉婆的尸体被人抬了回来，铁炮家老小上下哭声震天。丧事需别人主持，丧家自己不能动手。有人很快烧了水，有慧阿娘替秋玉婆妆尸。

有慧阿娘试试水，说："太凉了，加点热水，这么冷的天。"

旁边好几个帮忙的女人，有人就说："她现在还晓得冷热？"

有慧阿娘轻声说："死者为大！侍奉死的，同侍奉活的，要一样。"

有慧阿娘果然就像给活人洗澡一样，边洗边同秋玉婆说话："水热热火火的，洗得干干净净，舒舒服服，你好上路啊！先给你洗背，你莫急啊。你有福气，吃得饱饱的走。你是哪辈子修来的好福气？无病无痛，说走就走了。"

有人就问："怎么这么快呢？"

有慧阿娘说："可能是急性胰腺炎，可能是心肌梗死，也可能是别的急病。我是半桶水，大医院的医生，看一眼就晓得了。"

有人过去喊铁炮："你娘的寿衣预备了吗？"

铁炮说："哪里预备？她真以为会千岁不老的。"

女人们就商量，问哪家去借。她们晓得哪几个老人预备寿衣了，就说："铁炮，借寿衣，要孝子自己出面。你上门去，多说几句好话。这是修阴德的事，人家肯借的。"

铁炮说："老木也没有。"

有余阿娘说："老木人家只怕不肯借的，我去和你余太太讲一声，要他赶快割！"

铁炮朝有余阿娘作揖，说："余太婆，你做得好事，修千年福啊！"

铁炮借寿衣去了，有慧阿娘又喊人加热水，不能叫水凉下来。突然，响起一声炸雷，秋玉婆的下巴掉了下来。死人的下巴往下掉，下眼皮也拉开了，眼睛白白地翻着。女人们都惕得弹，不停地拍着胸口。有人就说:“冤枉话讲多了，遭雷打。这回真是相信了。”

有慧阿娘说:“莫这么讲，人都死了。”她说着，就把秋玉婆的下巴往上扣好，又把她的眼睛合上。有人又想起冬天雷声的不祥，说:“雷打冬，牛栏空。明年只怕是个大灾年啊！”

铁炮借来了寿衣，哭喊道:“娘啊，你到那边去，要好好保佑漫水的人啊！都是好人，都在送你！”

有余锯了自己屋的木料，通宵给秋玉婆割老屋。铁炮跑来，扑通跪在地上，嘭嘭地碰了三个响头，说:“余太太，你修千年福啊！你子孙兴旺，千财万富！”

有余说:“老屋你就莫管了，你去招呼其他事。老人家睡白木去是不好的，要上漆。你问问三道士，看是哪日的日子。日子不就，只漆一道。日子宽，就多漆两道。漆，我屋里还有，你莫管。”

“我去问问。我人都木了，事事还得请余太太想着。”铁炮又说，“我娘是又想来喝酒，又没有面子来喝酒。我要她来的。我说，余太太和余太婆不会计较你的，你去吧。没想到，她就去了。”

有余说:“哪个都想不到的事，莫哭了。铁炮，我们好好把你娘送走。”

铁炮临走又说:“余太太，木钱和漆钱，我以后算给你。”

有余摇头说:“快去，不是讲这话的时候。”

铁炮走了不久，又跑回来，说:“余太太，有人回信，说三道士不敢做佛事道场了。这几年，有事就整他，说他搞迷信。三道士那里，你说话他听。”

有余说:“我这里半刻功都停不得，哪有空去找三道士？他整是挨整，道场不照样做？下回哪个斗争他，我就问他家里要不要死人！你把我这吃丧火饭。铁炮过来说："余太太，三道士说，出丧不准喊过去迷信的号子了。"

有余问："三道士听哪个说的？"

铁炮说："三道士讲，上面干部交代的。"

有余就不作声了，匆匆吃过早饭，又去割老屋。没事的就到有余这里看热闹，陪他说说闲话。有人说："秋玉婆冤枉话讲多了，死了雷公老儿还打掉她的下巴。"

有余说："死者为尊，话就不要这么说了。"

"上山那天，丧伕们只怕要整人的。"

有余又说："铁炮是个孝顺儿，整他做什么呢？"

"整秋玉婆。"

有余刨得刨花四射，说："你们听我一句劝，死人安心，活人才安心。好好地送上山，莫坏了人家的事。"

三道士看了冬月二十五的日子，老屋就只能漆一道了。冬天，漆本来就干得慢。有余只得把底子灰刮得更细致些，秋玉婆的老屋只漆一道也油黑发亮。

出殡那日，地上结着薄冰。丧伕们都穿着草鞋，头上围着白布。抬老屋的丧伕，前面八个，后面八个。前后又各有一个扶杠的。扶杠的丧伕，必是服众的头面人。上山的路上，丧伕们抬着老屋推来推去。铁炮就不停地跪下，哭号道："乡庭叔侄，你们做桩好事，把我娘安心送上山！"

有余把三道士抄好的号子记牢了，沿路喊道："砸烂孔家店啊！"

丧伕们齐声和道："噢！"

有余又喊："林彪是坏蛋啊！"

丧伕们齐和："噢！"

有余喊着号子，心里却在骂娘："人都死了，还要管世上的屁事！"

八

樟木动了刀斧，香气散得老远。慧娘娘夜里睡在床上，仿佛都听得见樟木香。漫水人割老屋，没有哪个用过樟木，人家都羡慕得不得了。过去财主人家用楠木和梓木，那也只是听说，没有哪个见过。余公公用樟木割老屋，抵得过去的财主了。

慧娘娘看见余公公下了两副老屋的料，问：“余哥，怎么是两副呢？”余公公削着樟木皮，不停手，只说：“你把眼睛看，不就晓得了？”慧娘娘早就猜到了，只是不好开口。自己养着儿子，却让人家割老屋，不是件有面子的事。儿子面上也没有光。话既然点破了，她就说：“余哥，钱我还是要强坨出。他爹睡了你的老屋，你又帮我割老屋，我哪受得起！两副老木料，钱都要强坨出。”有余就笑了，说：“老弟母，我们四个老的活着在一起，到那边去了还要在一起的，你就莫分你我了。”

强坨也晓得了，心上过意不去。做儿子的，爹娘老屋都不割，大不孝。爹睡了余伯爷的老屋，强坨也说要出钱的，好多年了都还是一句话。他修新屋亏了账，这几年手头紧。强坨有点儿见不得人，每日大早就跑到余公公家去，想帮着做点事情。木匠的事都是他帮不上手的，余公公晓得他的心思，就故意喊他搬进搬出的。强坨说：“余伯爷，功夫出在您老手上，料钱我是要出的。”余公公说：“料钱你娘出了，你把钱给你娘吧。”

慧娘娘事后问余公公：“余哥，我哪里给你钱了？你怎么告诉强坨，讲我出了钱呢？”余公公说：“强坨是个孝儿，他也是要面子的。他刚修新屋，莫逼他。”

不光强坨要面子，慧娘娘也要面子。割老屋的话讲穿了，她面子就没地方放。那老的走得忙，没来得及预备老木，睡了余哥的，还说得过去。晃眼这么多年，借人家的老木没还上，又要人家割老木，橙皮狗脸不算人了！慧娘娘不论在屋里哪个角落，都听见樟木香。她的鼻孔好，耳朵好，只是眼睛有些花，樟木的香气叫她坐立不安。嘭嗵嘭嗵的刀斧声就她一世都是余公公照顾着，死了还欠他的！慧娘娘闭眼一想，自己从没替余公公做过半点事。往年她当赤脚医生，余公公壮得像一头牛，喷嚏都没听他打一声。漫水四十岁以上的人，都吃过她拣的药，都叫她打过针。只有余公公，她连脉都没给他把过一回。

慧娘娘每日早起，先在屋后井边浆洗，再去做早饭吃。她早想喊余公公不要再开火，两个老的一起吃算了。话总讲不出口，一直放在心上。慧娘娘吃过早饭，没事又到屋后磨蹭。她鼻孔里尽是樟木香。往年她每日背着樟木药箱，每日听着樟木香味。别人的药箱都是人造革的，慧娘娘不喜欢听那股怪味道。有个省里来的专家，看见了慧娘娘的药箱，打开看了看，问："用樟木做药箱，很科学！天然樟脑，可以杀菌，防虫。谁做的？"慧娘娘只是笑，脸红到了脖子上。

余公公手脚比原先慢了，嘭嗵嘭嗵忙了半个月，终于割好两副老屋。慧娘娘在井边再听不见蛐蛐叫了，她想：真是余哥说的，人老一年，虫老一日。两副白木放在余公公屋檐下，只等着上漆了。慧娘娘从屋里出来，往余公公地场坪去。她走路双脚硬硬的，双手没地方放。很像年轻时走在街上，晓得很多年轻男人望着她。余公公拿砂纸把两副白木打得光光的，老屋两头可看见樟木的年轮。两副老木一大一小，就像人分男女，鸟分公母。慧娘娘突然觉得那不是两副老屋，而是躺着的两个人，一个男的，一个女的。她心上就有说不出的味道，不好意思再往前走。

余公公怕慧娘娘哪里不舒服了，老远就喊："老弟母，你没事吧？"

慧娘娘眼皮都不好抬起来，说："没有事，没有事。"

慧娘娘走近了，余公公就摸着老木，说："要是楠木，漆都不要漆了。"

慧娘娘晓得余公公的心思，就是要她夸夸手艺。她从头到尾摸着老屋，光得就像打了滑石粉。当年做赤脚医生，用过那种奶白色橡胶手套，上面就是打了滑石粉的。那个卫生箱还在她床底下，白色油漆早变成黄色的了。慧娘娘把两副老屋都摸了，说："余哥的手艺世上找不出第二个。我过去那个卫生箱，背到县里开会最有面子。别人都喜欢打开看看。一打开，就是一股樟木香。有个省里的专家说，用樟木做药箱，很科学。"

余公公就开玩笑，说：“老弟母，这话你讲过三百遍了！你喜欢，我再给你做个卫生箱，你背到那边去，还给人家打针，还给人家接生。我有一偏厦屋的樟木料，原先预备着给旺坨、发坨和巧儿做家具的，都用不上了。”

慧娘娘笑得像个小女孩，说：“我们这边变了，那边只怕也变了。不再要赤脚医生，也不再要接生婆。余哥，你说我讲冗话，你不也讲？一偏厦屋的樟木料，你也讲过三百遍了。”

今天开始做漆工，头道功夫是刮底子灰。慧娘娘问：“打得这么光了，还要刮底子灰？”

余公公说：“哪道工都不能省。刮过底子灰，还要拿砂纸打光。”

慧娘娘坐在旁边晒日头，说：“人一世，好像做梦，晃眼就过去了。我这几日老想起那个小刘。那个女人家是个善人，叫人家欺负了，还说她搞男女关系。”

余公公说：“我老想起她男人家。他也是个善人，就是有些傻。上面说什么，他就听什么，不是傻吗？天气老是变，能相信天吗？”

慧娘娘说：“记得那年吗，绿干部又来漫水蹲点。队长开会回来，隆夜传达。会没开始，绿干部坐在那里就打瞌睡。那么多人，那么吵，他也睡得着。队长说，金不如锡，哪个相信？金子跟锡哪个贵，我们不晓得？”

余公公想了想，说：“我记起来了。绿干部那是最后一次蹲点，后来再也没有来过。”

慧娘娘说：“后来再也没有干部到漫水蹲点了。绿干部在漫水蹲了一世的点，蹲得自己都不想蹲了。那年，旺坨和发坨高中都毕业了，巧儿和强坨还在读高中。旺坨和发坨都在会上，听说金不如锡，他两兄弟就笑了。”

余公公说：“你一讲，我全想起来了。绿干部醒了，不晓得出了什么事。队长告诉绿干部，说，我讲金子不如锡子，这是屁话，旺坨和发坨就笑！”

“是的，是的！”慧娘娘说，“绿干部不生气，也不笑，只闭着眼睛写了四个字，抢着说，今，讲的是现在；昔，讲的是过去。今不如昔，就是现在不如过去。”

刮完了底子灰，第二日才可打砂纸。余公公和慧娘娘就坐在地场坪晒日头。村子不像往日热闹，青壮年都出远门挣活钱，老人守在屋里打瞌睡，小伢儿都在学校里。偶尔听得鸡叫，就晓得是什么时辰了。

慧娘娘突然想起余公公的笛子，问：“余哥，你的笛子还在吗？好多年不听你吹笛子了。”

余公公笑笑，说：“你不说，我也忘记了。好多年了，不晓得还会吹吗？”

余公公进屋去，半天才把笛子找了出来，说：“我记性越来越差了，笛子放在箱子底下，我硬记成柜子里了。”

“吹什么呢？”余公公抬头想了想，就呜呜吹了起来。他不再像年轻时由着性子吹，吹的是电视里常听到的曲子。可他吹着吹着，就会从这个曲子吹到那个曲子去，吹到最后自己就笑了起来。慧娘娘也听出名堂来了，嘴上却说：“吹得好，你老了气势还这么长，你要千岁不老。”

慧娘娘早替余公公做好了寿衣寿被，一直想着哪天方便时拿出来。等到余公公替她割了老屋，她就拿不出手了。两套寿衣寿被，抵不上两副老屋。慧娘娘想了半日，说：“余哥，你的寿衣寿被，我去年就做好了。想等你八十岁生日，送你做贺礼。”

余公公嘿嘿一笑，说：“我就晓得你要做的。拿来，我想看看。”

慧娘娘进屋去，取了两人的寿衣寿被，说：“你的，我的。”

余公公接过自己的寿衣寿被，一双寿鞋从包里滚出来，就问：“老弟母，你哪里晓得我的鞋码子？”

慧娘娘说：“我帮你纳过鞋底，鞋样一直压在我床板底下。你和我那老的、旺坨、发坨、强坨、巧儿，几个人的鞋，都是我跟嫂嫂打伙做的。”

余公公就笑，说：“我只管穿，我哪里晓得！”

黑狗突然叫了起来，余公公忙看看屋前，是不是来了生人。没有看见生人。黄狗早窜到地场坪了，脑袋昂得高高的。黄狗也没看见生人。

余公公就骂黑狗：“黄天白日，见鬼了？”

余公公随意的话，却叫慧娘娘不安起来。漫水人相信，阴人来到阳间，人看不见，狗看得见。阴人晚上会出来，听见公鸡叫就飘然上山。夜里，狗若冲着门外叫，又不见门外有人，狗的主人就会害怕，私下检点自己做错什么事了。白日里见鬼，就更是不好的事。

慧娘娘抱了自己的寿衣寿被，回到屋里去。她点了三枝香，插在神龛前的香炉里，作了三个揖，说："老的，你要保佑余哥。你伸脚就去了，你到好地方，留我在世上。不是余哥，我老屋都没有睡的。你也要保佑强坨，不是儿不孝，他只有这个力量。他年纪轻轻，阿娘跟人家去了，他养一双儿女，不容易。"

慧娘娘祭完了男人，回头吓得双手打战。原来余公公站在门口，不声不响望着她。余公公晓得慧娘娘吓着了，就笑道："老弟母，你年轻时不信迷信的，怎么越老越信了？你替那么多人妆尸，人家说怕鬼，你说你不怕。"

慧娘娘摸摸胸前，又反手捶捶腰背，说："余哥你愓得我心跳到喉咙里了！我是不怕鬼！我替人妆尸，那是行善。我活到如今无病无灾，都搭帮过去了的人在保佑。我要我老的保佑你，保佑我。他是个善人，在阎王老儿面前说话算数。"

这几日落雨，砖厂做不了事。强坨不去上工，守在余公公家打下手。老木开始上漆，慧娘娘说："不得信就落雨了！再多晴几日就好了。"

余公公笑得很得意，说："老弟母，你这就是外行了！老木上漆，落雨还好些！天晴有灰，漆就怕灰。落雨天只是干得慢些，没有灰。干得慢不怕，反正慢工出细活。你的福气好，老天才照顾！"

慧娘娘听了，忙说："哪是我的福气？我是享余哥的福！"

老木漆过三遍，天上还在落雨。余公公说："我上了天，要朝玉皇老儿叩九个头！他老人家太照顾我了！"天空飘着细雨，青黑中似乎映着黄色的光。余公公望着天上，似乎他真看见玉皇老儿了。漫水人对于死后的光景，想象得有些逻辑模糊。有说死后见玉皇老儿的，壁邻舍。

余公公在老屋两头画了松柏仙鹤之类，又在两侧画上福禄寿喜和暗八仙。画到何仙姑的荷花，余公公想起强坨跑掉了的阿娘，问："你阿娘走了好多年了？"

强坨说："八年了。"

余公公问："晓得她在哪里吗？"

强坨说："哪个晓得！"

"你访过吗？"余公公问。

强坨说："她心野了，访她做什么呢？不要我也就算了，儿女也不要了？"

慧娘娘说："强坨，莫怪人家，只怪自己过去穷。她有心出去，就保佑她遇好人，过好日子。"

"前几年听说在浙江，又生了两个儿女。"强坨那语气，像说别人家的事。

余公公说："儿女都这么大了，你新屋也修好了。我说，哪日她有心回来，你还得让她进门。"

慧娘娘也说："我常日劝强坨，人家走了不要怨，她有心回来就让她回来。吵啊，闹啊，爱啊，恨啊，都是年轻时候的事。老来一想，跟哪个不是过一世？"

强坨说："我是这样想的，人家是这样想的吗？人家说不定在享清福哩！"

"人家享福，那是她的好事！退万步讲，她也是你儿女的娘，就让她享福去。"慧娘娘不想再说这事了，就问余公公，"余哥，你不声不响，漆啊、金粉啊，都预备着。老话讲得好，吃不穷，用不穷，盘算不到一世穷。你家日子从来过得比人家好，就是你会盘算。"

余公公说："你不也是不声不响，就把我的寿衣寿被做好了吗？"

老屋里面要漆红的。余公公调好红漆，说："老弟母，人家用的是红洋漆，我用的是朱砂漆。如今朱砂不好找，有钱都买不到。你不晓得，我这朱砂藏了六十多年了！”慧娘娘听得满心欢喜。

老屋漆好之后，放置在余公公的偏厦屋。四对木马架起四根柱子，两副老屋并排放在架子上，拿棕垫严严实实盖着。余公公说:“樟木有香味，老鼠是最喜欢咬的。”强坨听了这话，飞快上山砍猫儿刺去了。

九

慧娘娘受了寒，病了。自己拣了药，睡在床上不想动。清早，听伢儿在外头喊:“二十五，推豆腐；二十六，熏腊肉；二十七，献雄鸡；二十八，打糍粑；二十九，样样有；三十夜，炮仗射！”

快过年了。慧娘娘躺在床上不动，难免就会想些烦躁事。强坨阿娘走了八年，半点音信都没有。听人说她在浙江嫁了人，又生了儿女。那只是听说。这边的儿女就不要了？孙儿孙女在南方打工，晓得他俩过得怎样？说是要回来过年的，又打电话说买不到火车票，不回来了。真买不到票，还是没赚到钱?

腊月间，漫水天天听得杀猪叫。村里只有两三个屠夫，忙得双脚不沾灰。哪家杀了猪，必要拿新鲜猪血、肠油、里脊肉做汤，叫作血汤肉。讲客气的人家，会请亲戚朋友喝血汤。余公公有面子，村里人杀了猪，都会上门来请。余公公总是说:“你请慧娘娘,她去我就去。”人家就说:“慧娘娘病没好,不肯出门。”余公公就说:“大家多请几次,她的病就会好的。”果然，慧娘娘的病就好起来了。余公公去别人家喝血汤，总会说：“只有你请我的,没有我请你的,我这老脸没地方放！”余公公好多年没养猪了，年底就买百把斤肉，熏得蜡黄的等儿女们回来。可儿女们难得回漫水过个年。他家的腊肉就老吃不完，每年过了立夏节，就把腊肉送人。请他喝血汤的人家，都是吃过他腊肉的人家。漫水人的礼尚往来，心里都是有数的。

吧。”余公公总是一句话:“年还是在自家过。俗话说,叫花子都有个年。”强坨来请,余公公就改了口。强坨说:“余伯爷,老娘说,我两家一起过年算了。”余公公问:“你娘的主意,还是你的主意?”强坨从没这么灵泛过,居然问道:“是我娘的主意又如何呢?是我的主意又如何呢?”余公公笑道:“你娘的主意,我乐意去。我同你爹娘做了一世兄弟,就是一屋人。你的主意,我也乐意去,算是你有孝心。我一世待你,不比旺坨、发坨差。”强坨就说:“伯爷,是我和娘两个人的主意!”余公公就答应了,又说:“给我做道菜。”强坨问:“什么菜?”余公公说:“你娘喜欢吃枞菌,做道枞菌炒腊肉。”强坨笑得颤,说:“余伯爷,寒冬腊月,哪里来的枞菌?”余公公笑道:“我说有,就有!”余公公起身,从里屋提了个袋子出来,说:“我备了干枞菌,专门留着过年的,你拿去泡了。你先不告诉你娘,等泡香了,看她还听得到枞菌香不。”

年三十是个大晴天,日头晒得屋前屋后的橘树叶闪闪发亮。漫水人的年饭弄得早,中午边上就听得家家腊肉香了。余公公的黑狗、慧娘娘的黄狗,叫日头一晒,叫腊肉一熏,变得无比慵懒,长长地打着哈欠。

慧娘娘说:“余哥,今天我不动手,你也不动手,信强坨弄去。弄得再好,就是龙肉,你我也只吃得那多了。”

余公公就信慧娘娘的,两个老人坐在地场坪晒日头。闲坐没事,余公公就吹笛子。他新学了几首曲子,不再窜来窜去了。慧娘娘听得享受,脚在地上轻轻地点着。黑狗和黄狗趴在地上,好像也在听笛子。

若依漫水风俗,过年必要炖财头肉。猪头熏得蜡黄,年三十炖着吃,叫作吃财头肉。财头煮好之后,先拿供盘托着敬家神。所谓家神,就是逝去的先人。虔诚的人家还会扛着供盘上山,依着先人的辈分挨个儿上坟。不太讲究的,就在中堂屋摆上供桌,燃上香蜡纸钱,望山遥祭。

余公公和慧娘娘年纪都大了,不再上山敬家神。强坨是要煮财头肉的,余公公不让他煮,说:“两个老的,一个少的,吃不完。你只选一块好猪腿肉煮了,一样的过年。”强坨煮好了猪腿肉,过来说:“老娘、余伯爷,烧年纸了。”慧娘娘说:“一副祭肉,余伯爷屋先烧年纸。”强坨听了,端着供盘就往余公公屋去。余公公喊住强坨，说:“莫烦琐了！你屋和我屋，一个祖宗的。就放在你屋中堂烧，我来作个揖就是了。”慧娘娘忙说:“端到余伯爷屋里去，我两娘儿去余伯爷屋里作揖。”

敬过家神回来，慧娘娘突然站住，说:“余哥，你说怪不怪？我怎么听到枞菌香呢？我怕是有毛病了！”

强坨望望余公公，笑了起来。余公公也望着强坨笑，说:“你娘是个老怪物，鼻孔还这么尖！我是鼻孔不行了，香臭都听不见。”

慧娘娘问:“真是枞菌呀？寒冬腊月哪来枞菌呢？”

余公公笑着不作声，强坨说:“余伯爷晓得你喜欢吃枞菌，专门干了留着过年。刚泡开，我看了，乌的，下半年的枞菌！”

漫水山上每年长两届枞菌，阴历四五月间长红枞菌，九十月间长乌枞菌。乌枞菌比红枞菌更好吃。慧娘娘笑出了眼泪水，说:“你余伯爷像土地公公，哪里长什么只有他清楚。年轻时，我们都上山捡枞菌，哪个都捡不赢他。”

吃团年饭时，日头还在西边山上。余公公拿来一瓶茅台，说:“强坨，再好的酒，我都不敢喝了。你喝老酒，我和你娘喝糟酒酿。”两条狗站在门口，偏着脑袋望着。余公公说:“哦，忘记它们俩了！”强坨就去取了狗钵子，往钵子里放了饭和肉。黑狗和黄狗虽是母子，平日吃食是要打架的。今日它俩好像晓得是过年了，也相安无事地吃着团年饭。

正月初一，余公公早早地醒来，细心听外面的鸟叫。他听到喜鹊叫，心上就宽了。今年是个好年成。他怕听到麻雀叫，麻雀叫就是灾年。起了床，推开门，就望见慧娘娘在她自家门口，朝他拱手作揖:“余老大，拜年拜年！你早上听到什么鸟叫？”余公公说:“喜鹊叫，风调雨顺！”慧娘娘笑眯眯的，说:“我也听到喜鹊叫了，大丰年。今年要是还落场雪，那就圆满了。”

余公公刚吃过早饭，他儿女的朋友上门来拜年。昨天夜里，儿女们娘早已过世，会把慧娘娘误作余娘娘，往她手里塞红包。慧娘娘丢了红包，忙往自家屋里跑。正月初那几日，慧娘娘听见汽车喇叭叫，就赶忙从余公公屋出去。村里人不晓得来的是什么人，只暗暗数着上门的小车，十分羡慕地议论："来了十几辆车，比去年还多！"

正月初三，余公公醒来，看见窗户纸亮晃晃的。心上想，未必落雪了？起床推门一看，果然是落雪了。地上厚厚地铺了一层雪，天上的雪还是棉絮样地飞。他出门就喊慧娘娘："老弟母，你是神仙啊！"慧娘娘听见了，站在门口说："余哥吃早饭了吗？没吃就莫自己弄了，到我屋来吃算了。"余公公爽快地答应了，说："我洗了脸就来。"

漫水正月初三开始舞龙灯，叫作出灯。今天落了雪，男女老少都莫名地兴奋。舞龙灯的人格外起劲，说话都高声大气。他们白天要先试试锣鼓，敲得家家户户门窗发颤。伢儿们踩高脚，放炮仗，满村子疯。女儿家踢毽子，小辫子在后脑壳上一跳一跳的。村里都是同宗，祖上分五房发脉。龙灯必定从大房舞起，依次二房、三房、四房、满房。千百年的规矩，从来没有变过。先舞过自己村里，再舞到外村去。可以外村来请，也可以自己下帖子去。不论外村来请，还是下帖子去，礼数都极是周到。外村会有头人挨户报信，晚上家家都得留人。龙灯来时，全村热闹喧天。过去接龙灯，只需打发糍粑，如今需奉上红包礼金，也都不太过分，只是图个吉庆。家有喜事的，龙灯会在你地场坪多闹几下，多打发几个礼钱就是了。

龙灯越舞得远，村子的名声越大，村里人越有面子。余公公年轻时是村里舞龙灯的头人，远近十乡八里都会来漫水接龙灯。过了六十岁，余公公不再舞龙灯了。他说："人都要老的，不要讨人嫌。年轻人本事大，龙灯会舞得更好。"余公公看龙灯的兴趣却不减，村里舞龙灯他会跟着看，十三收灯他会去河边送。

正月十三，晃眼就到了。雪早融得干干净净，天也晴了好几日，地上很干爽。龙灯舞得再远，正月十三必要回到村里。吃晚饭时，余公公问慧娘娘："去蛤蟆潭收灯，你去吗？"慧娘娘说："我夜里眼睛不好，身上也不太自在，不去。你也莫去，路不好走。”

余公公嘿嘿笑着，夜里仍是去了。正月十三更有趣俗，即是家家户户的菜园子，你都可以去偷他的菜吃。遭偷的人家绝不会叫骂。小伢儿喜欢这个游戏，偷人家的白菜、萝卜煮糍粑吃。小伢儿在地里偷菜，大人们在河边送龙。村里人敲锣打鼓，把龙灯送到蛤蟆潭边。点上香，烧上纸，放起炮仗，一把火把龙灯点燃。众人齐声高喊:“好的！好的！好的！”火光冲天，龙入东海了。望着最后一串火苗熄灭，总会有人说:“唉，又要等明年了！”

回村的路上，年轻人也有童心未改的，就顺路偷菜去了。路上的人越来越少，有人过来问:“余公公，看得见吗？”余公公说:“看得见，你莫管我。今夜月亮好，地上尽是银子。”余公公故意落在后面，耳旁慢慢就清静了。耳旁越清静，地上越明亮。慧娘娘鼻孔、耳朵都好，就是眼睛有些花。余公公眼睛、耳朵都好，就是鼻孔听不清味道了。小气的怕人家夜里偷菜，白天会往菜地泼大粪。今晚清冷澄明的夜气中，必弥散着一股臭味。余公公心想，鼻子不行了也有好处，只看得见月光，听不见臭气。

强坨在半路上接了余公公，说:“老娘打发我到你屋里看了几次，怕你出事了。”余公公笑道:“我哪那么容易出事？你娘就爱操心！”回到屋门口，两条狗蹿得老高。慧娘娘站在自家门口，说:“我听得狗都叫清寂了，晓得人都回来了，你还没有回来。我怕你是偷菜去了哩！”余公公哈哈笑了起来，说:“我还偷得菜，那就好了。”

余公公进屋，门咿呀关上了。整个漫水村，只有余公公屋的门咿呀响，别人屋的门都没有咿呀声了。余公公洗了把脸，上床睡下。想起从前，鸡叫三遍过后，家家户户的门就咿呀地响起来。心细的人听得出哪个屋里的门先响，那是户勤快人家。又想栀子花、茉莉花的气味慧娘娘不爱听，明年剁掉算了。多栽些樱花和石榴，好看。石榴多籽，吉祥。又想起屋走到屋栋头，就望见棕蓑衣掉在地上。心想昨夜没刮大风呀？未必是小伢儿顽皮？走到屋后一看，余公公双眼发黑。

龙头杠不见了！

两个空空的木马，棕蓑衣丢得乱七八糟。余公公瘫软在地上，耳朵里嗡嗡地叫。地上很凉，余公公全身发寒，慢慢爬了起来。他使劲敲着慧娘娘的门，喊道："老弟母，快开门。"慧娘娘开了门，吓得眼睛睁得箩筐大，问："余哥，出什么事了？"余公公眼泪猛地滚了出来，说："不得了，不得了，龙头杠不见了！"慧娘娘脸色傻了，一屁股坐在地上。

慧娘娘气都出不了，拿手摸着胸脯，也哭了起来，说："强坨，肯定是强坨！"余公公说："怎么就说是强坨呢？他有这么大的胆子？败掉村里的龙头杠，剥皮抽筋都不能叫村里人顺气！我的老天！我怎么向村里人交代！"

没多时，余公公家地场坪就立满了人。有人说："肯定不是生人，是生人，黑狗要叫，黄狗要咬人！"

强坨就跳脚骂娘，赌咒发誓："我再不是人，敢偷龙头杠？又不是放在我屋了，我不害了余伯爷？"

"肯定是下半夜的事，上半夜外面还有人偷菜，抬龙头杠出去必定有人看见。"

"未必！我好像看见有影子！"

"那你是猪？不晓得喊，只晓得偷菜？"

"他讲鬼话！十三大月亮，哪里只看见影子？"

一地场坪的人，没有哪个说余公公。余公公自己老脸没地方放，低头坐在门槛上。大家说不出个所以然，就各自散去。余公公就说："东西是在我屋偷的，我赔。我赔不起楠木的，我赔个樟木的。"没有人回头搭理余公公，他对着大家的背影说话。

余公公一气，倒床不起了。慧娘娘上年腊月起身子就不好，这回也病了。强坨又要上砖厂做事，又要照顾两个老人，起早摸黑两头跑。余公公说："你只照顾你娘，我睡几日就好了。"

余公公睡了几日，身上硬朗些了。他出门碰到强坨，问：“你娘好些吗？”

强坨说：“娘不肯吃东西，不想落床。”

“不吃东西，哪有劲落床？”

强坨说：“我每日在床前劝，她只是摇手。”

余公公自己也不想吃饭，胸口有个东西塞得紧紧的。又过了几日，仍不看见慧娘娘出门。余公公喊强坨：“我去看看你娘。”

余公公在慧娘娘床前坐下，说：“老弟母，人是铁，饭是钢。你胃口再怎么不好，霸蛮米汤都要喝几口。龙头杠，你莫着急。我会雕，我雕出来的不会比祖上的差。我再歇几日，手上稍微有劲了，我就去雕。”

慧娘娘不出声，手不抬，头也不摇。余公公又喊：“老弟母，你莫怪强坨。他说不是他，肯定就不是他。我相信，他没有这个胆。”

喊了半日，余公公感觉不对数，拿手摸摸慧娘娘的额头，再摸摸她的鼻孔。“老弟母，你莫愒我啊！”余公公忽地站起来，反手朝强坨扇了一耳光过去，“你娘都冰冷了，你这个畜生！”

强坨忙伏到娘身上去听听，哇哇大哭起来。余公公身子摇晃着，又坐下来，喊着：“老弟母啊，你话都没有一句，就去了啊！”余公公喊了几声，回头朝强坨喊道，“你哭个死！快去烧落气纸！”

听到强坨哭号着烧落气纸，村里人都赶了过来。害怕的就站在地场坪，理事的就进屋去了。进来的都是年长女人，只问哪个时辰走的。没有哪个晓得。余公公说：“拜托你们，快快烧水。慧娘娘一世替人家妆尸，村里如今还有人会妆尸吗？”有人开始编排，你做哪样，他做哪样，就是没人会妆尸。

余公公没听见人答话，就说：“你们怕鬼，怕脏。我不怕。你们慧娘娘一世善人，她上去以后不是鬼，是仙。她一世干干净净，不脏。你们烧水，我给慧娘娘洗澡。水要热，要洗得她舒服。”余公公吩咐完了，又说：“预你身上还流软的，哪像过去了的人？你是惕我吧？你是要走，你就放心去，慧老弟在那边等你。你要是不想走，你就说句话。你哪像要走的人？看你还是个笑样子，你是闷着一口气，故意逗我们的吧？”

“老弟母，你是个好人，你是个善人，你到那边去说话算数。你要保佑强坨，他是个孝儿。你要保佑漫水的人，他们都来送你来了。”

听余公公这么说，屋里帮忙的人都哭起来。余公公眼泪也止不住，说：“老弟母，你是个苦命人啊！是人都有娘屋，你没有；是人都有外婆，强坨没有。不是碰到慧老弟，晓得你要落到哪里啊！”

有人就说：“慧娘娘有福气哩！老了，事事有余公公照顾，有余公公割樟木老屋，还让余公公妆尸。哪个老了有这个福气！”

有女人说：“你看慧娘娘，干干净净的！你看她肉皮，又白又细，哪像个老人！”

热腾腾的烧碱水端来了，余公公说：“老弟母，给你洗头啊！你洗了一世烧碱水，头发乌青的，水亮的。”

洗完了头，余公公又说：“来点茶油。”余公公在手心点了点茶油，双手抹匀了，轻轻地揉着慧娘娘的头发。余公公不会梳头，请女人帮慧娘娘梳了个光溜溜的发髻。慧娘娘仍用那个白亮亮的银簪子，别在乌黑的发髻上。

梳洗完了，余公公给慧娘娘穿寿衣，说：“老弟母，你抬手，寿衣是你自己做的，很漂亮。你伸伸脚，给你穿裤子。你的鞋也好看，绣着龙凤。”

熟悉礼数的女人已端着盘子候着，盘子里放着茶杯，茶杯里放着米和茶叶。老了的人嘴里含着米和茶叶去阴间，旧时还会含碎银子。如今银子不好找，有省掉的，也有含硬币的。余公公把米和茶叶放进慧娘娘嘴里，又从口袋里掏出一个细细的银链子，放进慧娘娘嘴里含着，说：“老弟母，银链子是巧儿的，你带去吧。”

老屋早已安放在中堂，慧娘娘穿戴好了，抬进去躺着。老屋睡了人，就喊灵棺了。灵棺四壁是红红的朱砂漆，寿被面子也是红的，映得慧娘娘脸如桃花。余公公伏在灵棺头上看着，心上说：“脸红得这么好看，哪像去了的人？”眼泪就吧嗒吧嗒，滴在慧娘娘的脸上。

黑狗和黄狗晓得出事了，低声哀号着，在地场坪乱窜。地场坪的人越来越多，两条狗怕碍事，趴在余公公屋檐下。母子俩趴在一起，望着对门的太平垴，黄狗的脑袋奓在黑狗背上。

余公公叫人抬出一根又粗又长的樟木，他要去雕龙头杠。前几日，余公公害病躺在床上，脑子里尽是雕龙头杠的事。老楠木龙头杠他琢磨过千百回了，闭着眼睛都雕得出来。他还数过龙头杠上的龙鳞，一共九十九片。

慧娘娘屋炮仗声声，念经不断。放铁炮的仍是铁炮，他没事蹲在地场坪吸烟，隔会儿又去点几炮。放铁炮别人怕挨边，只有他是个猛子。铁炮也是快六十岁的人了，哪家死人都是他去放铁炮。他同人家扯闲谈：“慧太婆是个大善人。我娘那嘴巴不好，讲过慧太婆好多坏话，我是晓得的。慧太婆不计较，照样给她治病，死了还给她妆尸。慧太婆这样的善人，世上少有！”

丧事越热闹越吉祥，不光要炮火喧天，还要有人哭丧。余公公最担心没人哭，慧娘娘没有女儿，儿媳妇又走了，又没有几门亲戚。强坨是个男人，不会哭丧。没想到哭丧的人还很多，围着慧娘娘哭的都是受过她恩的女人。

余公公就放心了，安心雕着龙头杠。村里老了人，吊丧的，帮忙的，混饭的，看热闹的，都有。很多人围着余公公，看他雕龙头杠。有人看不明白，问：“余公公，龙头杠是个整的，你怎么分三节呢？”余公公懒得回答，只说：“你把眼睛看吧。”心想，脑子不晓得想事！龙头是翘起的，龙尾往左边摆着，哪有那么粗的木头？樟木都难得那么粗，莫说是楠木了。老楠木龙头杠，也是三节对榫的，没哪个细心看。

做佛事道场的是三道士的儿子，名叫金坨。三道士死了，金坨接了他爹的衣钵。金坨自小顽皮，漫水人不怎么信他的法术。只是找不出别哪天就是好日子。”

余公公拿凿子指着金坨，说：“放你娘的狗屁！你好好给慧娘娘看个日子！这是开得玩笑的事？不信，我阉了你！你选了哪天是好日子，我的龙头杠保证误不了事。”

金坨忙双手作揖求饶，说：“余公公莫生气，我逗你老人家的。日子早看好了，没人告诉你？阴历二十八，正午时入土为安。”

余公公钩钩手指，说：“够了，足够了。”

金坨见余公公不再理他，又敲钵子去了。这时，过来几个女人，说：“余公公，你真是神哩，两天工夫，龙样子就出来了。”

有个女人摸着龙嘴里的珠子转了几下，怎么也弄不明白，问：“余公公，这么大个珠子，怎么放进去的呢？”

余公公说：“不是说我神吗？我有法术。”

龙头龙尾都雕好了，对榫结在直杠子上。立时围过来很多人，说：“啊呀呀，比老龙头杠还威武！”余公公心想，他们真的说对了。老龙头杠的头虽然也是翘起的，那姿势只是往前冲去。新龙头杠的龙头昂得更高，龙颈好像往上拉得长长的，活灵活现一条腾空而起的飞龙。

割老屋正好还剩了朱砂，余公公调好一碗朱砂漆，把龙头杠漆得红红的。龙嘴里的珠子漆成白色，龙的眼珠黑漆点白。漫水人心上想着的龙正是这个样子。老楠木龙头杠过去就是红色的，隔几年都要漆一遍，只是听说成了文物，才没有再上红漆。

余公公雕好了龙头杠，又把慧娘娘的旧卫生箱拿出来，重新漆白了，画上红十字。有人不晓得，余公公就说：“慧娘娘说过，她要把卫生箱带到那边去。”

余公公放卫生箱时，他对慧娘娘说：“老弟母，我答应过给你做个新的，我做不了啦。做箱子榫太细，我眼睛不尖了。”

余公公又把笛子放在慧娘娘头边，说：“老弟母，你再听不见我吹笛子，我也吹不动了。你带去，陪着你。”

出殡那日，天上挂着日头。丧伕们早早地来了，头上围着白布，脚上穿着草鞋。待丧伕的饭要格外加菜,这是漫水的礼数。余公公过去说:“我拜托各位孙侄，你们慧娘娘、慧伯娘说过，她怕吵怕闹，你们好好把她抬上山，莫在路上乱来。强坨很孝顺，你们也不要整他。”

“晓得，晓得！”丧伕们埋头吃饭，嘴上含混着答应。

余公公心上却是明白，他们必定是要整强坨的。强坨平时不会做人，嘴巴说话不过脑子。他待娘心上很好，嘴巴上话难听。人家不晓得的，都当他不孝。

时辰到了，金坨端了一碗酒祭天祭地，又斥退各路野鬼野神，把碗往地上啪地摔碎，只听得“噢”的一声，灵棺就起来了。哭声震天，旁人听着也要落泪。两条狗跳得老高，汪汪地叫。

余公公拄着棍子，追在灵棺背后作揖，哭喊道:“老弟母，你好走啊！飞龙拉着你腾云驾雾，你一路莲花上瑶池！”

十几丈白布围着灵棺，强坨和乡亲们圈在白布里面，就像众人拉着老大老大的龙船。黄狗围着灵棺跳上跳下，又像是引路，又像在催人。黑狗跟着余公公，左右不离身。

扶杠的丧伕喊着号子:“八抬八拉啊！”

众丧伕齐和:“噢！”

“五子登科啊！”

“噢！”

灵棺到了塘边，前后丧伕们开始推棺。前面的往后推，后面的往前送。强坨忙跪到水塘里作揖:“拜托叔叔、老弟、侄儿,求你们做桩好事啊,把我娘安心送上山！我有一万个不孝，一万个不好，都做错了！求求你们啊！”阴历二月天气，强坨落到塘里嘴巴就紫了。

余公公也在后面喊道:“莫推了，莫推了，出不得事啊！”

推棺再怎么乱来,灵棺不得碰地,落井时辰不得耽搁。余公公喊几声,灵棺又慢慢前行，一路喊着号子，尽是些吉祥的话。

给你们当牛做马都要得啊！”

灵棺抬过田垄，开始往太平垴去。上山的路很陡，空手走路都怕摔着。丧家最担心丧伕们在这条路上推棺，害怕灵棺落地。灵棺行到半山上，前面突然大喊一声，掉转身子就往后面推。后面丧伕们敌不住，飞快地往后退。黑狗和黄狗冲到前面去，咬住扶杠丧伕的裤子往山上拉。强坨吓得魂都没了，爬到灵棺下面趴着，生怕灵棺碰到地上。他嘶哑着声音哀号：“求求你们了，你们莫整我了！晓得你们凭什么整我。我承认了，龙头杠是我跟外面人打伙偷的！我保证把龙头杠找回来，你们把我娘安心送上山啊！”

丧伕们不再推棺，抬着灵棺往上去。强坨满身是泥，趴在地上哭，半天没有爬起来。余公公拿棍子打了他的屁股，说：“你这个不孝的东西，娘死了还叫你丢脸！”

强坨哭道：“余伯爷，我没有办法，我屋欠你两副老木，我哪有钱？”

余公公骂道：“你这个傻儿啊！我白疼你几十年！哪个要你还钱？你还趴在地上装死？快去！”

强坨爬起来，哭号着追上娘的灵棺。余公公腿脚酸酸地发软，人落在了灵棺的后面。他抬头望去，山顶飘起了七彩祥云，火红的飞龙驾起慧娘娘，好像慢慢地升上天。笔陡的山路翻上去，那里就是漫水人老了都要去的太平垴。

我的堂兄

一

舒通是我的堂兄，我叫他通哥。通哥喜欢把绿军帽做成工帽的样子，低低地往前压着，快盖住鼻子了。我看不见他的眼睛。工帽是我后来才晓得的叫法，当时我们都叫它鸭舌帽。我平常只在电影里见特务和上海滩的阿飞戴这种鸭舌帽。通哥戴着这种军帽做成的鸭舌帽，在村子里走过，小伢儿们都很羡慕。

通哥的帽檐压得太低，走路时自然得使劲儿昂着头，看不清脚下的路,腿就抬得高高的。当时我才八九岁,并不晓得这个样子就是趾高气扬。村里女儿家背地里说通哥很朽，极看不起的样子。“朽”是我的家乡方言，女儿家纳着鞋垫，嘴里总得说些事的。她们最喜欢说的就是通哥，常常都是不屑的口气。她们说通哥的近视，就是戴帽子戴成那样的。成天拿帽子盖着眼睛，哪有不近视的？近视就是书读得多？就有文化了？真是个活宝!

舒家祠堂是大队部。有个春天的晴日，舒家祠堂前围满了许多人。我钻进人墙去，见通哥正在八仙桌上写毛笔字。这张八仙桌原是地主舒刚廷家的，四周都有抽屉，据说是打麻将用来装钱的。现在抽屉斗早不见了，只有四个空空的洞。记得每回斗争舒刚廷，大队干部就会说到这张八仙桌，它是地主分子花天酒地的罪证。万恶的旧社会!

我头回看见通哥的帽檐没有压着鼻子，而是翻转过去，翘在后脑勺上。通哥歪着头，舌头伸出来，左右来回滚动，似乎他不是用毛笔写字，而是用舌头。我这时已是小学二年级了，晓得通哥是给大队出墙报。正在批林批孔哩。

通哥对面站着阳秋萍。阳秋萍双手扯着纸角，望着通哥写字。通哥写完一行，就直起腰来，眯着眼睛打量刚写好的字，脑壳往左边歪一下，又往右边歪一下，就像栽禾时生产队长检查合理密植。阳秋萍看看通哥的眼色，再小心地把纸往下拉拉。

“孔老二四体不勤，五谷不分……”我吃力地念着通哥写的字。

“呀，六坨才二年级哩，抄字都认得！”马上就有大人夸我。村里人把正楷以外的行、草之类潦草的字都喊作抄字。

通哥望着我笑笑，说：“六……六……六坨是块读……书读书的……料子!”

通哥是我的语文老师，他说话结巴得嘴角鼓白泡，读课文却很流利。我受了夸奖，就有些忘乎所以，钻到阳秋萍前面，想帮通哥扯纸。阳秋萍啪地拍了我脑壳：“六坨，快过去，别把纸扯坏了!”

“六坨，人家哪要你扯？”

大家都笑了起来。我不晓得刚才是哪个说了这话，只听见是个女儿家说的，也不晓得他们为什么会大笑。

通哥抬起头来，样子很生气：“我和……和阳秋萍出墙报，是……是……大队支书安……安排的，哪个有意见……就就去找……支书……”

“哪个有意见？扯纸只有阳秋萍会，我们又不会！”

这回我看见了，说话的是腊梅。大人们都说腊梅长得像李铁梅，眼睛大，辫子长，偏又嗓子好，最喜欢唱“我家的表叔数不清”。

阳秋萍听着脸一红，说：“腊梅你莫这么讲，我是服从组织安排。”

通哥说：“是是……是嘛，我们都是服从……从……安排……”

腊梅笑笑，说：“是啊，你是革命的螺丝钉，组织上要你在哪里钻，你就在哪里钻！”

通哥听出弦外之音，沉了脸：“腊梅，你……你……这是什么意……意思！”

有人故意想把话儿挑明白，便说：“腊梅，你一个黄花闺女，怎么说得出口！”

腊梅说：“我说什么了？我又没有说哪个是螺丝帽！”

阳秋萍低了头，钻出人群，飞跑去了。

通哥瞪了眼睛：“腊梅，你……真……真过分！阳秋萍……父母有……问……问题，她是可以改造……造的！周总理讲……的，有成分……论，不惟成成……分论！”

腊梅不等通哥说完，哼了声鼻子，也走了。通哥说到后面两句，只能望着她那条长长的大辫子，李铁梅式的。

通哥继续写字，围观的人仍看着热闹。我趁机捡了阳秋萍的差事，给通哥扯纸。通哥没有骂我，准许我替他扯纸。我像受了奖赏，居然有些不好意思。

“用心……何……何……其……其其……毒也……”通哥字有些草，我又是反着看，念得结结巴巴。

通哥却以为我在学他结巴，突然抬头望着我：“六……六坨！你顽……

的，又不是杀……杀……年猪！”乡下没什么好看的，过年杀年猪，补锅匠补锅，剃头匠剃头，都会围着许多人看。

快黄昏了，通哥才写好那些字，一张张贴到墙上去。墙报贴好了，大家围着看了会儿，都说字好，字好，渐渐散去。似乎没人在意上面写了些什么，更在乎的是通哥写的字。能把这么多字用毛笔写好，贴到墙上去,村里找不出第二个人。村里人嘴上不怎么说,心里还是佩服通哥的,也有人嫉妒。

只有福哥一直站在圈外，冷眼看着。福哥名叫幸福，外号王连举。等到通哥开始往墙上贴纸了，福哥却装着什么也没看见，吹着口哨走开了。我听到有人吹着郭建光的“朝霞映在阳澄湖上”，就晓得是福哥。我抬头看看，果然是福哥，正拿手摸着他的西式头。

福哥是大队支书俊叔的儿子，一年四季拿手摸着他的西式头，把自家摸得像个王连举。叫他王连举，算是我的发明。有回放学的路上，我和同学们没有马上回家，坐在稻草垛上晒太阳。那是个初冬的星期六，学堂只有半日课。还有半日,我们在外面疯。稻草被晒得暖暖的,香香的,我躺在上面，闭上眼睛。我故意朝着太阳方向，眼前血样的红，然后变黑、变绿、变灰、又变黑。脑壳开始嗡嗡作响，仿佛是太阳的声音。这时，听得有人吹着口哨,调子是“朝霞映在阳澄湖上”。我仍闭着眼睛,说:“肯定是福哥，他那样子就像叛徒王连举，还吹英雄人物郭建光的歌哩！”

“王连举！王连举！”同学们高声喊了起来。

我忙睁开眼睛，眼前漆黑一片。半天才蒙眬看见福哥的影子，他正摸着自家的西式头。福哥起先并不在意，仍只顾吹着郭建光调子。他突然发觉不对劲，回头一看，见同学们正朝他喊得起劲。福哥瞪了眼，骂了句娘，朝我们猛跑过来。同学们哄地作鸟兽散，边跑边喊“王连举”。福哥不知抓哪个才好，哪边喊声大就朝哪边张牙舞爪，结果哪个也没抓住。我幸好早早睁开眼睛了,不然准被他抓住。福哥站在草垛边骂几句娘，回去了。可是从那以后，他在村里就有了个外号：王连举。乡下人并不忌讳外号，人家叫他王连举，他也答应。不过，地富反坏右不能叫他王连举，辈分小的不能叫他王连举。我就不能叫，只能叫他福哥。可我有回叫他福哥，却被他瞪着眼睛骂了：“你还晓得叫我福哥？叫王连举啊！”原来，不知哪个告诉福哥，他那个王连举是我叫开头的。

通哥有回问我：“六坨，王连举……是……是你叫出来的？”

我不敢承认，也没有否认，只是望着通哥。通哥说：“幸福真像……像死了的王连举。要是真的打……打起仗来，他说……不定就……就是叛徒。”

人都走完了，通哥自家望着墙报，摇摇头说：“写字就是上……上不得墙，放在桌……桌上好看，贴上去就像……像鸡……鸡抓烂的。”

我随了通哥去溪边洗毛笔。他把毛笔一支支洗干净，一支支递给我。通哥说：“古……时候有个人字写……得好，你晓得人……家费了多……少功夫吗？”

通哥这会儿又像老师了，我便紧张起来，摇摇头。

通哥说：“他家门前有个水……水塘，他每回写……写完字，就在水塘里洗……洗笔洗砚。天……天长日久，水塘里的水都变……变成墨，可以拿去写……写字了。”

通哥说：“这就叫……有志者，事……竟成。”

通哥又说：“这个古人的名字叫……王……王羲之。”

通哥说着，就拿湿毛笔在干石板上写了个大大的“羲”字，正楷的。“这个字很难……难写，很……很难认，读……西，东西的……西。”通哥严肃地望着我，就像平日在教室里。

我就是那回认识这个“羲”字的，再也没有忘记过。事后我还拿这个字去考同学，没有人认得。倒是有同学说是马列主义的“义”字，繁体的。村里墙壁上、田垄里的土坎上，尽是石灰写的标语，也有些“义”被写字的人故意写成繁体，显得很有学问。

通哥接过毛笔，走在前面。已是黄昏，蛙鸣四起。通哥问：“六坨，通哥说："你是……是说批林批孔啊。林彪肯定是……是坏人，他想谋害……毛……毛主席。但……但是孔老二都死了两……两千多年了，他是我们老……师的祖……宗……"

通哥并没有说孔老二是好人，可他说了"但是"，我就听出些意思来。这时，迎面碰见阳秋萍。她站在路中间，望着通哥。天已擦黑，我看不清楚她的眼神。

通哥还没说完孔老二，喊道："阳……"

没等他喊出人家的名字，阳秋萍返身跑了。我弄不明白，通哥同阳秋萍就像闹了意见。

回到家里，我问妈妈："孔老二是好人吗？"

妈妈吓死了，忙问："你听哪个说的？"

我说："通哥说孔老二是老师的祖宗。"

妈妈说："六坨，这句话你千万不要再说！"

二

通哥要上大学了，我是听别人说的。听说这回上的大学，不是社来社去，回来是要吃国家粮的。有人不信通哥会上大学，说肯定是幸福上大学，人家是大队支书的儿子。俊叔听到了这些闲话，很生气，说："哪个上大学，又不是我舒象俊说了算，大队上头有公社领导，公社上头有县里领导！"

晚饭后，我去了通哥办公室。通哥叫我去的。当时我并不晓得他的房子应叫办公室，只叫老师房。每间教室的东头，都有间老师房，只容放张办公桌、一张小床。学堂有十来间这样的老师房，只有通哥晚上住在那里。学堂就在村后，从前是坟地。建学堂的时候，挖出很多人骨，吓死人了。这里不知埋葬过好多先人，坟重着坟。有回，我们教室的地面突然陷进去一块，有个同学连人带桌椅掉进坟坑里。我们好久都不敢碰那个同学，总觉得他身上有股死尸的气味。

我趁天没黑，飞快跑到通哥那里。通哥正在看书。灯光有些灰暗，通哥眼睛不好，就像拿鼻子在闻。通哥并没有回头，只说："六坨吃……过饭了？"

"吃过了。"我问通哥，"通哥，你真的要上大学吗？"

"你是小……小孩子，问……问这些做什么？"通哥望着我。

我说："应该是你去上大学，福哥字都不认得几个，你还会写毛笔字。"

通哥笑笑，说："上大学又……又不考毛……笔字！"

我问："那考什么？"

通哥说："就是几……个干部，一个……一个叫我们进去问……话。"

"问什么？"我很好奇。

通哥说："问我什么叫儒……法斗争。"

我隐约晓得儒法斗争的意思，却说不清楚，有些紧张地望着通哥，生怕他考我。

通哥说："儒……法斗争，报纸上天……天讲，魔……芋脑壳都……晓得。"

魔芋是地里长的一种块根植物，大如人头。我们那儿笑话别人蠢，就说他是个魔芋脑壳。我正想象那魔芋的样子，真的很像人头，却见通哥笑了起来。

我以为通哥笑我，忙逞能，说："通哥，儒家的代表人物是孔子和孟子，法家的代表人物是荀子和韩非子，是吗？"

通哥摸摸我的脑壳，说："六坨真的很……聪明，比……比幸福强。幸……福二十几岁的人了，闹了个天……大的笑话。"

通哥没有说幸福闹了什么笑话，我也不问。通哥笑得直捂肚子，我猜他笑过之后，会告诉我的。果然，通哥笑过之后，长长地喘了几口气，说："幸福说，儒……法斗争，就是日……日本和法……国两个帝……国主义跟“日”同音,都读成“日”。我脑子里立即想起广播里天天喊的那句话,说林彪是不读书、不看报的大军阀、大党阀。我想不出幸福是什么阀,心想他应该叫作大蠢阀。我只闷在心里想,不敢说出来。通哥尽管还没有去上大学,我却感觉他的学问好像比平日大了许多,不敢在他面前出丑。

“通哥,你看什么书?”

“牛……虻,小……说。”

通哥拿起桌上的书,瞟了眼封面,并没有把书给我看。我听成了“流氓”,觉得很奇怪。通哥大概看出我的心思,说:“你还……小,这是长篇……小说,长大了再……看。”

我暗自害羞,心想我永远不会看流氓小说。可是,我看通哥脸上没有半点不好意思,他居然满面微笑,望着我。心想,难道大人就可以看流氓小说了吗?

“六坨,我想同……阳秋萍谈……心,写……了封信。她老娘太……厉害了,我不敢到……她家里去。”通哥脸上突然通红起来。

我忙说:“通哥是要我送鸡毛信吧?”

通哥说:“六坨就……是聪明。”

我拿了信,走到门口,却不敢出门了。

“怎……么了,能……完成任务吗?”通哥突然像个解放军首长。

我说:“外面黑了,我怕。”

通哥说:“你真……的怕鬼?世上是没……有鬼的。好……吧,我送……你出校门。”

学堂其实没有校门,大家习惯把操场外面进村的口子叫作校门。我走到村口就不怕了,说:“通哥你回去吧,我保证完成任务!”

从通哥像解放军首长那刻起,我就觉得自家像小兵张嘎了。解放军跟八路军我分得并不太清楚。我脑子里响起冲锋号的旋律,都是电影里的。我走到拐弯处,忍不住回头望望。只见通哥站在操场中间,朝我挥手。但他挥手的动作并不像电影里面那样,手举过头顶,慢慢地左右摆动。

通哥挥手的动作很快，就像赶蚊子。我明白他赶蚊子的意思，就是叫我快去。

我飞跑起来，惊得村里的狗狂叫。我马上想起妈妈的话，狗叫的时候，千万别跑，不然狗会追着你咬的。我只好慢下来，警觉地看看四周，再从容前行。狗叫声渐渐平息下来。我慢慢走着的时候，感觉自家就像深入敌后的地下工作者，正机警地走在大街上。大街上满是特务、宪兵。

快到阳秋萍家的时候，我步子更慢了。阳秋萍家其实就是我三伯父家，分出两间，供他们家住下。记得有一年，突然有辆卡车拉来些箱子、柜子和桌椅板凳。卡车停在祠堂前面，车上下来一个中年妇女、一个女儿家。那个女儿家脸比所有人都白，嘴巴闭得紧紧的，眼睛不望人。

“长得像一朵花！”有人悄悄儿说。

那朵花就是阳秋萍。很快，附近十几个村子都晓得舒家坳有个阳秋萍，城里下放的。有人背地里不叫她名字，叫她阿庆嫂。舒家坳的毛泽东思想文艺宣传队远近闻名，阳秋萍演阿庆嫂。阳秋萍其实也演过李铁梅，但人们只叫她阿庆嫂。铁梅是腊梅的外号。

阳秋萍家在我三伯父家西头搭了个棚子做厨房。我猫腰进了她家厨房，想先侦察情况。灯光从木板缝透过来，照进厨房里。我趴在木板缝处往里看，见阳秋萍正对着镜子，往脸上涂雪花膏。她左右看着自家的脸，又龇开嘴看自家的牙。正在这时，听得她妈妈的声音：“一天到晚只晓得照镜子！”

阳秋萍忙收起镜子，低头坐着。她妈妈我叫向姨，听说原是在城里当老师的。向姨说：“幸福有什么不好？人家马上就是大学生了。”

阳秋萍说：“他上大学又怎么了？箩筐大的字，认不得几担！像个王连举！”

“王连举怎么了？人家长在乡下，梳个西式头，就说人家像叛徒。明天他上大学了，那样子就是知识分子！”向姨说话间，手在女儿头上不

“死鬼婆，你是越来越胆大了！”向姨说，“俊叔要是不照顾我们，我们永远回不了城！”

“回不了就回不了！住在乡下，我还少几个人欺负！”阳秋萍说着，屁股一蹦，转过身去。我只能看见她的背了，弯着，像半边月亮。

向姨大声说道：“我已答应俊叔了！”

“你答应俊叔了你就自家……”

我没来得及听清阳秋萍说什么，只听得啪的一声脆响。阳秋萍挨打了。我吓着了，不小心碰着什么，哐的一声响。

“哪个？”向姨厉声喊道。

我忙学着猫叫：“喵……喵……”

我学猫叫几可乱真。

向姨骂道：“回不了城，你就天天同猫呀、老鼠滚在一起吧！”

听得门哐的一声，向姨出去了。阳秋萍趴在桌子上，肩膀耸动着。这时，我才想起如何完成任务。向姨那么凶，我也不敢进她家去。

我继续学猫叫：“喵……喵……”

阳秋萍仍趴在桌上哭泣。

“喵……喵……”我边学猫叫，边学猫抓着壁板。

阳秋萍终于回头望望，很怕的样子。后来我晓得她是真的很怕猫。我把通哥的信悄悄地从木板缝里塞进去。阳秋萍先是吓了一跳，忙望望四周，悄悄儿走上前来，抽走了信。大功告成，我弓着腰摸出她家厨房，飞跑。

三

老师不要下地出工。也有老师星期天出工的，会得到俊叔的表扬。通哥教书之外从不出工，除非大队安排他写毛笔字。通哥星期天会躲在老师房看书，从早看到晚，中饭都不吃。

这是暑假，老师房热得要命，通哥跑到村头的大樟树下看书。我打猪草回来，路过樟树下，通哥喊我：“六……坨，来！”

我背着猪草走到他面前，晓得他又会问鸡毛信的事。鸡毛信送出去十多天了，可通哥还老是问我。

“六……坨，信真……是阳……秋萍拿……走的吗？怕……不是她老……娘吧？”

我说：“真是阳秋萍拿走的。要是向姨拿走了，不找你来了？”

通哥脸刷地红了，说：“她找……我做什么？我是找……阳秋萍谈……心。”

我说：“谈心你怕什么？”

通哥笑了起来：“六坨可……能知……事了。”

我顿时脸上发烧。我们乡下说哪个伢儿知事了，就是懂得男女了。我当时才八岁多，这话听来很丑。

“把猪……草放下，坐……会儿。”通哥说着，他手里拿的仍是那本我听成“流氓”的小说。

我放下背猪草的竹篓，坐了下来。树下清凉，头顶早禾郎吱吱长鸣。早禾郎就是城里人说的蝉。

通哥说：“六坨，你知……道什……么是恋……爱吗？”

我不晓得什么是恋爱，懵懂地摇摇头。通哥笑笑，莫名其妙地说：“不……晓得，不晓得就……好。”他再往下说的话，我一句也听不懂了。他抬头望着空中的白云，一会儿说天上的太阳、月亮、星星，一会儿说大海和大海里的石头。我从未见过大海，任他怎么讲都不明白。

“长……大了，你就会……晓得的。”通哥突然摸了摸我的脑壳。

这时，队上收工了，社员们扛着锄头进村子。通哥收起书本，往村头张望。有人从樟树下走过，说：“舒通，你会享福啊！跑到樟树下面坐着！”

通哥嘿嘿笑着，眼睛却朝村口的溪边望去。社员们出工回来，都会萍把裤腿放下来，左右看看身上是否还沾着泥。

阳秋萍原本低头走路，她突然看见了通哥，马上闪进旁边岔路去了。阳秋萍闪进岔路的那一瞬，斗笠下面那张雪白的脸，刷地红了。岔路并没有马上拐弯，可以看见她飞快地走着碎步，腰肢一扭一扭的很好看。阳秋萍消失在拐弯处的时候，我听得通哥叹息了一声。

“通哥，阳秋萍不愿意和你谈心？”我问。

通哥低声骂道：“莫……乱讲！”

我不敢乱讲了，同通哥招呼一声，准备回家去。我刚背上猪草篓子，通哥说：“六……坨，吃过晚……饭跟我到河……里洗澡去！”

我们那儿，游泳就叫洗澡。那条河叫溆水，汇入洞庭湖，再到长江。长江的水是要去东海的，从小我听老人讲东海龙王的故事，就感觉自家像溆水里的一条鱼，紧贴着河底往下游，游往东海去。河离家三华里左右，得走过一片田野和沙滩。没有大人陪伴，我们小伢儿是不准去河里洗澡的。其实我们平时也偷偷儿去，只是不敢让大人晓得。热天在外混了半日回来，爸爸或者妈妈会用指甲在我手臂上划一下，如果留下白色的痕迹，就会挨打。无可抵赖，肯定是下河洗澡了。今日妈妈听说我跟通哥去洗澡，就答应了。通哥是大人，又是我的老师。

那天晚饭吃得早，我同通哥穿过甘蔗林和橘园，爬上河堤，只见河面闪着金光。落日正衔在我们身后的山口上。

“通哥，风篷，风篷！”我指着河的上游。

通哥问：“六坨，你知……道风篷在书……上是怎么说……的吗？”

我摇摇头：“不晓得。”

通哥说：“叫帆，这么……写的。”

通哥说着，就拿脚尖在地上写了个大大的“帆”字。

“为什么船上要扯帆？”我问。

通哥说：“借助……风力，船就不……用撑竹篙，自家会……走。你……看看，船越来越……近了。”

船近了，可以看见船尾冒着炊烟。一个女人从河里舀了一瓢水，倒进锅里，顿时热气腾腾。女人后面有个光着上身的男人，端着碗喝酒。

“通哥，他们在河里做饭吃，几有意思啊！”我很是羡慕。

通哥说：“是有……意思。我哪天也过……过这种日子。”

下了河堤，踩过松软的沙滩，再走过一片鹅卵石，就可下河了。河水先是浅浅的，越到中间越深。通哥说：“六坨，我到中……间去了，你只能在浅……水里玩，千……万莫到深水去。”

我说：“我会游泳了。”

通哥说：“会游也……不行。我不晓……得你是在塘里游？那是死……水，这是活……水，水急，还怕有流……沙。”

通哥独自到深水里去了，我只好在齐腰深的水里扑腾。扯着白帆的船渐渐远去。

我多次试图往深水里泅，都被通哥严厉地喝住了。

“六坨，你不……听话，我下……次就不带你来……洗澡了。”

我生怕通哥不带我下河洗澡，只好回到浅水里。我不停地潜水，每次都憋得脑壳发涨，才猛地跳出水面。

我再次从水里跳出来，猛然间发现天已漆黑了。我朝深水里望去，不见通哥的影子。

“通哥，通哥！”我大声叫喊。

不见通哥回答。

“通哥，通哥！”仍不见通哥答应。

我害怕起来，全身发麻。我怕通哥淹死了。想起平时听过的很多流沙和落水鬼的故事，我忙往岸上跑。鹅卵石顶得我的脚板心生生的痛。

“通……哥……”我边喊边逃，忍不住哭了起来。

这时，突然听见对岸有人大喊：“捉贼啊！捉贼啊！”

我猛地一惊，反而不怕了。我朝对河望去，只见浓黑一片。我晓得那浓黑处是甘蔗地，属于对河李家村。

一定是那贼逃过河来了。贼我也是害怕的，转身继续往岸上跑。

“六坨！六……坨！”我突然听见通哥叫我。

我回头一看，见通哥手里举着东西，在水里朝我招摇。我不敢相信，惊疑地望了会儿，才回到河里去。

原来通哥跑到对岸偷甘蔗去了。这时，对岸捉贼的人也不叫喊了。

“通哥，吓死我了！”

通哥递给我一根甘蔗，说：“怕什……么？他……们抓……不住我的！”

“我怕你淹死了……”

“真……是小伢儿，通……哥那么容……易淹死？”通哥笑笑，“吃……甘蔗要从尖尖吃起，越……吃越甜。”

通哥是我的老师，竟然当着我的面偷甘蔗，真是好玩。李家村的甘蔗好吃，我顾不上说话。通哥却不停地说话：

“我偷李家村的甘蔗，没有偷自家队上的。”

“口……渴了，吃根甘……蔗，不算偷。读书人偷书也……不算偷。”

“他喊捉……贼，怎么捉得到……我呢？我光……着身子，他抓了我一下，一……滑，我就下……河了。他穿着衣……服，还是个老……头子。”

通哥边吃甘蔗边说话，突然问我：“六坨，你不会到学……校去说吧？”

我说：“不说。”

通哥又问：“我要你给阳秋萍送……信，你也没有告诉别……人吧？”

我说：“没有。”

通哥说：“那好，你当……得地……下党员。”

通哥这么一说，我立即觉得庄严起来，似乎他刚才是缴获敌人武器去了，而不是偷甘蔗。我把吃剩的甘蔗比画成枪，朝空中啪啪地扫射。甘蔗蔸子弯弯的，正像手枪把儿。通哥笑笑，说：“你拿的是左……轮手枪。”

听说是左轮手枪，剩下的这节甘蔗我舍不得吃了。往回走的时候，我边听通哥说话，边拿左轮手枪往四周瞄着，就像夜间警戒。

通哥说：“河里的水越……来越浅了。我小时候，水比现……在深半个人。古时候，这里的水只……怕还深些。”

“什么是古时候？”

通哥说：“古时候？就是很久……很久以前。很久很久以前，有个……诗人，叫屈原，他被国王赶……出来，就坐船到……了这里。他在诗里还写……到我们溆浦……”

通哥念了两句诗，我听不明白。直到上了大学，我才晓得那是屈原《涉江》里的两句：入溆浦余儃佪兮，迷不知吾所如。

通哥念这两句诗的时候，正好站在河堤上。河风吹起他的头发，样子很水。当时讲的水，相当于现在讲的酷。

通哥站着望了会儿河面，突然说：“六坨，你把左……轮手枪吃了，不然碰……着大队长，以为你偷……队里甘蔗吃。”

通哥等我吃完左轮手枪，才领着我继续往回走。走在甘蔗林的小路上，我想起电影里的青纱帐，胸中又涌起了战斗激情。我同通哥就像两位八路军战士，在青纱帐里穿梭，寻找战机打日本。通哥没有说话，我也不作声，就更像执行任务了。

我俩默默走了好一会儿，突然听到有女人骂道：“你流氓！”

通哥马上拉住我，停了下来。

“你妈妈答应的！”我听出是福哥在说话。

“我妈妈答应，我又没答应！”原来是阳秋萍。

福哥语气很恶：“你不答应，约我出来做什么？”

阳秋萍：“我想同你说清楚，让你死心！”

福哥大声说：“我今日就是要搞你！”

“流氓，流氓，我告你强奸！”阳秋萍厉声叫喊。

“你喊，你喊破喉咙都没人听见！”

通哥突然甩开我，飞跑过去，大喊：“王连举……你不……是人！”

我也跟着跑了过去，那里已是橘林了。橘林里很黑，两人黑影呆立在那里。福哥说：“栾平，关你卵事！”

通哥说："关我卵……事？你这是犯……罪，告了你，你就要坐……牢！"

福哥说："你想吓我？我要让你成为反革命！我要让你坐牢！"

通哥说："我是人……民教师！"

"人民教师？你说孔老二是好人，你说孔老二是人民教师的祖师爷，你还看流氓小说！公社早就对你有看法，你好逸恶劳，从来不在生产队出工。"福哥说。

"你造……谣！你……你……你……"通哥气得更加结巴。

阳秋萍跑过来说："通哥，我们回去！他敢乱说，我就告他！"

通哥走在前面，阳秋萍走中间，我走在最后。路上谁也没有说话。月光很亮，阳秋萍衣上的碎花点我都看得清清楚楚。我想起那天她收工回来，见通哥坐在樟树下，她突然闪进岔路里，那腰肢一扭一扭的，很好看。

四

吃过晚饭，爸爸妈妈在场院里歇凉。饭吃得很晚，月亮已在屋顶上了。姐姐和哥哥在屋里没出来，奶奶早睡觉了。我想跑出去玩，不敢马上就走。爸爸躺在竹靠椅上，摇着大大的蒲扇。妈妈坐在矮凳上，也摇着蒲扇。妈妈把我拉近些，就便给我赶蚊子。我却想找机会溜出去。爸爸同妈妈很少说话的，除非有事要说。我和爸爸妈妈就在月光下静静地坐着，萤火虫在夜色里低低地飞舞。

爸爸突然说："舒通可能出事了。"

妈妈忙问："出什么事？"

爸爸说："公社来人把他带走了。"

"舒通就是有些懒，人很老实，他会出什么事？"妈妈问。

我说："今日通哥还上我们的课哩！"

爸爸严厉地说：“大人的事，你不要乱讲！”

我就不敢乱讲了，傻傻地坐着。没多时，爸爸开始打鼾，妈妈手里的蒲扇也慢慢停止了摇摆。趁爸爸妈妈都瞌睡了，我溜了。

我跑出没多远，听妈妈在后面喊道：“眼睛管事些，别踩着长的！”

原来妈妈醒了。长的，指的是蛇。家乡的人对蛇有着莫名的敬畏，不敢随便直呼其名。老辈人讲，祖先总是化作蛇回家来看望后人，屋前屋后看见蛇是不能打的。我夜间走路，突然想起蛇跟祖先的传说，背脊骨立即凉飕飕的，脚下似乎扫过一阵冷风。

我循着小伢儿的喧闹声走，晓得他们在那里玩打仗。还没吃晚饭的时候，猴子就跑到我家门口，偷偷儿朝我招手。我跑去一问，他说晚上打仗，司令叫他来邀我。司令就是喜坨，福哥的弟弟。我俩说得很轻，妈妈却听见了，喊道：“不准去！”

猴子吓得一溜烟跑了。猴子跑到屋角，快转弯了，朝我大喊：“怕死不当共产党！”我觉得很没面子，自家成了怕死鬼。上回打仗，我头被瓦片砸了，流了很多血。我没有哭，坚持战斗到最后。回家妈妈一边给我上草药，一边骂着说再也不准我出去玩打仗，我竟哭了。

我听出战斗声在队上仓库那边，就朝那边飞跑。我跑着跑着，就感觉自家像离开战场多日的战士，马上就要回到战友们身边了。我会跑到喜坨面前，立正向他报到：“报告首长，我回来了！”

突然，我被人从后面扑倒，膝盖摔得生痛。

“抓了个俘虏！”我听出是猴子的声音。

我大喊：“猴子，我是去向司令报到的！”

猴子说：“司令正等着你哪！”

猴子推着我走，真像他抓着了俘虏。

我说：“猴子，你诬蔑自家的战友！”

猴子冷冷一笑：“你是敌人派来的间谍！”

立起高高的树桩，把干稻草往上码起来，像个竖起来的巨大纺锤。埋草树的地方，就是草树塬。现在快到早稻收割季节，干草没剩下多少，十几根杉树桩高高地耸立着。

司令站在一棵草树下面，双手叉腰，威严地望着我。

“报告司令，猴子诬蔑我，说我是间谍！”我大喊着。

司令不说话，目光严厉地逼视着我。猴子望望司令的表情，立即叫道：“把间谍绑起来！”

几个战士拥上来，真把我绑起来了。原来他们早搓好了稻草绳子。我的手被粗糙的稻草绳绑得刺痛，骂了起来：“喜坨，我不玩了！”

“革命不是请客吃饭，玩不玩不由你！”司令喜坨背对着我。

我被绑在扯完稻草的草树桩上，敌人的子弹在我耳边嗖嗖作响。想起上回被瓦片砸破头的事，我有些害怕。这时，阵前杀声震天。瓦片好几次落在我身边，可我没法躲藏。

喜坨掩护在前面的草树边，审问我：“栾平都同你说了些什么？”

我说：“我们在玩打日本鬼子，怎么会有栾平？又不是剿匪！喜坨你这个都不晓得！”

“我是司令！不准喊我喜坨！”喜坨说，“我是问你，舒通都同你说了什么反动话？”

我很恼火：“喜坨，你说栾平……通哥，那是真事，我们这是在玩，假的！”

“报告，敌人冲上来了！”一位战士跑到喜坨面前敬礼，立正。

司令大手一挥：“同志们，我们弹尽粮绝，冲上去，打肉搏战！”

战友们喊着“冲啊”，奔向仓库前面的晒谷场。敌我双方叫骂、拉扯、推搡、摔跤。有人哭喊，那是真的哭喊。晒谷场硬得像石板，摔上去痛得要命。玩是玩假的，痛却是真的。

喜坨仍躲在草树后面，密切注视着战况。猴子跑了过来：“报告司令，敌人不肯假装打败仗，把我们八路军战士摔伤了。四毛头上摔了好大一个包，他在哭！”

喜坨说：“摔个包还哭，算什么八路军战士！下回叫他做日本鬼子！警卫员！”

猴子马上跑到他前面立正：“到！”

喜坨说：“你去把麻雀叫来！”

麻雀今夜又是扮作山田。只要玩打仗，喜坨总是八路军司令，麻雀总是日本鬼子的小队长山田。不一会儿，麻雀来了，话也不说，很不服气的样子。

喜坨说：“说好了的，打肉搏战，日本鬼子都要倒下装死！”

麻雀说：“回回我都是日本鬼子，我不玩了！”

喜坨说：“不玩了就不玩了！猴子，我们回去！”

麻雀朝晒谷场大喊：“战斗结束了！”

没人理他，八路军同日本鬼子还在肉搏。麻雀又喊道：“不玩了，喜坨讲不玩了！”

晒谷场慢慢安静了，八路军同日本鬼子混在一起，聚到草树塬来。八路军指责日本鬼子说话不算话，讲好了要倒下去的，不肯倒下去，还同八路军硬拼，还把四毛头上摔了个包！

我喊道：“喜坨，快把我放了！”

八路军同日本鬼子见我仍被绑在树上，哈哈大笑。笑声仿佛让他们回到现实，便开始恶作剧。有人从后面封住我的眼睛，有人朝我哈痒痒，有人拿稻草探我的耳朵。我大骂起来，骂的尽是粗话，对他们祖宗三代女人不客气。我的眼睛仍被人封着，看不清整我的人，我就骂喜坨家的三代女人。封我眼睛的手终于松开了，也没有人哈我痒痒了。我的眼睛刚被封得金花四溅，这会儿仍黑云密布，看不清任何东西。我脸上被人打了一拳，我猜肯定是喜坨。我慢慢看清眼前的人了，果然是喜坨。

“你这个间谍，敢骂我娘？”喜坨歪着头，凶狠地望着我。

我说：“就骂你娘！你家王连举要流氓！”

少家教的！”

司令喜坨嘴里很硬，骂着脏话，却闪身跑了。八路军同日本鬼子立即溃逃，只剩我还被绑着。四毛妈妈骂骂咧咧给我松绑：“六坨，你同四毛都是猪，只有让人家欺负的份！”

五

我放学回家，妈妈朝我招手：“六坨，你过来。”

妈妈语气平淡，脸色却不好。妈妈这种脸色我很熟悉，胸口就怦怦跳，低头走了过去。妈妈突然抓住我，狠狠地打我屁股。妈妈打得气喘，才停了手。我没有哭，妈妈更加气愤，又重重打了几板。

打过之后，妈妈把我往后一推，盯着我：“和你讲过的，大人的事，你不要乱讲，就是不听！”

我根本不晓得自家乱讲什么了，不过也没多大委屈。妈妈打儿子，天经地义。

“人家杀人放火都不关你的事，你好大的人？关你什么事？”

“栾平还在公社关着，你也想进去？”

“阳秋萍自家都不讲，你讲什么？哪个相信小伢儿的话？”

妈妈不停地嚷，嚷了老半天，慢慢我才听明白。

“王连举强奸阿庆嫂，我和通哥看见的！”我大声喊道。

妈妈慌忙望望门外，扑向我，捂着我的嘴巴，狠狠打我。我被打得两眼发黑，妈妈才放手。我不敢再嘴硬，呜呜地哭。

“你说护着通哥，你是在害通哥！”

“公社定他的罪，我都听你说过。”

“我听你说过，你说通哥说，孔老二是个好人。”

“你说通哥看流氓书籍。”

“你说通哥同阳秋萍乱搞男女关系。”

“我交代过你，不要乱说大人的事。”

“我交代过你，一传十，十传百，好话都会变坏话。”

“我交代过你，你就是不听！”

……

听妈妈不停地嚷着骂着，我真感觉到自家害了通哥。妈妈说的通哥这些事，有些是我自家晓得了同妈妈说的，有些是我听别人说了告诉妈妈的。

我挨打的第二天，碰到腊梅。腊梅笑眯眯的，叫我过去。我就过去了，抬头望着她。腊梅脸格外地红，她鼻孔里呼出的气格外热。她摸摸我的脑壳，问：“六坨，你真的看见了？”

“看见什么了？”我问她。

腊梅又问：“福哥同阳秋萍，你看见了？”

我听不懂腊梅的话，摇摇头。

腊梅急了，说：“你看见福哥强奸阳秋萍了？”

我记住了妈妈的话，忙说：“我没有看见，没看见！”

腊梅说：“就是嘛！福哥怎么会是这样的人？人家是大学生了。说通哥还差不多。”

我说：“通哥也没有！”

腊梅笑笑，说：“你晓得什么？人家就是当着你的面，你也不晓得是做什么！”

我听得糊里糊涂。腊梅不再问我什么，只是望着我笑。我就走了。路过阳秋萍家门口，见福哥在她家外的柿子树下，低着头来回走着。乡下像这么来回走动的人见不着，我就多看了几眼。福哥猛一抬头，看见我了。福哥凶狠地瞪我一眼，咬了咬牙齿。我忙掉头跑了。我跑到家里，还在想福哥来回走动的样子，真像电影《大浪淘沙》里的那几个革命青年。可是福哥有些坏，我不愿意把他想成好人，就觉得他像里面的叛徒余宏奎。再想想，还真有些像，长长的头发。王连举也好，余宏奎也好，都不会有好下场。

没过几天，通哥回到了村里。不像发生了什么大事，还有人同他开玩笑，说："栾平你招了没有？"

通哥说："我又……没犯法，招……招什么？"

"没犯法，公社请你去作客？"

通哥说："哪个……讲孔子是好……人？我讲……的？证……明人在哪……里？"

围着许多人，像看新媳妇。"是啊，哪个敢讲孔老二是好人？吃了豹子胆！"有人说。

"说我看流氓书，屁……话！我看的小……说，叫……《牛虻》！"通哥说着，无意间瞟了我一眼。我脸上火辣辣的。

有人说："我们只晓得流氓，没听说过牛氓。"

通哥笑笑，说："什么牛……氓？牛虻！你们天天看见……牛虻，还不晓得什……么是牛虻！"

"我们天天看见牛虻？在哪里？"

通哥说："就是叮在牛背上吸血的麻蚊子！"

看热闹的人更加热闹了。"麻蚊子就麻蚊子嘛！麻蚊子有什么好看的？你不说看牛虻，只说看麻蚊子，公社哪会捉你去？"

通哥立即瞪圆了眼睛，说："话要说……清楚啊！我不是公社捉……去的啊，我是公社打电话喊……我去的啊！电话打到俊叔……屋里，俊叔可以……作证。"

说到俊叔，就没人答话了。俊叔是支书，大队电话装在他家里。我经常去俊叔家里玩，喜坨是我们的司令。我很少听见电话响过，也很少看见哪个打过电话。只有一回，三麻雀妈妈哭哭啼啼跑来，说快打个电话，要救护车，三麻雀得急症了。俊叔忙丢了烟屁股，使劲地摇电话把手，摇上几圈，就拿起听筒，喂喂地叫唤："喂，喂，总机吗？"然后再摇，再喂喂叫喊。如此再三，才听得俊叔开始说话："总机吗？请接公社卫生院！"

电话响起来，总不会是太好的事。要么就是公社开紧急会议，无非是中央又出问题了；要么就是哪个在外面的人得了急病，遇了车祸之类。乡下人没有天灾人祸，绝不会打电话的。

电话在乡里人脑子里是这么个玩意儿，通哥说自家是公社打电话找去的，也不见得就好到哪里去。有人就开玩笑："公社伙食好吗？是钵子饭吗？"

这话又把通哥惹火了。我们乡下，吃钵子饭，就是坐班房的意思。通哥脸红脖子粗："哪个乱讲，我要骂娘了！"

六

通哥并没有坐班房，福哥也没有上大学。听大人们说，通哥坏了福哥的事，福哥也坏了通哥的事。通哥肚子里书多，福哥家庭背景好。本来他们俩总有一个会上大学的，现在哪个也上不了。

不见通哥有什么不高兴，福哥也没有脾气。夜里宣传队在祠堂排节目，通哥和福哥都会去。通哥是宣传队的，福哥是看热闹的。福哥的口哨一年四季吹着革命现代京剧，宣传队却不要他。腊梅也夜夜去大队部看热闹，她喜欢唱"我家的表叔数不清"，宣传队里也没有她。宣传队里，通哥是领头的，阳秋萍是主角。放暑假了，通哥白天打禾栽秧，晚上排节目。

祠堂里有个戏台，平日开会就是主席台，闲着不用就是我们小伢儿玩的地方。戏台两边各有一根大木柱，我们男伢儿显本事，总喜欢顺着柱子爬上爬下。经常有小伢儿从戏台上摔下来，直挺挺地躺在天井里。天井地面是青石板，人摔在上面头破血流。大人总是过了很久才晓得出事了，脸色铁青地跑进祠堂，哭喊着把小伢儿抱了回去。我们就不玩了，各自跑回家去。可是过不了几天，这个小伢儿又跑到戏台上打打闹闹来了。从来没有听说哪个摔死过，真是奇怪。老人家就说，祠堂本来供着祖宗牌位的，破四旧的时候被砸掉了。老祖宗不计较，照样保佑着子孙们。

公社李书记就在我们大队蹲点，住在腊梅家里。腊梅家是大队最穷的，她爸爸是个瘫子。上头下来的蹲点干部，专选家里穷的住，同贫苦农民打成一片。腊梅的妈妈做得一手好菜，村里哪个屋里有红白喜事，都是她去掌勺。

有天夜里，公社李书记来到祠堂，召集宣传队的人说话："你们村的毛泽东思想文艺宣传队，在全公社是有名的。你们要百尺竿头更进一步，不满足于只演革命现代京剧，要争取自编自演一些群众喜闻乐见的节目。"

阳秋萍说："舒通会编，就让他编。"

通哥说："试试，我……试试……"

李书记说："舒通，任务就交给你，公社就看你的表现了。"

通哥说："我争……取把任务完成好。李书记，我有个……请求。宣传队排节目不……比出工轻松，能不能宣传队的人白天只……出上午工，下午休……息，晚上排……节目？不然，人受……不了。"

李书记问俊叔："我看可以，支书同意吗？"

俊叔说："李书记同意了，我没意见。"

宣传队员们高兴极了，都笑眯眯地望着通哥。俊叔仍有些可惜，喃喃道："都是些青壮劳力啊！"

李书记说："毛泽东思想宣传很重要，革命生产两不误！群众的精神被调动起来，就会转变成巨大的物质力量！"

俊叔说："我没意见，只是说说，说说。"

腊梅悄悄儿对福哥说："什么了不起的！戏子！"

福哥点点头，偷偷儿拉了拉腊梅，两人出了祠堂。大家都在说排节目的事，没人在意福哥同腊梅。我见福哥想拉腊梅的手，腊梅把手甩开，往前跑了几步。福哥学郭建光出场，比画了几个动作，就追上腊梅了。我看得出，福哥和腊梅其实都很想演戏的。

李书记同俊叔走后，宣传队又开始排节目。通哥自家上不了场的，坐在那里看别人排节目。演出的时候，若是革命样板戏，通哥就蹲在戏台角上提词。宣传队的人都笑话他，说他只演得了栾平。可是没有他这个栾平，什么节目都演不成。我后来晓得，通哥这个角色，其实就是导演、编剧和总监，反正是灵魂人物。

阳秋萍自己跳着，不时停下来教别人。同样一个动作，别人摆出来，就是不如她好看。我想来想去，就因为阳秋萍的腰比她们好看。我这么想着的时候，眼前浮现出的景象，又是那次在樟树底下，她突然闪进岔路里，腰肢一扭一扭地远去。

我正看得入迷，头被哪个拍了一下。一看，正是通哥。通哥轻声问我："你看见……福哥同腊梅出……去了吗？"

"看见了。福哥还学着郭建光。"我说。

"我也……看见了。"通哥说着，嘿嘿地笑。

我问："通哥你笑什么？"

通哥说："没笑什么……说了……你也不懂……"

我觉得通哥这种笑脸同腊梅那天的笑脸有些像，她也说我不懂。这时，看热闹的小伢儿追打起来，嘻嘻哈哈。通哥站起来，大吼："你们……出去！搞得不……成名堂了！"

通哥毕竟是老师，小伢儿都是他的学生，怕他，都出去了。通哥回头望望我，说："六坨你……也出去！今后排……节目，不准你们小……伢儿进……来！"

小伢儿是闲不住的，我们出来玩"藏喏聒"，就是城里人讲的捉迷藏。划了几轮拳，正好是我倒霉：他们藏，我捉。我面朝墙壁站好，隔会儿喊声"成了吗"，直到有人高声回答"成了"，我就开始捉人。

今晚的月亮很圆，地上明晃晃的。屋子、树木和远处的山峦都显出黑黑的轮廓，贴在青色的天光里。每个黑暗的角落似乎都藏着我要捉的人。可我四处寻找，都扑了空。我高声喊道："打个喏聒！"

藏着的人要打"喏聒"，这是规矩。没听见"喏聒"，我又喊道："不打喏聒我就不玩了！"

"喏聒！"立即有人回道。

“喏聒”声短促而隐秘，此起彼伏，好像每个地方都藏着人。我只需捉住一个人，他就得顶替我，我就可以躲在一处打“喏聒”去了。

我仿佛听见樟树洞里有人打“喏聒”，麻着胆子朝那里走去。那是棵千年古樟，十几个人手牵手才能围住。树根下面有个高大的空洞，可容二十几人。这樟树是成了精的，哪个孩子生了病，大人都会跑到这里烧香。据说很灵验。我小时候，凡是大人们认为神圣的地方，都十分害怕，比如寺庙、土地庙和这个樟树洞。我就连自家屋里的中堂都害怕，晚上根本不敢进去，因为那里有神龛，家里老了人那里就是灵堂。

我离樟树洞越来越近，胸口跳得越是厉害。我给自家壮胆，有人敢藏到里面去，我就敢爬进去捉他！

临近樟树洞，有股古怪的气味随风而来，我几乎想吐。我不喜欢这种气味，那其实就是寺庙里常有的气味。那会儿虽说破四旧，可村后山上早没了和尚的破庙里，常有人偷偷儿烧香。我不爱去破庙里玩，就因为闻不惯那里的气味。

我听得樟树洞里有人说话，说明里面藏着至少两个人。我高兴坏了，放慢了脚步。樟树洞很多出口，我怕他们逃走，就学解放军匍匐前进，然后一跃而起，扑了进去。

我扑住人了。可是，我刚扑着热乎乎的身体，猛地被人踢了出来，听得一声怒喝：出去！

我顾不得屁股痛，连滚带爬跑掉了。我慌乱中还是看清楚了，藏在樟树洞里的不是小伢儿，而是大人，福哥和腊梅。他俩搂在一起，腊梅把脸藏在福哥背后。

我有了上回的教训，决定闭口不提自家见到的事。回到家里，妈妈见我满身泥土，裤子屁股破了个洞，问是怎么回事。我说不小心摔的。妈妈骂我没长眼睛，撕扯着脱下我的裤子。我被弄痛了，哎呀叫唤。妈妈本来不在意，听我喊痛，扯我到灯光下细看，见好几处青紫，就厉声问道：“身上怎么弄的？哪个打的？”

我说：“没有哪个打。”

“你是猪？挨了打回来还不敢说？”

“被福哥踢了一脚……”妈妈逼问之下，我不得不说了。

“他为什么踢你？啊？”妈妈问。

“我们藏喏聒，我又不晓得他躲在樟树洞里，我摸了进去，他就踢我一脚。”

妈妈可气坏了，立即背诵毛主席语录：“人不犯我，我不犯人。人若犯我，我必犯人！”

我光着身子，让妈妈拉着，飞快地跑。妈妈是快步走，我就是跑了。妈妈骂着嚷着，碰上别人问，就停下来，说：“你看看你看看，王连举那么大的人了，把我六坨打成这样！他是二十多岁，又不是二十多斤！”月光虽然很好，但还是看不清我身上的伤。别人就说几句王连举要不得，摇头走了。

俊叔家黑着灯，妈妈把他家门擂得嗵嗵响。听得俊叔在里面高声问道：“哪个？三更半夜的？”

门开了，俊叔披衣出来：“啊，嫂子，你……”

妈妈把我往他面前一推，说：“你看看我六坨身上！”

俊叔反手拉亮了灯，把我拖进屋里，说：“啊？我喜坨今夜没出去呀？”

妈妈说：“不是喜坨，是你家王连举！”

“福坨？他都是做得爹的人了！”俊叔回头喊道，“福坨！幸福！福坨！幸福！幸福！”

俊叔母出来，说：“幸福做什么了？幸福还没回来哩！”

妈妈说：“你看看六坨身上，青一块紫一块，幸福踢的！”

俊叔母说：“小伢儿讲话要信半不信半，你讲是喜坨我还相信，你讲是幸福，我不信。幸福都做得爹了……”

妈妈更加气愤：“要不你把幸福找回来对质！说是喜坨我没意见，小伢儿不懂事。我气就气在幸福，他好大？六坨好大？”

俊叔低头问我：“六坨，你讲真话。”

我说：“我讲的是真话！我听见樟树洞里好像有人打喏聒，我跑进去捉人，我不晓得福哥同腊梅躲在里面。”

“啊？”三个大人都大吃一惊，一时说不出话。妈妈本来还站在门外，马上进了屋。俊叔母忙关了门，望着我说：“六坨，你不要乱讲。”

“我没有乱讲，他俩就是躲在樟树洞里，抱在一起！”我的声音很大。

“你不准说话了，听我们大人说！”妈妈猛地拉我过去，抱着我，抬头同俊叔和俊叔母说，“六坨是不会乱讲的。他在家里只说被幸福踢了，我听着好气，就拖他来了。你想幸福好大？六坨好大？早晓得是这样，我就不带他来了。”

俊叔仍不相信，问我：“六坨，真的吗？”

我说：“真的！”

俊叔一拳砸在桌上，骂道：“报应！出报应了！”

报应，就是别的地方讲的孽障。福哥同腊梅都姓舒，按族规是不能在一起的。他们居然不规矩，就是报应。当时我并不晓得问题有多严重，只觉得自家看见了不该看见的事。

妈妈他们三个大人把我放在一边，去了里面。好一阵，他们才出来。妈妈不再说话，拖着我回去。俊叔母轻声对妈妈说：“嫂子，你就不要生气了。这个报应！这里有点风药，拿去和酒磨，给六坨揉揉。”

“风药我屋里有，屋里有。”妈妈拖着我回来了。

爸爸找了个土钵碗，往里面倒了些酒，取来风药慢慢地磨。那药是种淡黄色的根块，治跌打损伤的，被乡里人笼统地叫作风药。

爸爸边磨药边问我：“他俩穿了衣服没有？”

我说：“好像穿了，好像没穿，没看清楚。”

妈妈问：“他俩是坐着呢，还是怎样？”

我说：“坐着，好像福哥坐在腊梅身上，腊梅藏在福哥背后面，我认得她的裤子，就是腊梅。我看见他俩从祠堂出去的。”

爸爸望望妈妈，妈妈摇摇头。爸爸妈妈就不问我了。我当时并不晓得爸爸妈妈为什么问得这么细，硬要问福哥同腊梅穿了衣服没有。过了些年我才晓得，我们乡下人以为撞见了男女之事会倒霉的，须得当着他们的面脱脱裤子才能消灾。乡下人把男女之事讲得隐晦，叫蛇相缚。

“不准出去讲啊！”妈妈冷着脸。

“我不讲。”

“听到你在外头讲，打死你！”妈妈又说。

“我不讲。”我低着头，就像做错了事。

药磨好了，爸爸替我搽药，说：“六坨，以后要是看见男人和女人……没穿衣服……你就脱一下裤子，反身就跑，不要回头。”

“我为什么要脱裤子？”我听得懵里懵懂。

妈妈说：“听大人的，叫你脱，你就脱。俗话说，蛇相缚，快解裤！”

七

下午，祠堂里只有通哥和阳秋萍两个人排节目。其实他们是在编节目，我当时并不晓得这同排节目有什么不同。通哥哼着曲子，阳秋萍跳舞。阳秋萍跳着跳着，就笑了起来，笑得弯腰捶背的，说：“通哥，你还是拉二胡吧，你五音不全，你哼曲子我就跳不出了。”

通哥抓耳挠腮地笑，拿起二胡，说：“曲子是我自……己编的，还说我五……音不全！”

通哥拉着二胡，舌头就吐了出来，头不停地晃动。我觉得奇怪，通哥写毛笔字的时候吐舌头，拉二胡也吐舌头。突然，通哥停了二胡，走上前去，说：“这个动作要改……改。这……样，这样……好……些。”

通哥比画几下，阳秋萍又笑了，说：“好了好了，你意思一下，我就懂了。你自家跳起来，丑死人了。”

阳秋萍按照通哥的意思再跳，果然好看多了。真是怪事，曲子是通哥编的，他唱不好；舞也是通哥编的，他同样跳不好。

日头快落山了，通哥说：“秋……萍，要……得了。晚上可……以排了，你来……教。”

阳秋萍笑笑，说："曲子和舞都是你编的，还是你教吧。"

通哥说："你要出……我……丑啊！你教……你教。"

通哥那天发脾气，说不准小伢儿晚上去祠堂，哪里禁得住！晚上祠堂里照样尽是小伢儿，通哥最多大吼一声："不……准吵！"因为结巴，"不"字拖得老长，意外地增添了威严。

我吃了晚饭，早早地跑到祠堂去了。有些小伢儿比我还早些，已在里面台上台下飞蹿了。只是再也没见福哥和腊梅来过祠堂。

通哥来得早，坐在那里独自拉二胡。他闭着眼睛，舌头吐出来，头一晃一晃的。他那样子很好玩，就有调皮的小伢儿站在他面前，学他的怪样子。通哥眼睛是闭着的，不晓得有人在学他。学他的人越来越多，很快就在他面前站了一排，都闭着眼睛，吐着舌头，脑壳一晃一晃的。很快，没有人打打闹闹了，都学着通哥拉二胡。祠堂里突然安静下来，我晓得出麻烦了。通哥突然睁开眼睛，见几十个小伢儿在学他，一跳而起："你们……少家……教的，不成……名堂了！"

小伢儿一哄而散。通哥见我仍坐在他身边，没有学他，就指着其他小伢儿："你们都……出去！六坨……一个人可……以在里面！"通哥操起一根鼓槌，做出打人的样子。小伢儿像赶飞的小鸡崽，在祠堂里面乱窜了几圈，都跑出去了。

通哥坐下来，问我："六坨，你看见蛇……相缚了？"

我说："没有，我没看见。"

"只有我们……两个人，你讲没……事的。"通哥说。

我说："我妈妈不准我讲，要打人。"

通哥就笑了，说："是……啊，不……要讲，讲出去不……好。王连举不……管他，腊梅还要嫁……人的。"

我听不懂，想着妈妈讲的那句话，就笑了起来，说："蛇相缚，快解裤。"

通哥说："那是迷……信，没有那……回事。"

我问："那我今后要是看见蛇相缚，不用解裤？"

"你相信就……解，不相……信就不解。"通哥像是没了兴趣，心不在焉地回答我，又开始拉二胡。通哥像是刚才受了刺激，舌头也不吐，眼睛也不闭，头也不晃。可他拉着拉着，舌头又吐出来了，头也晃起来了，只是眼睛没有闭上。

宣传队的人慢慢到齐了。突然，有人问我："六坨，你看见蛇相缚了？"

我立即红了脸，说："没有，我没看见！"

女的就躲得远远地抿嘴笑，男的全围过来问："都说你看见了蛇相缚了，真的吗？"

我说："我没有看见！"

通哥突然红了脸喊道："好了！你们不……成名堂！六坨几……岁的人？你们问他这……种事！六坨，不理……他们！"

他们都不好意思了，嘿嘿地笑。通哥喊道："正经事……正经事！我们今日排个新……节目，叫……《插秧舞》，再现我们农民……社员的劳动……场面。舞我和秋萍编……好了，她……来教！"

阳秋萍说："舞是通哥一个人编的，编得很有意思。我先跳一下。"

通哥说："大家边……跳边改，看看行……不行。"

这时，妈妈突然来了，喊道："六坨，回去！"

我在外头玩，妈妈从来不会出来找我的。今日她找到祠堂来了，肯定有什么事了。我有些害怕，忙跟着妈妈走了。刚走出祠堂门，妈妈猛地揪了下我的耳朵，说："你这耳朵就是不听话，回去整你的风。"

我一路上心惊肉跳，真不晓得自家又闯了什么祸了。我从早上起床想起，就是想不起自家做了什么错事。越是这样，我越是害怕。

一进门，爸爸先扇过一耳光来，打得我晕头转向，我立即哭了。妈妈又在我屁股上加了几掌，嚷道："哭哭哭，哭个死？叫你不要出去讲，你就是不听话！"

"我讲什么了？"我边哭边问。

妈妈说："现在村里人都晓得你看见蛇相缚了！"

真是天大的冤枉！我越发哭得厉害，大声喊道："我又没有讲！我就是没有讲！"

爸爸问："你没有讲，人家怎么晓得的？"

妈妈问："有人问过你吗？"

我说："只有通哥问过。"

妈妈又问："你怎么说的？"

"我说妈妈不准我讲，要打人。"我哭泣着。

爸爸怒道："蠢猪！你不等于说了？"

那个晚上，我几乎没有睡着。我不停地流泪，冤枉死了。上回通哥同阳秋萍的事赖我说的，这回福哥同腊梅的事又赖我说的。我真的没有说过。我也不晓得说得说不得，只是怕挨打，就不敢说。那个晚上，应该是我平生头回失眠。

八

那个夏天，通哥的宣传队很风光，三天两头都去别的大队演出，最受人喜爱的节目就是《插秧舞》。阳秋萍是领舞的，她的名字红了半边天。远近都晓得我们村有个阳秋萍，城里妹子。方圆几十里的地方，阳秋萍在哪里演出，后生家就往哪里跑。北方话叫小伙子，我们那里叫后生家。

宣传队要是不出去演出，天黑以后，舒家祠堂前面就会聚集很多外村的后生家。他们都认得我们村的舒五或舒六，说是来找他们玩的。其实，他们是想碰运气，看能不能遇着阳秋萍，但他们哪个也没有在村里碰见过阳秋萍。

晚上要是没有演出，阳秋萍就同通哥沿着村后的小溪慢慢地走。那条路很僻静，尽是参天古树，夜里很少有人去。溪边也有好几棵成了精的树，树上经常贴着红条子，上面写着四句口诀：天皇皇地皇皇，我家有个夜哭郎。过路君子念一遍，一夜睡到大天光。我从小就晓得那是个可怕的地方，不是说哪个树上吊死过人，就是说哪个夜里在哪处遇上过鬼。通哥胆子大，不怕鬼，晚上只有他敢带着阳秋萍去那里。通哥告诉我，他每天晚上都同阳秋萍在村后的溪边散步，真把我吓得两腿发麻。那是我头回听说散步这个词，记得非常清楚。我还问了通哥："什么叫散步？"通哥张张嘴，像是不晓得怎么同我说："啊……啊……散步，就……是没事慢……慢地走，城里人才……散步。"我说："那我不天天散步？我老喜欢慢慢地走，妈妈总是怪我走路太慢，说我不把路上蚂蚁全部踩死不甘心。"通哥无可奈何的样子，望着我摇摇头，笑着。

有个下午，我手里拿着弹弓，在村里转悠着打麻雀。突然狂风大作，电闪雷鸣，天黑了下来。我晓得要下大雨了，连忙就近往学堂里跑。我还没跑进学堂，雨就倾盆而下。我脱了衣，只穿着短裤，站在学堂走廊里躲雨。

雨太大了，几米之外看不清东西。这时，一只麻雀飞过来，站在窗台上。我瞄准麻雀，啪地打了过去。只听得哐的一声脆响，窗玻璃碎了。麻雀自然飞走了。

"哪……个？"听得有人大喊。

我刚想跑掉，听得是通哥的声音："六坨！"

我跑不掉了，站在那里等着挨骂。"你怎么打……玻璃？损坏公……物，照价……赔偿！"通哥目光严厉。

我说："我打麻雀，除四害。"

"你打麻雀就打……麻雀，打玻璃做……什么呢？"

我低着头，光脚丫在地上乱画。通哥说："莫鬼……画符了，到我房……里去。"

我跟着通哥走，准备到他房里去再挨骂。没想到阳秋萍在里头坐着，笑眯眯地望着我："是六坨啊！六坨不顽皮的啊！"

通哥并没有再骂人，好像完全忘记了我打碎玻璃的事，望着窗外高喊："让暴风雨来得更猛烈些吧！"通哥高喊之后，哈哈大笑。

阳秋萍笑着，说了句广播里经常听见的话："你用心何其毒也！"

通哥说："雨不停……地下，下午就不……要出工了。"

阳秋萍说："你不想出工，就说还要排节目不就要得了？"

“老是说……排节目，也……不好。”通哥又喊道，“那些海鸭呀，享受不了战斗的欢乐，轰隆隆的雷声就把它们吓坏了！”

通哥高喊的时候，讲的是普通话，也不结巴。怪就怪在通哥平日讲话结巴，课堂上念课文的时候不结巴，蹲在戏台角上提词的时候不结巴，这会儿高声喊着普通话也不结巴。我当时并不晓得高尔基和《海燕》，只觉得通哥真了不得，高喊起来就像电影演员。

暴风雨并没有像通哥说得越来越猛烈，而是越下越小，但时间也不早了，等雨慢慢停下来，已近黄昏了。阳秋萍说要回去了。通哥叫她先回去，他等会儿再走。

阳秋萍出门前，站在那里拿双手理了理头发，昂着头甩了甩。她甩头发的时候，腰肢随着扭动了几下。真是奇怪，见着阳秋萍的腰肢，我就会想起那次在樟树底下见到的情景：她飞快地迈着碎步，扭着轻盈的腰肢，消失在拐弯处。

阳秋萍走了，通哥望着窗外出神。西边山头上，云慢慢淡去，渐渐露出阳光。这是今日的最后一丝阳光。没过多久，天就暗下来了。

“六坨，你晓……得什么是爱……情吗？”通哥问。

我摇摇头。

通哥仍是望着窗外，说：“男人和……女人，两个人好……了，就有爱……情，今后就生活在……一起。”

我还是听不懂，只是望着他。通哥回过头，也望着我，说：“你还……小，同你说没……用。你快长大，就晓得什……么是爱情了。”

我要回去了，通哥让我先走，他还要独自待会儿。我出门的时候，回头望望通哥，他的目光仍在窗外。

回到家里，我问妈妈：“妈妈，你和爸爸是爱情吗？”

妈妈脸色都变了，问道：“哪里学来的痞话？”

我说：“通哥说男人和女人好了，就有爱情，就在一起生活。”

妈妈说：“你老是跟着他做什么？他是书读到牛屁股上去了！”

妈妈边忙着做饭菜，边嚷着通哥太不像话。这时，听得通哥高声唱着革命样板戏："共产党员，时刻听从党召唤……"

妈妈锅铲都没放下，跑到门口，大声喊道："舒通！"

"叔母……"通哥停住，笑着。

妈妈说："你时刻听从党召唤？党叫你当老师，教学生，没叫你教他们讲痞话！"

通哥肯定觉得莫名其妙，眼睛睁得老大，问："叔……母，我哪……里告诉学生讲……痞话了？"

妈妈说："你要同哪个爱情是你的事，不要讲给六坨听！"

通哥不服气："叔母，你这是封建思想。爱情是纯……洁的，高……尚的……"

"你别给我扣帽子，还不就是男女关系！"妈妈闻得锅里的菜煳了，跑进屋里去了。

九

开学那天，通哥在班上讲："这个暑……假，你们过得有……意义吗？劳动充……满快乐。我们宣传队天……天排节目，夜……夜演出，很……辛苦，但是很快……乐。"

我晓得通哥总是想办法躲避出工，打禾栽秧太辛苦了。听他说劳动快乐，我觉得很好玩。通哥说着说着，就点了我的名字，说我爱思考，肯学习，别的同学放假就野了，只有我像在学堂一样遵守纪律。通哥表扬我的时候，我想到的是自家打烂了学堂的玻璃，还想到通哥呼唤让暴风雨来得更猛烈些，就不要出工了。

"你们要好……好读书。不是我在表……扬自家，我要是不……肯读书，就编不出……好节目，宣传队就不会有……《插秧舞》。我们现在开……学了，但是宣传队的演……出还忙不开。今日晚上，我们还……要出去演……出哩。"通哥说着说着又说到宣传队了。

同学们很佩服通哥，觉得他是学堂最厉害的老师。老师们围在一起，也都说通哥有才，说《插秧舞》不光在全公社有名，在县里都有名了。老师们说着说着，话题就到通哥和阳秋萍身上去了。

“舒通，你自家承认，你们俩是在恋爱吗？”有老师问。

通哥笑笑，说：“人家是城……里妹子，迟早要回……城里去的，我算……什么？”

“还不承认，村背后那条路，叫你们俩踩矮三寸了。”又有老师说。

通哥笑着说：“你们未……必跟踪？”

“哈哈哈，承认了嘛！要晓得，群众的眼睛是雪亮的！”

老师们以为我们听不懂，他们说着大人的事，并不回避。我也不晓得怎么就叫鬼摸了脑袋，莫名其妙地喊了句：“男女关系！”

我的声音很响亮，震得自家耳朵嗡嗡响。老师们都回头望着我，哈哈大笑。通哥黑了脸，瞪着我：“我还表……扬你哩，这么顽……皮！”我一溜烟跑了。

有桩喜事儿在村里传着，说是公社要成立铁姑娘拖拉机队。村里女儿家都想去开拖拉机，她们只要凑在一起，就说这事儿。有的家里大人就上俊叔家说，让他帮忙。俊叔说这是公社管的，他说不起话。公社李书记就住在村里，夜夜睡在腊梅家。可是没有哪个敢去找李书记说。慢慢地，女儿家们发现，只有腊梅从来不同她们说开拖拉机的事儿。她们就猜，肯定是腊梅去开拖拉机了。

她们猜对了。有天，腊梅突然打上背包上县城去了。俊叔说派腊梅去学拖拉机，生产队和大队都盖了章，公社批准的。哪个也说不上意见。

冬天快到的时候，腊梅开着红色的拖拉机回到了村里。拖拉机没有篷，老远就见腊梅身子一跳一跳，就像骑马。她戴着乳白色草帽，肩上搭着条白色毛巾，很像村里墙上到处可以看见的邢燕子画像。

腊梅开回来的只是拖拉机头，后面没有拖斗。拖拉机停在祠堂前面，围着很多人看热闹。正好是放学的时候，学生们都往拖拉机跟前凑。腊梅笑着同所有大人打招呼，那神气就像从部队回家探亲的军人。好像她的口音也有些变了，有些城里人讲话的味道。有人就说，腊梅出去学开拖拉机，人都学漂亮了，有些像街上的人了。

“腊梅，怎么只开个脑壳回来？”有人问。

腊梅说：“运输的时候挂拖斗，耕地的时候挂犁和耙，我是回来取衣服，就什么都不挂。”

这时，通哥腋下夹着课本，挤了进来，说：“腊梅要是挂……个拖斗回来，夜里就拉……我们去野鸡坪演……剧。”

腊梅说：“我就是挂拖斗回来了，也不敢送你们去。要节约柴油！”

通哥笑笑，说：“哦，铁姑娘……拖拉机队的，思想都蛮……好的。”

“通哥你莫挖苦我。”腊梅跳下拖拉机，拿白毛巾在脸上擦擦，其实她脸上什么也没有。

通哥说：“我哪敢挖苦……铁姑娘！你思……想好，怎么不自家走……路回来呢？开空车回……来，也浪费柴……油啊。”

腊梅说：“我开空车回来，李书记批准的。李书记明天去县里开会，我顺便送他去县城。”

“李书记今……后有拖拉机坐了，不要骑……单车了。”通哥说着，抬手摸摸拖拉机。他手上的粉笔灰没有洗，一摸一个印子。腊梅很心痛的样子，忙拿起座位上的抹布擦擦。

通哥就说：“腊梅你硬……是对我有……意见，粉笔灰未必比……泥巴还脏？你怎么……不把拖拉机上的泥……巴都擦……干净呢？”

腊梅说：“通哥你莫这么说，我们拖拉机是天天要擦的，就像解放军擦枪。”

大人和学生伢儿都往里面挤，我不晓得怎么就被挤出来了。我刚从人缝里探出头来，就见福哥从祠堂南边的屋角走过来。福哥见很多人在看拖拉机，身子闪了一下，就往回走了。他动作很快，就像电影里面躲避敌人跟踪的地下工作者。

通哥也从里面挤了出来，拍了一下我的脑壳。我就跟在通哥后面，一起回家。

“只是开……个拖拉机，要是从部……队回来，那还了……得！”通哥自言自语。

我说：“福哥看见拖拉机，脑壳一缩就跑掉了。”

“他不是怕……拖拉机，他是怕……”通哥话没说完，咽回去了。

“他怕什么？”我问。

通哥说：“大……人的事，你莫……要多问。”

第二天一早，我去学堂的路上，见公社李书记推着单车，走在腊梅背后。腊梅说：“李书记，要是公路通到我屋里，就不要你走路了。”李书记笑笑，说：“我一步路都不走，那不变修了？”

走到拖拉机旁，腊梅取下摇把，准备发车。李书记突然严肃起来，说：“腊梅，幸好摇把还在这里！你要汲取教训，摇把要随身带。万一阶级敌人搞破坏，把摇把偷走了，往水塘里一扔，拖拉机就动不了。”

腊梅脸马上红了，说：“李书记革命警惕真高，我记住了。”

李书记把单车扛上拖拉机，先爬了上去。腊梅爬上拖拉机的时候，突然看见我站在下面看稀奇，马上铁青了脸，喊道：“六坨快走开！”

我忙闪到墙角，望着拖拉机在崎岖的公路上马一样地跳着远去。拖拉机在村里停了一夜，村里人已经晓得它叫铁牛 55，我也晓得了。

十

通哥常常在阳秋萍房里坐到深更半夜，向姨都不晓得。每次通哥走的时候，怕向姨听出两个人的脚步声，就背着阳秋萍出来。阳秋萍送走通哥，独自回房间，故意弄得很响。向姨听见脚步声出去了，又回来了，以为阳秋萍上茅厕，仍是安心安意睡觉。

只是通哥同阳秋萍两个人的事，不晓得怎么就传到外面去了。不管男人女人，他们凑在一起，就说通哥同阳秋萍的风流事。人们添油加醋的，越说故事越多。

有些话终于传到向姨耳朵里去了，气得她嘴唇发紫。向姨脾气不好，可她想着女儿这么大了，打骂都不是办法，就好言相劝：“秋萍，你要爱惜自家前程！你迟早是要回城的，进了城当个营业员，哪怕是饮食店端盘子抹桌子，也比在农村强。你同舒通好，同他结了婚，就回不了城了！”

阳秋萍说：“舒通聪明，人也好。”

向姨说：“聪明？他会编几句戏就算聪明？聪明怎么大学都考不上？”

“大学又不兴考，你不是不晓得。”阳秋萍说。

向姨骂道：“你听也得听，不听也得听！我不能让你永生永世跟着个粪佬儿！”

城里人叫乡下人粪佬儿，乡下有脾气的人听见了就会骂娘。哪个也不晓得向姨骂粪佬儿的话是怎么传出来的。别的城里人说了这话，乡下人拿着没办法。向姨是下放改造的，她说了，麻烦就大了。通哥的妈妈二伯母晓得了，气呼呼跑到向姨家门，高声喊道：“向玉英，你出来！”

向姨出来，问：“二嫂，什么事？”

二伯母骂道：“我舒通是粪佬儿怎么了？我们村里几百老老少少都是粪佬儿！你干净，你是城里人，你回去呀！你们家回去，我们村里还节约几个人的口粮！”

向姨先是吓着了，脸红一阵白一阵。她听二伯母气势不饶人，也就硬了起来：“粪佬儿粪佬儿，你们就是粪佬儿，怎么样？”

听得吵架了，立即围过好多人。大家都很愤怒，说向姨太要不得了。这时，俊叔来了，指着向姨骂人：“向玉英，你要老实点！”

“我怎么不老实？”向姨昂头望着俊叔。

俊叔眼睛睁得鸡蛋大，说：“你诬蔑贫下中农！你不好好改造，我叫你全家永世回不了城里！”

向姨说：“她先惹我的！”

俊叔说：“我正要找你哩！早有群众揭发，说你诬蔑贫下中农，说我们是粪佬儿！人家勇敢地站出来批评你，做得对！”

向姨辩解道：“我哪里讲贫下中农是粪佬儿了？哪个听见了？站出来

做个证明人呀！”

俊叔说：“全村人都晓得了，未必全村人都冤枉你了？你是想在全村人面前认罪，还是在第九生产队社员面前认罪？”

向姨软下来了，低着头，哭了起来。

俊叔当即宣布：“晚上第九生产队开社员大会，斗争向玉英！”

向姨哭着跑进屋里。看热闹的人还没有走，围在一起骂向姨，说她不老实，太猖狂。“看她自家养的那个女儿，像个妖精，不是个正经货！还赖人家舒通！”

“第九生产队全体社员，吃了晚饭，到仓库开会！”我正在家吃晚饭，听得生产队长海波吹着哨子，高声叫喊着。俊叔是第九生产队的老队长，他当了大队支书，他的侄儿舒海波就当队长。

“向玉英是自找的！”妈妈说。

爸爸说：“向玉英脾气太坏了，她全家下放，只怕就怪她这张嘴巴。”

“第九生产队全体社员，吃了晚饭，到仓库开社员大队！”

海波吹着哨子，一遍一遍叫喊着开会。晓得今晚是要斗争向姨，我听着这哨子声，胸口就怦怦跳。向姨那人我也不喜欢，可见她哭的样子，又有些可怜。大人们都说阳秋萍的坏话，可我喜欢她。阳秋萍每次见到我，总是笑眯眯的，有时还摸我的脑袋，说：“六坨是个聪明伢儿。”

不管大队开会，还是生产队开会，最高兴的仍是小伢儿。我们会去凑热闹，看稀奇。吃过晚饭，我嘴都没抹，就往仓库跑。老远见有个黑影，挑着粪桶，往仓库里去。那黑影走到仓库门口，昏暗的灯光下，我认出那正是向姨。

等我进入会场的时候，向姨已低头站在粪桶前面了。会场里臭烘烘的。社员们还没有到齐，小伢儿在会场里追打。海波厉声喝道：“出去疯！把粪桶打泼了，要你们在地上滚干净！”

小伢儿们都出来了，在晒谷坪里玩。三猴子说会议室里臭死了，喜坨马上骂他，说你还敢讲大粪臭，就把你押到台上去，同坏分子向玉英一起挨斗！喜坨骂着人，突然像是发了傻，翻了下白眼，说：“三猴子，我左边脚后跟痒，你给我抠抠。”三猴子忙蹲下去，帮喜坨抠痒痒。三猴子正蹲在喜坨屁股底下，喜坨的脸似笑非笑地紧紧绷着，然后慢慢张嘴笑了，笑出了声。三猴子忙掩了鼻子，站到一边去了。原来喜坨故意骗三猴子蹲下去，放了个臭屁。臭屁不响，响屁不臭。我们都没听见响声，却都闻到了恶臭，掩着鼻子一哄而散。小伢儿们边跑边吐口水，骂喜坨的屁比狗屎还臭。

我又回到会议室，会议已经开始了。俊叔站在向姨跟前，指着她骂道：“你身上的臭知识分子气硬是改不了！大粪你闻着是臭的，我们贫下中农闻着是香的！没有我们这些粪佬儿，你们城里人连粪都没吃的！你们臭老九才是真的臭，我们贫下中农比鲜花还香！”

向姨低着头，一声不吭。我眼睛在会议室扫了好几圈，没有看见通哥和阳秋萍。不知怎么回事，我怕看见阳秋萍。想着阳秋萍会伤心，我就难受。我想要是我的妈妈站在台上挨批斗，我会非常难受的。

“要向玉英低头认罪！”

“问她粪是臭的还是香的！”

“要向玉英把头埋进粪桶里去！”

……

社员们叫喊着，很是激愤。俊叔扬扬手，叫大家停下来，然后说：“向玉英，你自家说说，粪是臭的还是香的？”

“粪肯定是臭的，但是……”社员们不容向姨说下去，又喊叫起来。

“向玉英死不认罪！”

“把向玉英吊起来！”

这时，妈妈走过来，黑着脸对我说：“六坨你快回去睡觉了！”

我说：“我还不困。”

“听不听话？这种热闹你不要看！”妈妈扬手要打人了。

我忙飞跑着出了仓库。回家躺在床上，老睡不着。想着向姨会被吊起来，我就害怕。爸爸妈妈回来得很晚，听见他们的脚步声，我就假装睡着了。妈妈走进我的房间，看看我蹬了被子没有。见我睡得很死，妈妈就同爸爸轻声说话。

“也太不像话了，不就是讲错一句话吗？硬要把人吊起来？”妈妈说。

爸爸叹了一声，说：“有人喜欢多事，坏。”

妈妈说：“向玉英肯定伤了。上次六坨用过的风药放在哪里了？”

“你送去？怕人家讲闲话啊！”爸爸说。

妈妈说：“怕什么？向玉英又没犯死罪！”

爸爸可能是找着风药了，听见他说：“酒也带去，她家男人不在，不会有酒的。”

几天以后，我放学回家，碰着向姨在我家堂屋里同妈妈说话。向姨眼睛有些红肿，像是哭过，她说：“自家女儿不争气，我也没办法。我骂她几句，他两个人干脆就睡到一起去了。我挨斗争、挨吊，都是为这个不争气的！”

妈妈说：“舒通是我自家侄子，不是我护着他，他人倒是个好人。”

向姨说：“我也不是说舒通人不好，只是……政策你是晓得的，秋萍在农村结了婚，就回不去了。”

妈妈叹道：“要是我，也不会同意女儿嫁在农村，太苦了。农村人都讲，要是到城里去，扫街都愿意。”

妈妈不想让我偷听，不是要我喂鸡，就是叫我扫地。我扫地的时候，故意在堂屋里磨蹭。可是向姨要走了，说：“四嫂，你真是好人啊！”

“向姨莫讲莫讲，你家现在是落难了，今后会好的。”妈妈说。

向姨摇摇头，叹息着走了。妈妈把用剩的风药小心包好，藏了起来。

十一

有天放学，喜坨说晚上出来玩打仗。我说装敌人我就不玩。喜坨说让你装解放军侦察兵。我就答应了。

吃过晚饭，我趁妈妈没在意，偷偷跑了。妈妈现在不准我夜里出去，她说我老是挨欺负。我跑到学堂操场，喜坨已等在那里了。他说我不遵守纪律，执行任务不能迟到。我没看见几个人，就说：“同志们都还没有到呀！”

喜坨说：“今日就是我们几个人，深入敌后去侦察。我带队，你们只跟着我走，不准说话！”

“是！”我同三猴子等几个人齐声回答。

“我们行动吧！”喜坨把大手一挥，转身就走。

我们跟着喜坨，一声不响。操场坪对面就是我们的教室，青砖砌的平房。夜里学堂没有人，漆黑一片。我们悄悄儿绕到教室后面，小心往前走。突然发现前面有个窗户透着灯光，喜坨抬手往后压压，自家就猫下了腰。我们也赶紧猫下了腰，继续前行。到了有灯光的窗下，喜坨递个眼神，就坐了下来。我们也都靠墙坐了下来。这时，听得屋子里面有人说话，原来是通哥。这间老师房的灯光从教室前面是看不见的。

通哥说：“《插秧舞》要到省……里去演……出！”

“通哥，你真厉害！”阳秋萍说。

通哥说：“我编……是编，不……是你跳得好，也枉……然了。秋萍，你应该……进县文工团。”

阳秋萍说：“我哪里还进得了县文工团？我妈妈顽固不化，一家人都回不了城的。我就跟着你，生几个农民出来算了。”

通哥哈哈大笑，说：“秋萍你开始老……是脸红，现在比我脸皮还……厚了！我要你明天就生个农……民出来！”

阳秋萍说：“明天就生呀？催豆芽菜都没这么快啊！”

“来，现在下……种，明天就……生！”通哥说。

阳秋萍尖叫一声，说：“通哥，你没有戴帽帽，怕出事啊！”

喜坨忍不住笑了起来，拔脚就跑。我们几个也忙跑了。听得通哥隔着窗户骂人：“是哪……个？少家……教的！”

我们一直跑了老远，才停下来。三猴子问：“司令，舒老师怎么不戴帽子呢？他一年四季戴帽子啊。”

我也说："是啊，通哥大热天都戴帽子，人家说他朽。"

喜坨笑着说："舒老师白天戴帽子，晚上弟弟要戴帽子。"

我说："讲鬼话，通哥哪有弟弟？"

"你不是他弟弟？"喜坨把我的脑壳摸得生痛。

我说："我又不是他亲弟弟！"

喜坨大笑起来，做了个下流动作。我这回听明白了，他说是通哥同阳秋萍正在蛇相缚。可是这同我戴不戴帽子有什么关系呢？

十二

我们乡下人对上头大干部十分敬畏，背后称他们大老官。听说县里来了个大老官，专门审查《插秧舞》。晚上，村里老老少少好多人，都跑到祠堂去了，想看看大老官，也想再看看《插秧舞》。村里人不晓得看过了好多遍《插秧舞》，可这回听说要送省里演出，好像更加发现了这个节目的稀奇。

社员们三三两两来到祠堂，有搬凳子来的，有空手来的。小伢儿来得更早，却不准上台去玩。"等会儿大老官要来！"大队会计三番五次拿这句话吓唬小伢儿。

通哥他们来了。通哥同几个拉琴的、敲锣打鼓的人坐在台角试着乐器，阳秋萍她们跳舞的全部进了后台。

过了好久，那个大老官才进来，后面跟着公社李书记和俊叔、腊梅，还有好几个像干部的人。俊叔快步走到前面，招呼大家让路。社员们忙闪开一条路，大老官同李书记几个走到天井中间，那里的凳子空着。不用哪个告诉，我也认得出哪个是大老官。只有他披着件军大衣，像电影里面的解放军首长。他要是把双手叉在腰上，就更像大老官了。大老官的双手不在腰上，他的左手插在裤兜里，右手的小手指正跷着，剔着牙齿。

大老官坐下，架起了二郎腿，嘴巴动了几下。俊叔忙双手做成喇叭，朝台上喊道:“开始开始!”

场面马上安静下来了。尽管隔得远,我还是隐约听见通哥喊声“三二起”,乐队就演奏起来。一段过门之后,阳秋萍领着女儿家载歌载舞出来了。台下的脸都是欢快的,他们悄悄议论哪个的扮相好,哪个的腰身好,哪个的歌喉好。我想腰身最好的当然是阳秋萍,她摆出的动作最漂亮。俊叔那样子,好像台上跳舞的尽是他的女儿,他喜滋滋地笑着,望望台上,又望望大老官。

突然,大老官站了起来,大喊:“算了算了!”

台上的人听到喊声,停了下来。他们不晓得发生了什么事情,都站在台上。大老官走出观众席,上了戏台。他拿起话筒,先拍拍,试试声音,说:“不要演了!党中央、毛主席说了!一九八〇年农村要全面实现机械化!你们这个《插秧舞》还在表现原始的人工插秧!这是开历史倒车!这是给社会主义脸上抹黑!”

大老官的声音特别洪亮,他说的每句话都应该打惊叹号。台上台下鸦雀无声,宣传队的人悄悄儿退到后面去了。大老官独自站在台上,威风凛凛。这时候,他一手拿着话筒,另一只手是叉在腰间的,但我觉得他不像解放军大首长,倒是像《闪闪的红星》里的胡汉三。

大老官说:“这个节目,原来只是听说好,就往省里报了。幸好我亲自来审查,不然要犯政治错误!听说这个节目还在全公社各个大队演出,流毒不浅!”

社员们哪个也不敢多嘴,都紧张地望着大老官。

“这个戏是哪个编的?”大老官逼视着台下,好像编戏的人坐在下面。

“是……我。”通哥从戏台后面走了出来。

通哥仍是平时的模样,帽子低低压在鼻子上,他要望着大老官,头自然就高高昂着了。大老官受不了他这副傲慢相,喝令:“把帽子取下来!”通哥没有取帽子,只把帽檐转了个向,拉到后面脑勺上去了。

大老官望望通哥,问:“你是干什么的?”

通哥说:“教……书……”

“你这么结巴还教书？不要把学生都教成结巴？”大老官说。

通哥说：“我教……好多……年书了，还没教出一……个结巴。”

大老官很不高兴：“你严肃点，不要油腔滑调！”

通哥说：“我结……巴，想油腔滑……调都不……行。”

俊叔走上台来，说：“报告首长，舒老师只是说话结巴，念书一点儿不结巴。”

大老官笑笑：“俊生同志，你是支书，不要有封建宗法思想。你们大队全是姓舒的，好坏你都得护着？说话结巴念书不结巴？鬼才相信！”

通哥不等大老官批评完，突然流畅地背起了毛主席语录：“毛主席教导我们说，知识分子如果不和工农民众相结合，则将一事无成。革命的或不革命的或反革命的知识分子的最后的分界，看其是否愿意并且实行和工农民众相结合。”

大老官吃惊地望着通哥，点点头，说：“果然是怪事啊！好，你也算是知识分子吧，回乡知青。舒腊梅同志上来一下！”

台下叽叽喳喳起来，不明白大老官的意思。腊梅从人群中挤了出来，昂首走上戏台。腊梅毕竟没上过台的，亮堂堂的灯光一照，手脚就没地方放了。

大老官说：“腊梅也是回乡知青，她学会了开拖拉机，以实际行动同农民群众相结合了。舒通，我看你是有才气的，这个《插秧舞》仍要上省里演出，但是要改，改成机械化插秧。”

“这……个怎……么改？”通哥问。

大老官说：“这个就不要问我了。舒腊梅同志是开拖拉机的，有这方面的生活，她配合你改吧。这是政治任务！”

大老官说完，扯着军大衣往胸前拢拢，下了戏台，走了。他刚要下楼梯，突然转身对通哥说：“你戴帽子的样子，像个二流子！人民教师，不许这个样子！”

通哥在村里就有些抬不起头了。我父母辈以上的人几乎都不识字，但他们都会讲些广播里的话。他们说通哥现在是立功赎罪，以观后效。

通哥成天也是罪人的样子，走路低着头。他以往都是高高昂着脑袋的，帽檐压着鼻子。他现在帽子也没压得那么低了，不然就是二流子。正好很快学堂放寒假了，通哥天天同阳秋萍、腊梅几个人在祠堂改节目。腊梅的铁牛 55 天天停在祠堂门口。李书记不去公社，蹲在大队搞三同，与贫下中农同吃、同住、同劳动。改节目是件大事，李书记晚上没事也在祠堂陪着。

几天几夜过去了，节目仍不让人满意。通哥说："李……书记，人插……秧表演起来还……好看，机……械插秧，怎么表……演呢？未必我……们还要弄几台插……秧机到戏台……上去？"

李书记还没开口，腊梅早把这几天学到的一句话抛了出来："艺术源于生活，高于生活。"

通哥听了很不满，冲着腊梅说："县里领导说你有开拖拉机的生活，你来编算了。"

腊梅脸落了个通红，白眼瞟着通哥。李书记批评通哥："舒老师你要谦虚，腊梅的意见是对的。"

阳秋萍几乎不说话，通哥同大家商量会儿，叫她怎么跳，她就试着跳。跳过之后，她又坐在那里不动。我每天晚上都去看热闹，发现节目真的越改越不好看。有个动作是李书记的主意，让女儿家排成一排，侧着身子，手上下抽动，说这像插秧机。我看了怎么也觉得像开火车。

正月初三，县里来了辆大客车，把宣传队的人全部接走了，说是进省城汇报演出。腊梅没有去，她要开拖拉机。

正月初七，大客车把宣传队送回了村里。宣传队的人个个胸前戴着红花，喜气洋洋。原来，《插秧舞》跳得好，获奖了。通哥的帽子仍旧低低压在鼻子上，头昂得高高的。同样戴着大红花，偏是阳秋萍格外显眼。俊叔拍着通哥的肩膀："舒通，你为我们大队争光了！"通哥昂着头说："好节目走到哪里都是好节目！"

真是天大的喜事！整个正月间，村里人都在说这件事，越说越神。有人甚至说，弄不好这个节目会上北京去演，哪天让通哥他们跟随周总理出国访问都说不定。这些话传到别的地方，都是说周总理接见通哥他们了。

我总觉得原先那个《插秧舞》好看些，就偷偷儿问通哥:“《插秧舞》丑死人了，还戴大红花?”

“那个大……老官，他晓得……个屁！”通哥说着，取下帽子，哈哈大笑。我不晓得他笑什么，听他骂大老官，有些害怕。

十三

老人们都说，解放二十几年，村里就出了三个有名人物——幸福、舒通和腊梅。舒通领着宣传队跳舞跳到省里去了，腊梅一个女儿家开拖拉机了，幸福上大学了。

幸福是突然接到大学录取通知的，他们全家人都说事先不晓得，原以为事情早就黄了。送幸福上大学那天，俊叔请了桌饭。公社李书记自然去了，俊叔还请了通哥和腊梅。俊叔敬着酒，老是讲:“李书记晓得，幸福也是才接到通知，原先早以为没有戏了。”李书记就应和说:“是是，都是县里定的。舒通你文化好，好好教书，今后县里招工，要是有机会，我推荐你。腊梅也是一样的，我也推荐!”

通哥越来越听出些味道来，就怀疑幸福上大学，肯定是搞了名堂。事先怕社员告状，就说幸福上不了大学了。快开学了，突然来了通知，哪个想告状也来不及了。通哥把眼睛藏在帽檐下面，偷偷儿看着酒桌上的人。他发现俊叔老是同李书记递眼色，李书记老是同腊梅递眼色，腊梅望着幸福和李书记就不自然，幸福老想同舒通说话却看不见他的眼睛。

这场饭局多年之后通哥同我说起过，我当时只是在家里听爸爸妈妈说到过幸福上大学的事。爸爸说俊生这个人也不是太坏，就是关键事上有些自私，幸福比舒通差远了，还送去上大学。妈妈说哪个当支书都会这样，有意见也没用。

正月刚过，那个大老官又到村里来了。因为《插秧舞》在省里获奖，我们大队被定为县里学习小靳庄的点。大老官是下来蹲点的。他坐在祠堂戏台上讲了一个晚上，就是要社员群众都写诗，都当诗人。有人笑了起来，说自家名字都认不得，哪里写得出诗？大老官说当诗人未必就要文化，小靳庄的农民也是农民，他们可都是诗人。大老官举了个例子，说有个八十岁的老太太，钞票都不认得，却写了首好诗：队上养猪大如牛，队上养牛像条龙；八十老太饲养员，夕阳敢比朝阳红。通哥在下面悄悄儿同别人说："吹……牛皮，后……面那句，肯定是读书……人改的。八十……岁老太太，哪晓得什么夕……阳朝阳！"

台下说话的人很多，祠堂里闹哄哄的。大老官很没面子，脸上不好看了。公社李书记望望俊叔，俊叔忙从戏台角上走到前面，大声喊道："不要讲小话！"

大老官目光逼视着通哥："舒通，我刚才看见，你在下面说得最起劲。你不要翘尾巴，你的《插秧舞》，不是我们及时发现问题，还想获奖？那是大毒草！"

台下哄堂大笑。大老官不明白下面为什么会笑，甚至怀疑自家讲错了话。他停顿片刻，想想自家并没有说错话，就问："你们笑什么？有什么好笑的？要分清香花和毒草，这对于我们开展学习小靳庄运动，非常重要！"

台下又笑了起来。大老官非常恼火："我发现，你们大队有股邪气，甚嚣尘上！这股邪气是从哪里来的？我们要追查到底！舒腊梅同志，你上来一下。"

大家都回头，四处寻找腊梅。腊梅好像有些不好意思，低头忸怩一下，走向戏台。她上了戏台的时候，头昂起甩了几下，就像刘胡兰要英勇就义了。大老官问："舒腊梅同志，你站在群众中间，听见了群众呼声。你告诉我，大家笑什么？"

腊梅说："在省里获奖的《插秧舞》，不是我们改过的，是人工插秧的老《插秧舞》。社员们都晓得这个事，他们就笑。"

大老官猛地站了起来，拍着桌子："我晓得了，晓得了，你们大队这股邪气是从哪里来的，我晓得了！"

社员们不禁把目光投向通哥。通哥像被几百瓦的灯光照着，无处躲藏，低下了头。大老官说："群众的眼睛是雪亮的，也都晓得这股邪气是从哪里来的了。把舒通带上来！"

不知哪个应该去带舒通，祠堂里没半点声音。舒通自家走了上去，站在戏台角上。他不再低头，脖子直直地昂着。因为帽檐压得低，他直着脖子正好看清台下的社员。大老官说："舒通，你自家向社员群众交代清楚！"

舒通到戏台中间拿过话筒，仍旧走到台角，站着说："获奖的……的确是老……《插秧舞》,我怕出你们领……导的丑,交代宣传队的人不……准讲出来，不晓得哪……个嘴巴痒，讲出……来了。"

"出我们的丑？这是丢我们县里的脸！"大老官叫喊着。

通哥说："我们到……省里以后，发现外地有个……《采茶舞》，就是演的人……工采茶，很……漂亮，省里领导说很……好。我就灵……机一动，叫宣传队改跳老……《插秧舞》。"

"好，你改得好哇！"大老官忍不住怒火。

"也不是演机械化就一……定得奖，有个节……目叫《火……车向着韶山跑》都没有得奖，火车比插秧机还……高级些。"通哥说。

大老官站起来，抢过通哥的话筒："社员同志们，你们要提高觉悟，心明眼亮。这说明什么问题？说明资产阶级文艺黑线仍然还有市场！我们学习小靳庄，就是要朝这条黑线开火！舒通，不要以为你在省里得奖了，就怎么样了！我们会把情况向上级反映，我们照样整你的材料！"

"我祖宗八……代都是贫农，清……水岩板底子，你整……吧！"通哥撂下这么句话，自家下来了。

十四

从祠堂里回来，二伯母跑到我家，同爸爸妈妈商量如何救通哥。二伯母哭着说：“这回舒通完了，只怕要坐班房啊！”

“嫂嫂你莫急，没有那么大的事，最多就是在大队开个斗争大会。”妈妈劝道。

二伯母说：“开了斗争会，他的民办老师肯定就当不成了。”

爸爸说：“是啊，斗争了，民办老师只怕就当不成了。”

二伯母焦急万分：“我叫他写个检讨给人家，舒通就是不肯。”

“检讨没用，”爸爸说，“除非全大队人出面保他。”

“哪个肯出这个头？”二伯母问。

爸爸说：“只有请俊生出面。话讲在明处，俊生肯的。”

二伯母说：“俊生平日人也还好，人心隔肚皮，晓得到这个时候他肯出面吗？”

妈妈说：“管不了那么多，嫂嫂你自家去请一下俊叔，六坨去把你通哥喊来。”

二伯母说：“我叫他一起来，他就是不肯。他整天同那个狐狸精搞在一起，人家要整他，多桩事，说他流氓阿飞，这是钉子钉的，跑不脱啊！”

我摸着黑去了学堂，推开教室门，看见通哥房里透着光亮。我碰着了桌椅，响声弄得很大，通哥在里面问：“哪……个？”

“通哥，是我！”我说。

通哥开了门，说：“六坨，你……来做什么？”

我说：“二伯母叫你到我屋去。”

通哥没有戴帽子，上身穿着棉衣，下面只穿着里裤，站在门口，没有让我进去的意思。我透过通哥和门框间的缝儿，看见阳秋萍坐在床上，拿被子盖着脚。阳秋萍说：“快进来，外面冷哩！”通哥进去，我就跟了进去。通哥仍坐到被窝里，问：“叫我去做……什么？”

我说：“二伯母同我爸爸妈妈商量，叫全大队人保你。”

通哥不作声，把头偏向一边。阳秋萍说："通哥，你还是听大家的，回去一下。人家是上面来的官老爷，莫要硬顶着来。"

通哥说："我不……怕！我又没……犯法！"

阳秋萍说："人家是县里工作组的组长，就是代表县里的。你大丈夫能屈能伸，退一步天宽地阔。"

房里没有烧火，我站在那里冷得打战，就说："我回去了，通哥你快来。"听得阳秋萍在说话："通哥你莫太犟了，回去吧。你莫让六坨自个儿来自个儿回去，外头漆黑的。"

我回到家里，俊叔已到了，听他正说道："事情这样办，保书让舒通自家写，大队也只有他写得好。出面还是二嫂自家出面，挨家挨户上门讲好话，要人家签名盖章。我呢？只装着不晓得这个事。"

二伯母见通哥没跟我来，问："他没来？"

"他不肯来。"我说。

二伯母骂了起来："他想坐班房，叫他去坐好了，我们都不要管了。"

俊叔说："二嫂莫急，再去喊一下。"

这时，通哥推门进来了。二伯母骂道："大人急得要死，你自家还雷打不动！"

通哥说："我又没……有犯法，我怕……什么？"

"没有犯法？光是你同那个狐狸精乱搞，就可以抓你流氓阿飞！"二伯母点着通哥的鼻子骂着。

通哥说："我们是自……由恋爱，宪法上都写……了的。"

俊叔说："舒通，你妈妈说你几句，你还顶嘴，你不是个孝儿。宪法也没有写着不结婚可以睡在一起啊！"

"俊叔，我没……犯法，不……怕他。这个姓刘的，还是文……化局副局长，我说他懂……个屁！"通哥把帽子取下，捏在手里，我看见他的眼睛从来没有睁得这么大过。

俊叔说："舒通，你硬来是不行的！工作组在通夜整你的材料！我是支书，本来不该护着你说话。我们关起门讲，都是一个祠堂的人，你赶快写个保书。”

几个大人劝了好久，通哥没法，只好说：“我去学……堂写！”

二伯母气不过，骂道：“你就一时半刻都离不开那个狐狸精？”

通哥也火气冲天：“莫一口一个狐……狸精好不好？笔和纸都……在学堂……”

通哥说完就摔门出去了。我不晓得什么时候睡着的，肯定是睡着了让妈妈抱上床的。第二天才晓得，通哥写好了保书，马上送了回来。俊叔一直等着，听通哥自家念了一遍，才放心回去。二伯母就让我妈妈陪着，挨家上门去。除了大队的地富反坏右，家家户户都跑了，也都签了名盖了章。

吃过早饭，二伯母匆匆往祠堂去。祠堂东西两厢楼上楼下有很多房间，楼上房间外面还有走廊。工作组的办公室在东厢房楼上。祠堂平时也是我们小伢儿玩的地方，但工作组在楼上做事，我们就不准上楼。我怕通哥出事，见二伯母往祠堂去，也就跟去了。

二伯母上了楼，进了工作组办公室，扑通一声跪下，双手递上保书。大老官呼地站了起来，瞪着眼睛：“你这是做什么？贫下中农不能跪！这里不是旧社会衙门！”

二伯母说：“刘局长，全大队人都证明，我儿子舒通是个好人，你们不能把他抓起来！”

“哦，你是舒通的妈妈啊！你可是养了个好儿子啊，专门对抗无产阶级专政！”大老官重新坐下，不接二伯母的材料，他突然看见我趴在门边偷看，“走走走，小孩子看什么？”

我忙退了出来，刚想跑下楼去，见通哥来了。他见二伯母跪在地上，气得脸铁青：“妈妈，你骨头也太软了，快起来！”通哥竟然没有结巴，快步上前，拉起二伯母。

二伯母站了起来，拍着膝头的灰，大声哭了起来。通哥说：“妈……妈，你不能在他……面前跪，要跪也……是他跪！”

“舒通！你猖狂！”大老官叫道。

工作组的几个人大吃一惊，有人指着通哥喊道：“舒通，我们可以马上把你抓起来！”

通哥说：“我说话自……家负责！刘局长，我想同你个……别谈谈。”

“我同你没什么好谈的，要谈，等审查你的时候再谈。”大老官哼哼鼻子，他又发现我了，“又是你这个小鬼！走走走！”

通哥说：“那好，不……谈你自家莫……后悔。”

我怕再挨骂，下楼来了。可我看见通哥同大老官也下楼了，他俩都黑着脸，一声不吭，进了一间屋子。这时，楼上几个干部朝楼下张望，听得有人说：“怕舒通狗急跳墙，对刘局长动手啊。”二伯母忙说：“领导放心，我儿子不敢做蠢事的。”

听了楼上人说话，我还真怕通哥杀了大老官。我悄悄儿贴着壁板，听着里面的动静。祠堂的壁板年月久了，很多地方裂着宽宽的缝，里面说话的声音我听得一清二楚。

“你太嚣张了！”大老官说。

通哥说：“我哪……嚣张？我妈妈是贫……下中农，你……的出身你自……家晓得，你怎么能让我妈妈跪……着？”

“她自家跪的，又没有哪个强迫她！”大老官说。

通哥说：“我晓……得你，你自家出……身不好，在县里是挨……整的，你就想办出点成……绩，好翻……身。我只要让社员群众晓……得你的出身，你就威……信扫地，就没有人听……你的。”

大老官笑笑，说：“你想得天真！”

通哥也笑笑，说：“我见……得多了。县里老……在我们大队办点，农业学……大寨、批林……批孔，都在我……们大队办点。前年有个姓……马的，我们喊他马……组长，就是在这里得……罪了人，大家就把他的出身翻……出来一说，他就待……不下去了，灰溜……溜走了。听说他回……到县里，更加抬……不起头。”

大老官说：“你想威胁我？”

“是……啊，我就是在威……胁你，你可以不……怕。”通哥说。

大老官说："你比五类分子还坏！"

通哥说："你不要乱……扣帽子、乱打棍……子。五类分子是……地富反坏右，你出……身资本家，农村里没见……过资本家，会更加痛……恨。"

没听见大老官说什么，只听得通哥又说道："我把话讲到根……子上，你莫讲不……好听。你其实就是不……懂文艺的文化局副局长，指导我们排节目出……了丑，就恨……我，想整……我。告……诉你，我没有任……何问题，你拿《插秧舞》整……我，我就到省……里去告状。"

"你莫拿省里吓我，省里也有文艺黑线问题。"大老官说。

通哥说："那就试……试看。我告……诉你，我幸好叫宣传队改……跳老《插秧舞》，不然会丑……死去，别说得……奖。你回去问……问县文化馆带队的吴……馆长，省里领导对我们的节目大……加赞扬。"

大老官问道："我的情况都是吴馆长告诉你的？"

通哥说："吴……馆长没有说，你莫冤……枉人家。县里同去的干部又不……是吴馆长一个人，你在县里的群……众基础怎么样，你自家清……楚。"

"他妈的那些文化人就是坏！"大老官骂了起来。

通哥笑道："你莫骂，你自家也是文化人，老牌大学生啊。"

大老官又不说话了，听得通哥说道："你想试，就试……试。我输……得起，你输……不起。我最多不当民……办老师了，未必还会开……除我当农民，叫我去当……工人，当……干部？你一输，就都……输掉了。"

"你好坏！"大老官说。

"狗急了还要跳……墙哩！我是你逼……的。"通哥说，"你阿娘的……事我都……晓得。"

我的家乡喊老婆叫阿娘。大老官压着嗓子，声音低得我差点听不清楚："舒通，你敢说我阿娘，我打死你！"

通哥说："你是资……本家出身，我是贫……农，你不……敢打我。要打你也打……我不赢。"

很久很久，没听见里面再有说话声。原来，大老官的阿娘同县委向书记搞男女关系，城里的干部都晓得，只在背后议论。大老官又气又恨，却没有办法。别人都说，幸得他阿娘有这个本事，不然他这个副局长早保不住了。

突然听见大老官长叹道："好吧，算我棋逢对手了。舒通，你就是革命导师们批判过的那种流氓无产者，身上充满着流气、匪气。"

通哥说："刘……局长，你不要我说你是臭……知识分子吧？我说了，你不要乱……扣帽子。弄得好，我还可……以帮你。"

大老官冷笑道："我用得着你帮？"

通哥说："你犯了致……命错误，忘记了走群……众路线。"

大老官说："我不缺你这个群众。"

通哥嘿嘿笑了几声，说："你真……以为社员群众写……得出诗？我敢说，书……上印的群众诗，都是秀才加……工了的。可是你带的这些秀……才不行，我晓得。"

祠堂里玩着的小伢儿见我贴着壁板偷听，突然大喊起来："六坨，特务！六坨，特务！"我吓得要死，朝他们做眼色。这时，工作组的几个人担心出事，都跑了下来，高声喊道："刘组长！刘组长！"

大老官高声回答着，开门出来了。通哥也出来了，朝楼上喊道："妈……妈，我们回……去。"

二伯母惊慌下楼，跑到大老官面前，哀求道："刘局长，请你放过我儿子！他还年轻，不懂事……"

大老官没好气，说："行了行了，我们再研究研究！"

"妈……妈，我们回……去。"通哥说着，转身就走。二伯母望望大老官，又望望儿子的背影，只好跟着走了。二伯母追上通哥，带着哭腔说道："你莫犟，回去求求人家！人家保书都还没接啊你的啊！"

通哥头也不回，说："他不敢整……我！"

十五

妈妈说：“真是怪事了！前日还说要整舒通的材料，今日就让舒通进工作组了！”

“这个刘组长可能还算个正派干部，晓得群众意见大，就不整舒通了。”爸爸说。

我晓得是怎么回事，却不敢告诉爸爸妈妈。我早学乖了，很多事情晓得了也闷在肚子里不说。通哥身上发生的有些事，也并不是我耳闻目睹的，好多是他后来慢慢告诉我的。我长大以后，通哥老喜欢在我面前回忆以往的事情。

大老官说腊梅是新式农民，她应该写首诗。腊梅回答得很响亮，说一定完成任务。可她憋了半个月，只得四句：铁牛55没长脑，但是它的思想好。日日夜夜不歇气，犁田耙田还要跑。大老官看了腊梅写的诗，笑着说：“意思好，意思很好，话句子还要加工加工。舒通，你来吧。”

通哥闭着眼睛想了会儿，说：“我改……改。”于是写道：铁牛55嗵嗵响，今日开口把话讲：社会主义就是好，没油我也自家跑!

大老官看了，非常高兴：“舒通，革命的浪漫主义啊，好，太好了！特别是最后一句，没油我也自家跑！”大老官派人火速将舒腊梅的诗稿送往县里，县广播站当天晚上就广播了这首诗。村里离县城很近，骑单车三十分钟就到了。一夜之间，这四句诗就在全县流传开来。司机同志们都背得这四句诗，几乎曲不离口。

工作组传下话来，每家每户都要有一首诗，不完成任务的扣口粮。妈妈把我哥哥、姐姐和我叫到跟前，说：“你们三个是读书的，诗就要你们写了。”

哥哥说：“我上学时语文成绩最差了，写不好。”

姐姐说：“通哥讲六坨聪明，六坨写。”

我说：“我很多字都不会写，我不写。人家腊梅都写了诗，姐姐你也要写诗。”

爸爸火了："你们三个不要争，诗反正要你们写出来！"

我跑去祠堂求通哥，哪知通哥那里围着几十个社员，都是请他改诗的。通哥说："你们把作品上面写……了名字，都放在桌……上，我一个……一个想。这是写……诗啊，要慢……慢想。"

大老官同公社李书记他们站在天井角落抽烟，说话。见这边响声大，大老官跑过来说："社员同志们交了作品就回去，舒通同志要集中精力看你们的作品，这么吵吵闹闹，没办法看啊。"

社员们就回去了，却又不放心似的，忍不住回头张望。大老官拿起桌上的纸条，问："有好的吗？"

"正是你……说的，意……思都好，但都……要改。"通哥说。

大老官随口念着手中的条子："一年四季不穿鞋，田里事情做不完。苦干巧干拼命干，多挣工分好过年。这首诗嘛，总体上讲是好的，体现了大干快上的精神，但是思想境界要提升，不能只想着自家过个好年，而要把落脚点放在建设社会主义新中国上。"

李书记也拿起一张纸条念道："一年养他三头猪，一头过年一头盘书，还有一头送国家，完成任务不认输。这首……这首……刘组长你看？"

大老官说："要不得，这首要不得。"

通哥说："说的倒……是大……实话。"

"通哥，我妈妈要你写首诗。"我说。

没等通哥答话，大老官说了："不能喊人代写！你是哪家小伢儿？"

通哥说："我四……叔家。"

大老官说："你们自家写好，交给工作组审查、修改，这是可以的。"

通哥笑笑，摸着我的脑袋，说："六坨最……聪明了，你想……想，再告……诉我。"

真是难住我了，我哪里晓得写诗？天井中间烧着一堆大火，青烟直上云霄。通哥的桌子放在火堆的一角，他正埋头改诗。大老官同李书记几个人围着火堆烤火，说着社员写诗的事。大老官说："县里对我们工作是肯定的，我们要抓紧时间把每户一首诗搞出来，搞个社员赛诗会。"

“搞社员赛诗会，能不能把县委向书记请来？”李书记问。

“向书记肯定会来的，我去请示汇报。”大老官说。我当时还不晓得县委向书记同大老官阿娘的事，也就没有在意他的脸色。我正在想诗哩。通哥平日骂不会做作业的同学只晓得望天花板，可我这会儿坐在天井中间，只能望着天空了。今日是冬日里难得的晴天，空中的白云像大团大团的棉花，慢慢从天井北边角上飞到南边角上。

我突然想起，腊梅的拖拉机没油都可以自家跑，我何不把天上的白云拿来做棉花呢？可我有了这个想法，也写不出诗来。我看见别人写的诗都押韵，每句的字数也都一样多。我冥思苦想了老半日，才麻着胆子走到通哥跟前，说：“通哥，我想了几句。”

通哥放下笔，望着我：“说给我听……听？”

我的脸刷地红了，心里怦怦跳。我壮着胆子，说：“我顺着彩虹飞上天，神仙问我我不回答。我没有工夫回答他，我正忙着晒棉花！”

通哥吃惊地望着，说：“六坨你是神……童啊！好，真好，我给你稍……微改改！”通哥皱着眉，不一会儿，提笔写道：农民伯伯去天宫，踩着彩虹上九重。神仙问话没空答，社员忙着晒棉花。

“刘……组长，李书……记，六坨是个神……童哩！”通哥喊道。

大老官接过通哥递上的诗，同李书记凑在一起念了念，都怀疑地望着我。“真是你写的？”大老官问。

“我是说的飞上天，通哥改成上九重。我说我正忙着晒棉花，通哥改成社员忙着晒棉花。”我说。

“你几岁了？上几年级？”李书记问。

我回答说：“九岁了，三年级。”

“九岁？神童，真是神童！马上打发人把六坨的诗送到县里去！”大老官叫唤着工作组的人。有个年轻干部从楼上下来，拿着诗稿看看，推着单车就要走。大老官突然想起：“对了，叫六坨自家抄写一遍，带他自家抄写的原稿去！”

我整个人就像中了邪，恍恍惚惚。我趴在桌上抄诗，一堆大人围着看。

我紧张得要死，出了身老汗。有人摇头叹服："真是聪明，九岁小伢儿的诗，这么好，我们大人都写不出。"我抄完诗，回头看看通哥，他独个儿蹲在火堆旁烤火。大老官望望通哥，脸上满是笑容，对李书记说："老李，我们这个点，会出成绩的！"

我挨到很晚才回去，爸爸妈妈早听说我写诗的事了。"真是你自家写的吗？"妈妈问我。"当然是我自家写的，通哥、大老官、李书记都在场。"我说。不晓得怎么回事，我没有说起通哥帮着修改了。

我刚端起碗吃饭，就听见广播里说道："世界上有神童吗？回答是否定的。但是，在社会主义新农村里成长起来的儿童，不是神童，胜似神童。下面广播一首九岁小朋友的诗，请听！"接下来念我那四句诗的是个小女孩，她念得真好，我真不相信这诗是我写的。小女孩念完，又是大人的声音，整个儿都在说这诗短小精悍，写得太好了。"作者运用了革命浪漫主义手法，描写了农村棉花丰收的景象。棉花多得像天上的云，神仙都为之惊讶，多么生动的神来之笔！"

爸爸妈妈嘴里含着饭，都停在那儿不敢嚼，生怕听漏一个字。爸爸拿筷子轻轻敲了下我的脑袋，笑得合不拢嘴，说："舒通平日总夸你聪明，我就是看不出。还真要得啊！"

我成了小诗人，感觉非常的好。不论走到哪里，大人都夸我。小伢儿们也羡慕，老问我这诗是怎么想出来的。

十六

通哥和工作组忙了好久，家家户户都有诗了。学堂也开学了。通哥没有去学堂上课，他要准备赛诗会。他的课都由别的老师代了。有个白天，祠堂门口扎了松枝做成的彩虹门，上面挂着的红绸布上写着"学习小靳庄社员赛诗会"。学堂不上课，同学们早早地就坐到了天井里。社员们比以往任何会议都听招呼，他们家家户户都要上台。

听得汽车喇叭响，晓得县委向书记来了。果然，一个胖子披着军大衣进来了，他身后跟着大老官刘组长、公社李书记，还有几个不晓得是什么人。我猜那个胖子肯定就是向书记。俊叔站在楼梯口招呼着，向书记就领着人上楼了，走到主席台上坐下来。

大老官拿起话筒，站着说："县委向书记对我们点上学习小靳庄活动非常重视，百忙之中抽出宝贵时间，参加今天的群众赛诗会。下面，我们以热烈的掌声，欢迎向书记做指示！"

大老官说完，把话筒端端正正放在向书记面前，自家退到后面座位上坐下。向书记清清嗓子，说："社员同志们，有战无不胜的毛泽东思想作指导，任何人类奇迹都可以创造！两千多年前，中国诞生了一部诗歌集，叫《诗经》，总共收录了三百零五首诗。这是中国古人千百年创作诗歌的总和。但是今天，我们大队三百二十五户，不到两个月时间，每家每户都创作了一首诗，有的户还创作了两首、三首，总数达到四百零五首，比《诗经》整整多出一百首！如果我们全县每个村都像点上一样，那将是怎样的景象？那是诗的海洋！"向书记下面的话我就听得不太懂了。他讲儒法斗争史，从两千多年前的孔子讲起，一直讲到林彪。我瞟了眼坐在后面的大老官，他总是微笑着望着向书记的后脑勺，好像那里也长着双眼睛，正同他打招呼。

向书记讲完，赛诗会开始。早就同社员群众打过招呼的，赛诗会上不点名，大家要争先恐后上台，气氛搞得热热闹闹的。但是，大老官宣布赛诗会开始了，没有一个人敢上去打头炮。场面有些难堪，急死了大老官、公社李书记和俊叔。这时，通哥在戏台角上，朝我眨眼睛。我明白他的意思，猛着胆子站了起来，小跑着上了戏台。站在台上打招呼的阳秋萍忙把话筒递了过来。我双手有些打战，喉咙发干。

"我，我，"我结巴了两声，终于喊了出来，"诗一首，题目是《晒棉花》。"我就像放鞭炮，自家都还不晓得是怎么回事，就把四句诗念完了。台下拼命鼓掌。我刚要下来，听到向书记喊道："小朋友，我还没听清楚哩，再念一遍，慢些念。"

我不晓得转过身去，就背对着台下，望着向书记念了起来："农民伯伯去天宫，踩着彩虹上九重。神仙问话没空答，社员忙着晒棉花。"

向书记高兴地笑了起来，问我几岁了，诗是不是我自家写的，然后连声说好。

我打响了头一炮，就没人害怕了。上去几个人之后，楼梯口竟然排着队了。每家每户都推选自家最有文化的人上台，大家都有争面子的意思。

赛诗会后，向书记召集几个群众代表开会。我居然被喊去开会了，这是我平生头一回参加大人的会议。通哥、腊梅也在会上。向书记表扬大家几句，就说了他的想法："社员同志们，群众写诗，这是个新生事物。我们不光要人人写，家家写，还要树典型。你们这里是县里的点，应该产生代表县里水平的农民诗人。"

俊叔问："向书记，舒通是民办老师，算不算农民？"

向书记说："当然算农民呀！"

俊叔说："民办老师算农民的话，我个人觉得推舒通比较合适。"

"哪位是舒通？"向书记问。

"是……我！"通哥回答。

向书记望望舒通，说："你，结巴？"

通哥答道："结……巴。"

向书记说："作为农民诗人推出来，有时候免不了要登台朗诵，结巴只怕不妥。"

俊叔说："他读书一点儿也不结巴。"

向书记问："你自家写的诗是什么？"

舒通说："社员挑担桥上过，河水猛涨三尺多。要问这是为什么，一个红薯滚下河。"

"哈哈哈哈！"向书记高声大笑，"这个红薯可真大啊！好啊，有气魄。刚才怎么没见你上台念呀？"

通哥说："我家的诗是我妈……妈上台念的，我妈妈自……家写的。

起床起得早，雄鸡吵醒了。叫声大娘哟，今后你报晓。收工收得晏，天天是大战。社员豪情高，为国做贡献。”

“哦，你妈妈的诗写得好。”向书记说。

“舒通念书不结巴，这是真的，”大老官刘组长说，“不过，我觉得要有代表性，不如推舒腊梅同志。她是拖拉机司机，又是女同志。”

李书记说：“我同意。”

腊梅低着头，脚在地上不停地画着。

“可不可以推这个小朋友呢？”向书记问。

我听了脑子嗡地响了起来，像被哪个敲了一下。

通哥马上说：“不要推……六坨，读……书要紧。”

向书记说：“你这个认识就有问题了，写诗怎么会影响读书？”

通哥说：“我说要推就推腊梅，不然最好推不识字的，更是新生事物。”

大老官严肃起来：“舒通你这是什么意思？说风凉话？你这个人就是喜欢翘尾巴。”

腊梅的脸刷地绯红，嘴巴噘得老高，瞪着别处。

通哥说：“我哪……是说风凉话？劳动人民口……头创作，文化人记……录整理，自……古都有……的事啊。”

向书记说：“舒通倒是个有见识的人，他说得有道理。我们这里只是征求群众意见，最后我们几个留下来研究研究。你们回去吧。”

哪个该回去，哪个该留下来，大家听了就明白。只有俊叔不知是走还是留，迟疑地望着李书记。李书记看出他的意思，说：“俊生同志一起研究。”

我走在通哥后面，一句话也不说。通哥自家想当诗人，就拦着我。他推腊梅也是虚情假意的，故意讽刺人家。

“六……坨，你今天表……现不错。”通哥说。

我不说话，低头走路。

“咦，怎么不……理我？”通哥问。

我说：“通哥，你自家想当诗人吧？”

通哥说:“哦，我晓……得了，你生我……的气？我才不……想当哩！你还……小，不晓……得事。这哪里是……诗？这……叫顺口溜！这也……是诗，那算……命先生个个是诗人！算命先……生讲话，全是顺……口溜，全押……韵!”

我不明白通哥的意思，仍不说话。通哥说:“六……坨，你也……是三年级的学……生了，要大不……大，要……小不小。我讲……的话，你只……记住,不要跟别……人讲。赛诗是一……阵风,过不……了多久，就什么都……没有了。你好……好读书。”

通哥这话，就像冬天的一盆冷水，泼得我人都蔫了。我原以为自家真是小诗人了哩！我分不清顺口溜同诗有什么区别，但还是相信通哥的话。县委向书记，那是个真正的大老官，他都说通哥有见识。

可是过了几天，我就真不清楚自家是否被通哥骗了。通哥明明说他不当诗人的，却被推选为县里的农民诗人，到省里赛诗去了。

这次通哥出门时间可真长，大约二十多天才回来。他背回一捆书，书名叫《舒通的诗》。我翻开看看，竟然家家户户的诗都在里面，我的四句诗也在里面。

“通哥，怎么人家的诗都变成你的诗了？”我问。

通哥说:“六坨，同你讲……不清，你年纪太……小了。”

村里人知道自家的诗印在书上了，都非常高兴。他们并不在意书上印着哪个的名字，看着自家的诗变成了铅字就满心欢喜。几十本书被社员们一抢而空，没抢到的还有意见，问通哥能不能再弄些来。

只有我不甘心，自家写的诗，印在人家书上。妈妈说:“六坨就是钻牛角尖，这有什么奇怪的？大跃进的时候，十多亩田的谷子堆到一丘田里放卫星，现在把全村人写的诗都放在你通哥一个人脑壳上，不是一回事？”

十七

通哥从省里赛诗回来，人就变了。他真的开始写诗，放在信封里，寄到外地去。他说是投稿。我问投稿是什么意思，他懒得告诉我，只说你长大了就晓得了。通哥不再像原先那样，耐心告诉我很多不晓得的东西。他总是昂着脑壳想事情，然后在纸上写几行字。

这年暑假,通哥同阳秋萍去公社登记了。向姨不再反对,随他们去了。二伯母同向姨也说话了，两家都认了这门亲戚。通哥同阳秋萍新事新办，没有弄酒席，开了个茶话会，年轻人聚满了洞房，闹到深夜。通哥不再住学堂的老师房，两人在家里布置了新房。

结婚了就得分家过的，但分家太快又不合情理。到了年底，通哥就同阳秋萍自家过日子了。分家也是当喜事办的，两边大人凑在一起，办几样菜，吃了顿酒。

正是这个时候，幸福大学毕业了。我这才晓得，福哥上的大学，只有八个月，叫春秋大学。春季入学，秋季毕业。但福哥回家的时候，已是冬天。他吃国家粮了，去了县里氮肥厂上班。

第二年初夏，村里出了件大事。腊梅肚子大了。冬春衣服厚，没人发现。一到夏天，就见她的肚子高高地腆着了。腊梅闭门不出，拖拉机停在站里没有开回来。村里人开始议论，有人说她肚子里的货是公社李书记的，有人说是县里刘副局长的，还有人说是幸福的。最后大家晓得，原来是李书记的。李书记挨处分了，撤了职务，调到别的公社去了。

腊梅被发现怀孕的时候，日子早到了。村里妇女主任领她到医院，要打掉。她不光违背计划生育政策，而且没有结婚。人打下来却是活的，腊梅哭着嚷着，把伢儿抢走，抱回来了。生的是个女伢儿。

幸福每隔些日子，就回到村里。他穿着蓝色工装，袖子高高卷起，样子很叫人羡慕。他回到村里就是个没事的人，四处游走。看见谁家里有人，喜欢就站在人家门口，说会儿话。他碰见人总是打声招呼，说:“倒班,休息。”有时是村里人先打招呼:“幸福,倒班?”我不晓得什么是倒班，就问通哥。通哥说，氮肥厂二十四小时上班，分三班，轮着上。轮着上夜班，白天休息。连续上几个夜班，就加休一个白天。加休这天，就叫倒班。幸福是村里最清闲的人，吃的国家粮，月月还有工资拿。妈妈说："你长大了要是像幸福，命就好了。"

有天，幸福回来没穿工装，穿了件白衬衣，扎进裤腰里。村里谁也没见过这么白的布，很多人扯着摸摸。幸福说："这叫的确良，日本人发明的，放在地里埋三十年都不会烂。"

有人不相信："鬼话，哪有沤不烂的布？"

幸福说："的确良又不是棉花做的，石头做的。石头埋在地里会烂吗？"

大家更加不相信了："石头碎了，最多是粉粉，怎么会变布呢？"

幸福说："你们不懂科学。氮肥是什么变的你们晓得不呢？"

众人摇头。幸福说："氮肥是空气变的！把空气收在一起，放在机械里，就变氮肥了。"

众人听得神乎其神，幸福很是得意，吹起大牛："你们晓得的，我们用的尿素，最好的是日本尿素。你们晓得日本人有好聪明吗？日本人把轮船开出来，本来是空的。他们就在太平洋上边走边生产，等到了中国，就是满船的尿素了。再把尿素卖给中国，运中国的大米回去。"

有人很不服气，说："他妈的日本人太狡猾了，拿空气换我们的大米！"

我把幸福的话告诉通哥，通哥说："幸福晓……得个屁！日本人是……厉害，也没……有这……么神。"

我突然发现阳秋萍的腰粗了，走路时总喜欢一手支着腰。听大人们说，阳秋萍有了。算着日子对不上号，背地里说阳秋萍肚子里是现饭儿。现饭儿，是我们乡下人的说法，指的是未婚先孕。

有天，我正在外头玩，突然听得广播里响起哀乐。我听了，大吃一惊。我飞快地跑回家，说："妈妈，毛主席死了！"

妈妈正在织布，听我这么一说，拿起身边的扫把就要打人。我躲了一下，没打着。妈妈站起来，追着我打。广播里正在念着讣告，妈妈一边追打我，一边听着讣告，慢慢停下脚步。我边跑边回头，见妈妈站住了，我也站住了。妈妈站在那里不动，白着眼睛望天，反复听着，终于听清楚了，突然大哭起来：“毛主席呀……”

毛主席的哀期未过，阳秋萍的儿子悄悄儿生下来了。生儿子本来是大喜事，可是这孩子生得不是时候，不准放鞭炮，不准请酒饭。所以说这个小伢儿是悄悄生下来的。通哥给儿子起的名字叫默生，可能就是这个意思。

村里人都戴了黑纱，拿别针别在袖子上。幸福倒班时也回到村里，手臂间也戴着黑纱。人们发现幸福的黑纱做得漂亮些，吃国家粮的就是不同。幸福说：“厂里统一发的。”有人说：“我们也是大队统一发的，差些。”

很快就是深秋，太阳晒着不烫人，很舒服。晚稻开始收割，白天村里见不着几个人。大人们都到田里收谷子去了。我提着鱼篓，想去田里抓泥鳅。晚稻收割完了，没撒绿肥的冬浸田里，正好抓泥鳅。

我从通哥屋前走过，正好看见阳秋萍坐在外头晒太阳，搂着默生喂奶。幸福坐在她面前，望着她喂奶，同她说话。“六坨，不上学？”阳秋萍问。“今天是星期六，半日课。”我说。阳秋萍说：“哦哦，我糊涂了，今天是半日课，你通哥砍柴去了哩。”

我瞟了眼阳秋萍，忙走掉了。她把奶子露在外面，我不好意思看。她头发稀乱，腰照样很粗。刚才阳秋萍同我说话的时候，幸福望都没望我。他一直望着阳秋萍的奶子。真搞不懂，女人没生孩子，身上半寸肉都不敢露出来；生了孩子，就把奶子当着人舞上舞下。

十八

我上五年级了，已经晓得什么是投稿，什么是发表作品。我问通哥：“通哥，你还投稿吗？”通哥说：“不……投了，我要复……习，参加高……考。告诉你，今后考……大学，不是社……来社去，可以吃国……家粮。”通哥写了好多年诗，我不晓得他是否发表过。我晓得这事不好问，就没有问他。通哥自家却说了:“写……诗，比考大……学还难。”我问通哥:“你考大学出来,想做什么?”通哥说:“肯……定不再当老……师了。我问……过，师范大学不……要结巴。我想当……记者，无……冕之王。”

可是，比写诗容易的大学，通哥也没有考上。通哥摇摇头说：“复习得太……晚了，太晚……了。明年再……来，明年……再来！”通哥准备再次复习参加高考的时候，他的第二个孩子出生了。生的是个女儿家，起名叫秋桂。有人说他给女儿起的名字不通,又不是秋天生的。通哥笑笑，说:“你们不……晓得！现在高考改在夏……天了，发榜的时候……是秋季,同古……时候考状元是一个时间。古时候考……上状元,就叫折……桂。”

乡下人信迷信，听通哥这么一说，料定他今年肯定考得上大学。不说别的，兆头好啊！再说通哥在村里人眼里，学问太好了。但是，通哥仍然名落孙山。幸福在旁边说风凉话:“吃国家粮，还得有命! 我们厂里，很多人文化连我都不如! ”通哥晓得这话了,冷冷一笑,说:“幸福还吹……什么牛皮? 三十……多岁了，阿……娘都找不到! ”

幸福的婚事越来越是村里人议论的话题，都说他再找不到阿娘只怕就要打单身了，高脚了。乡下人说话，喜欢拿农事打比方。高脚，本来是讲秧苗过季了，长高了就栽不活了。这时候，俊叔已不当支书了，家里的事儿也越发不称心。幸福吃着国家粮，却找不着阿娘。喜坨书早不读了,学了门丢人的手艺,钳工,也就是扒手。俊叔在村里当支书好多年,丢不起这个面子的。可是儿子大了，管也管不住。喜坨回家一回，打他一顿。打他一顿，出门半年。慢慢地，俊叔打也不打，骂也不骂，由他去了。

慢慢地，村里出了很多钳工，都说是喜坨的徒弟。日子久了，大家也习惯了，似乎那真是一门手艺。喜坨从外面回来，有人甚至会问:“生意好吗? ”喜坨衣着光鲜,满面笑容:“好哩,还好哩! ”老辈人在一旁摇头:“旧社会，附近十乡八里，只有彭家坡有个彭疤子是扒手，大家都认得他。现在啊，扒手成堆了! ”

通哥死心了，再也不想考大学。诗也不写了，他说那东西比考大学还难。家里四口人了，他得挣工分。学校放学，他就扛着锄头往地里跑，还可以赶一气烟的工。一个工分上下两个半日，每个半日分两气烟。

灶里烧的，也要通哥去山上砍。星期天只要天气好，通哥都会上山去砍柴。通哥平日穿衣服算是讲究的，衣上的补丁必须方方正正。但他上山砍柴，穿得就像个乞丐。通哥已经多年没戴帽子，但眼睛同样眯着，他早已是近视眼。

我头回上山砍柴，就是通哥带着去的。家家户户都烧柴，砍柴的地方就越来越远。妈妈本来不让我去砍柴，说太远了，吃不消的。我吵着要去，还必须要穿草鞋。妈妈扔给我一双草鞋，说："不要哭着回来啊。"

通哥肩上扛着扦担，高声唱着歌。说实话，通哥唱歌很难听。原先在宣传队，他只要唱歌，阳秋萍就会笑。我走了不到半里地，脚就被草鞋磨破了。妈妈的话应验了。通哥回头一看，说："六……坨，你们小伢儿肉……皮嫩，穿不……得草鞋，不如光……着脚。"

有过这么一回，后来通哥只要上山砍柴，必定邀我。我每次都去。多跑几回，我也能穿草鞋了。通哥去的时候，一路上总是唱着歌。他在山上砍柴，也是唱歌。他把能想到的歌都唱出来，有时从这首歌唱到那首歌，自家并不晓得。

挑柴回家的路上，通哥不再唱歌。路上歇肩，他也不唱。这个时候，人都疲得不行了，哪唱得了歌？通哥坐在路边，眯起眼睛望着远处，我会想起他当年写诗的样子。

十九

我考上大学，通哥并没有祝贺我，他摇摇头说："你要……考就考北大，要是我像……你，就考……北大。"

我上大学几年，每次放假回来，都听说很多通哥的事情。想不到阳秋萍同他离婚了，跟了幸福。村里人说得难听，幸福三条尿素袋子，就把阳秋萍睡了。当时有种日本尿素袋子，质地很像绵绸。绵绸是那时候很高级的布料，乡下人是穿不起的。日本尿素袋子染过之后，同绵绸差不多，做裤子很看好。通哥看见阳秋萍新做了条尿素袋子的裤子，问是哪里来的。阳秋萍讲是幸福给的。通哥对幸福从来就没什么好感，老见他没事就到家里来，望着阳秋萍喂奶他就眼睛发直。通哥起了疑心，盘问阳秋萍。阳秋萍不承认，两人吵着吵着，就打起来了。打过之后，阳秋萍就承认了。

离婚的时候，问两个孩子，愿意跟爹，还是愿意跟娘。默生和秋桂都说愿意跟娘，还说听老人讲了，宁愿跟讨饭的娘，不愿跟当官的爹。通哥红了眼圈，说："你……们的爹又没当……官！"他心里清楚，两个小伢儿听了阳秋萍的挑唆，跟着幸福有活钱用。

通哥不再唱歌，也不再上山砍柴。混了些日子，课都懒得上了，民办老师也就当不成了。最叫村里人说闲话的是他同腊梅搞到一起去了。同姓人乱搞，这在乡下是丢脸的事。通哥就同腊梅带着女儿，住到县城里去了。一家人在城边租了两间破屋子，做着小生意。每日清早，通哥就同腊梅守在城外路口，拦着进城来的菜农，长说短说把人家的菜趸下来，再挑到菜市上去卖。我问妈妈："他这样过得了日子吗？"妈妈说："有时候你通哥也这样……"妈妈做了个扒手的动作。

通哥同腊梅躲在城里，一口气就生了三个小伢儿，都是儿子。村里把他家里房子拆了，就再也拿他没办法。那几年，只要听说腊梅肚子又大了，乡政府和村里就派人到城里去找。腊梅就四处躲，影子都找她不着。有回，几个干部捉住通哥，说你阿娘不肯扎，就把你扎了。通哥笑笑，说："我同腊梅又没……有结婚，你们凭……什么讲她是我阿娘呢？你们凭什么把我阉……了呢？我阉……了你们！"当时通哥正在卖鱼，手里拿着剖鱼的刀。他说话笑眯眯的，却把几个干部吓着了。

那年上面突然来了政策，工龄长的民办老师可以转为正式老师，村里好几位和通哥同年当民办老师的都转正了。通哥晓得了很后悔，不该把民办老师这个饭碗丢了。有天通哥听说，江东村有位民办老师，也是中途离开教师队伍的，同样转正了。他很兴奋，打了报告，跑到县教育局。

通哥走进局长办公室，原来局长正是当年在大队办点的大老官。“刘……局长，你还认……得我吗？”通哥笑着。

刘局长望望舒通，很热情的样子：“原来是舒通啊！好多年不见你了，倒是老听人家讲起你。坐啊，坐啊。”

“我有什……么好讲的，”通哥坐下说，“刘局……长，我的政……策能落实吗？”

刘局长溜了眼报告，说：“你的情况我清楚。像你这种情况，没有办法落实政策。你是自动离开教师队伍的。”

通哥就说：“那……江东村有……个老师，他也……是中途离开的，听说他转……正了。”

刘局长说：“你讲的情况不错，但人家是因为在“文革”时期受迫害，被开除出教师队伍。现在平反昭雪，承认他的连续工龄，就转正了。”

“刘……局长，还有没有办……法想呢？”通哥几乎是哀求。

刘局长说：“没有办法。人家是受迫害，你是因为乱搞男女关系。”

通哥面红耳赤，站了起来。他真想骂娘。要是依着当年在宣传队的脾气，他差不多会扇刘局长一个耳光。他拿回放在刘局长面前的报告，捏成一团。

“听说你阿娘阳秋萍跟人家去了？”刘局长笑眯眯地问。

“你阿娘还偷县委书记吗？”通哥甩下这句话，扭头出来了，居然没有结巴。

几年之后，默生突然来找我，说他爸爸关起来了，要我帮忙把他搞出来。通哥并不专门偷扒，他只是遇着机会就顺手牵羊。可他年纪毕竟大了，眼睛又不好，老是被抓。他其实被关了好多回了，每次都托人说情，关几天就放了。这回他倒霉，偷到公安局长家里去了。往日都是关在派出所里，请人帮忙，交钱就放人。这回关到监狱去了，麻烦就大了。他家里四处托人，听人家说只有找六坨了。我其实是不肯求人的，但通哥是自家堂兄，又是老师，赖也赖不掉。算是通哥有运气，公安局长正是我大学同学。我这同学听我一说，哈哈大笑，说：“原来是你老师啊！你还有这样的老师，佩服！”

我自家开车去监狱接通哥出来，见面很有些尴尬。我尽量做得自然些，同他寒暄：“通哥，你受苦了。”

不料通哥嘿嘿一笑，说:“不……受苦！我在里……头就像皇……帝！那……里头可黑……啊！里面犯……人个个凶……恶，欺……生。我刚进……去，差点儿被他们打……了。幸……好喜坨在里头，喜……坨是里面的老大。喜……坨说，他是我的老……师，你们要尊敬……老师！每餐……吃饭，喜坨都要人……家把菜分一半给我吃。他们都争……着把好菜给我吃，我吃都吃……不完，不是家……里人硬要……我回去，我在里……头还……好些……”

通哥结结巴巴，不停地讲着自家在监狱里的奇遇。要不是到了他家门口，他还会讲下去。他住的地方在城边，房子像建筑工地的临时工棚。下车的时候，通哥又嘿嘿笑着：“当老……师还……是好，坐班……房都有学……生来接……啊！”

也算爱情

吃了晚饭，李解放只穿了条白短裤，肩上搭了条毛巾，去山下的青龙潭洗澡。李解放总恨自己长得太白，难得同金鸡坳的社员群众打成一片。他很羡慕工作队女队长吴丹心那张黝黑的脸，亮亮的就像早晨的茄子。

初到金鸡坳那天，吴丹心带着工作队员往大队部门口的坪里一站，社员们的目光不在队长吴丹心身上，只是望着队员李解放。那些年轻的姑娘，你戳戳我，我拍拍你，嘻嘻哈哈，眼睛却都瞟着李解放。李解放的脸便在六月的阳光下白里透红，红里冒汗。他被弄得手足无措，无地自容。吴丹心白了他一眼，才向社员同志们传达上级精神。那天吴丹心关于批林批孔的长篇大论，李解放只听了个断断续续，他心里一直在打鼓。他发誓一定要把自己晒黑，比她吴丹心更黑，就像那些浑身如炭的革命老农。从第二天起，他便像这里所有男社员一样，光着膀子上山下田。

工作队总共五人，分散住在几个生产队。队长吴丹心同李解放住在三队。吴丹心住在社员刘向群家，李解放住在刘世吉家。两个刘家都是三队根正苗红的贫农，他们的房子紧挨着。那是两栋摇摇欲坠的老木屋，柱子壁板都已发黑。李解放是工作队的文书，同队长住在一个队是为了工作需要。副队长向克富住一队，一队靠近大队部。队员舒军和王永龙一个住六队，一个住八队。五个人都是从县里有关单位抽来的。

今天李解放同社员们一道蹲在山坡上翻了一天的红薯藤。李解放是头一次干这种农活，不会干，也不知道为什么要这样干。他心里有些紧张，却不敢请教吴丹心。因为吴丹心批评过他像四体不勤五谷不分的孔老二。孔老二是要批倒批臭的，可见性质多么严重。吴丹心成天板着脸孔，总是开批判会的那种表情。李解放不敢向任何人求教，可他相信眼睛是师傅，看看社员们怎么做吧。

到了山坡上，照例是由三队队长刘大满带领大家学习一段毛主席语录。刘大满谦恭地望望吴丹心，见女工作队长点了点头，他才清清嗓子，说："毛主席教导我们说，土肥水种，密保管工。"社员们便跟着说："土肥水种，密保管工。"声音不太洪亮，也不太齐整。吴丹心皱着眉头环视一圈。刘大满忙点头向她赔笑。李解放却想刘大满今天引用的毛主席语录有些不对题，但还是在心里原谅了这位文化不高的老实农民。刘大满接着说："这个这个红薯藤的毛根，好比资本主义，它们吃社会主义，危害社会主义。我们要保卫社会主义的劳动果实，就要扯掉这些毛根。下面，请吴队长讲话。"

吴丹心甩了甩长辫子，说："刘大满同志的认识水平很高。我们一定要深刻认识翻红薯藤的重大政治意义。资本主义的毛根，比资本主义的杂草危害更大，它同社会主义的劳动果实争养分，损公肥私，罪大恶极。开始吧，同志们。"

刘大满又交代社员同志们警醒些，怕有蛇。刘大满说得轻巧，社员们也不在意，李解放心里却麻了起来。社员们三三两两蹲下，扯起红薯藤，翻过来，让藤上的毛根朝着天。李解放这才明白，翻红薯藤是为了保证养分集中供应红薯，提高薯的产量。李解放私下又想，这毛根应叫须根，说毛根太土了。这个念头刚一闪过，他又立即暗自检讨，不该嘲笑农民群众。他便越来越觉得吴丹心平日对自己的批评是正确的，他的脑子里总脱不了臭知识分子的酸气。李解放一边在心里狠斗自己灵魂深处一闪念，一边飞快地动作，生怕落在社员们后面。他甚至不怕蛇了，还巴不得碰上一条蛇。他想这会儿真有一条蛇从他身边爬过，他会飞快地扬起手掌朝那蛇的七寸劈去。一会儿工夫，身后一大片的红薯藤都朝了天。望着大片白色的须根在烈日下慢慢地蔫下去，李解放内心充满了战斗的欢乐。资本主义气息奄奄，社会主义蒸蒸日上。

李解放用口哨吹着革命歌曲，往山下的青龙潭飞跑。出了一天的汗，浑身毛孔都舒展着，格外畅快。他跑着跑着，内心就涌起了革命诗情，想起了毛主席的词，到中流击水，浪遏飞舟。

落日的余晖映照着青龙潭，平静的水面上泛着粉红色雾霭。山风吹过，凉爽的水汽直往人皮肉里钻。李解放摆出一副大无畏的英雄架势，双手举过顶，一个猛子扎下去。可是，他立即觉得裤子里鼓满了水，往后一拖，屁股便光着了。他忙闷在水里提起裤子，才慢慢浮出水面。他内心的诗情早荡然无存了，慌忙地往四周张望，似乎水潭边围满了男女社员，都在偷看他的光屁股。

潭岸上没有人。偌大一个水潭，这会儿只有他李解放一个人。他索性脱下裤子，用毛巾浑身擦了起来。低头往水里一看，见自己腰部以上和大腿以下已经晒黑，中间一节仍白生生的就像瓠瓜。整个人就像黑白相间的标杆。他无缘无故想到了吴丹心。心想那女人再怎么黑得革命，也只是脸黑手黑，身上仍是白的吧。今天中午休息时，他搬了张长凳，放在刘世吉家的屋檐下睡午觉，迷迷糊糊地看见对面刘向群家厢房门口的长凳上伸出一条腿来，半弯着。那条腿的裤子卷得高，可以望见裤管里面的白色。李解放马上想到那是一条女人的腿，接着就断定那是吴丹心的腿。吴丹心就住在那间房里。李解放没有瞌睡了，眯着眼睛装睡，一直觑着那条半弯着的腿。他想吴丹心里面其实还是很白。那会儿太阳很毒，晒得老木屋喳喳作响。山村更显宁静，李解放便在宁静中偷偷望着吴丹心的腿，琢磨着她身上其他部位的白。

响起了一阵吆喝声，就有几个穿短裤的男人出现在潭边了。李解放忙闷进水里穿裤子，可裤子拉了一半遇上了阻力。原来他的某个部位刚才中了那白色的资产阶级的邪念，正高高地昂起。他便闷在水里，咬紧牙关，直逼得自己双耳发响。那资产阶级小尾巴这才气急败坏地蔫将下去。李解放呼地钻出水面，掀起高高的水花，牛一样喘着粗气。那几个男人都已下了水，同他打招呼，说李同志钻猛子好厉害，当得潜水员。李解放笑笑，说关键在于革命斗志。有个人胆大，却说，钻猛子靠的是肚子里憋的那口气，和革命斗志有卵关系。几个社员都笑了起来，怪异地望着李解放。李解放只当没听见，又钻进了水里。他闷在水里想，同他们争个卵，多一事不如少一事，革命斗志同我卵关系！

李解放钻出水面，往岸边游去。他还得同吴丹心一道去大队部开会，今晚工作队全体人员要碰碰头。他爬上岸，猛一低头，吓了一跳。原来湿漉漉的白短裤紧贴着身子，那地方一团漆黑。天还没有完全黑下来，他没法这么走回去。

他只好又回到水里。心里急得不行，怕太迟了吴丹心又会找他麻烦的。他想这女人其实很漂亮的，眼睛大大的，脸盘儿黑里透着红色，红里透着黑，两条辫子又黑又粗，那嘴皮上的皱皱儿水汪汪的，就像熟透的杨梅，叫人想吃。可他就是怕她。

那几个男人都已上岸了，可他仍不敢上去。他没有了钻猛子的兴趣，也没有了游泳的兴趣。他倒是想起了刘文彩家的水牢，有种坐水牢感觉了。那恶霸地主真的很坏，想出了水牢这惨无人道的毒办法。

好不容易挨到天黑下来，他才怯生生地爬上岸去。自己低头一看，分明看不清那团漆黑了，可心里仍是虚，便将右手放在身前，毛巾搭在手上，遮掩着下面。

远远地就见吴丹心背着手，在刘家场院里焦急地踱来踱去。李解放飞快地跑进屋去，换了衣服，拿了手电。出来时，见吴丹心已经走在前面了。李解放打着手电，跟在吴丹心后面。三队离大队部有四华里远，得翻过一座山。李解放心里很慌，想说些什么，可吴丹心一言不发，他也不知说什么好。他怕吴丹心问他为什么洗个澡洗了这么久。如果他如实说出来就等于在女队长面前要流氓了，如果编造个理由就是欺骗领导。

走过白天出工的那片红薯地，李解放终于找出一句话来，说：吴队长慢点，怕蛇啊。吴丹心冷冷地说："蛇有什么可怕？资产阶级思想比毒蛇可怕十倍！"李解放不敢说话了，他不明白吴丹心说的资产阶级思想指的是什么。可他的确怕红薯地里突然钻出一条蛇来，便侧着身子，小心地照着吴丹心前面的路。山地坑坑洼洼，他身子总是摇摇摆摆，手电光便老是在红薯地和吴丹心的屁股上来回晃动。慢慢地李解放便只注意这女人的屁股了。山风很凉，蛙声满耳，流萤遍地。

到了大队部，其他几位队员已等在会议室了。他们见吴丹心板着脸，怕是出了什么事，或是上级又有什么重要精神下来了。吴丹心坐下来，默然一会儿，突然说："今天会议先解决一个问题。李解放同志身上小资产阶级思想太严重，对他、对组织，都是很不利的。我们先帮助帮助他。同志们知道我今天为什么这么晚才来吗？李解放今天洗澡洗了三个多小时！我们天天同农民群众在一起，同吃同住同劳动，身上晒黑了，弄脏了。这有什么不好？黑得光荣，黑得革命！劳动人民，身上脏得香；资产阶级，身上香得臭。可是他，硬是想把自己晒黑的皮肤洗白。他身上那股资产阶级少爷气，非常非常危险，我们再不帮助他，会毁掉一个同志。"

李解放早大汗淋漓了。他现在才明白吴丹心在路上说资产阶级思想比毒蛇可怕十倍是什么意思了。别说是不是资产阶级思想，单是洗三个小时澡比女人还女人，这就很让人难堪了。他当然不敢说白短裤湿了，下面一团漆黑，见不得人，只好挨到天黑才回去。这是什么话？要流氓！多么严肃的会议？怎敢说这么下流的话？何况是要往思想深处挖根源，怎么能够说那些话？可总得有个说法。要么要流氓，要么欺骗组织，他便只好欺骗组织了，说："我洗澡的时候，突然肚子痛，痛得腰都直不了，在潭边蹲了好久。我知道自己不对，革命意志不坚强，连个肚子痛也挨不了。我知道自己身上还有许多小资产阶级思想，有许多小资产阶级生活习气。我诚恳地希望同志们指出来，给予批评，也愿意接受组织上的任何处理。”

副队长向克富接着发言:“李解放同志在我们工作队里文化水平最高。问题就出在这里，出在他身上的臭知识分子气息。刚才他的自我检讨三言两语，貌似诚恳，实际上很不认真，很不深刻。你要挖根源，查灵魂。肚子痛，算什么理由？在那革命战争年代……”向克富约五十来岁，年纪最长，发言水平很高。他说起革命战争年代无数革命先烈的艰苦卓绝，很有感染力，就像他自己昨天才从战场上下来。

舒军和王永龙也都发了言，都把问题往严重处说。大家都明白一个道理，就是越把李解放的问题说得严重，说明他们自己的政治水平越高。越到最后，发言的难度越大，因为别人把该说的话都说得差不多了。吴丹心年纪轻轻，人倒老成，她想起了一段毛主席语录，说:“毛主席教导我们说，革命的，或不革命，或反革命的知识分子，拿什么去区别他呢?就是看他是否愿意，并且实行和工农民众相结合。李解放同志的问题，性质是严重的。肚子痛只是一个客观原因，问题出在主观。向克富同志说得好，在那血雨纷飞的革命战争年代，革命先烈时刻面对的是枪林弹雨，是严刑拷打，是流血牺牲。肚子痛，算什么？所以，问题出在灵魂深处……”

那天晚上的会议开得很晚。但到底开到什么时候，李解放不知道。因为整个工作队只有吴丹心有块上海手表，是她的军官丈夫给她买的。回来的路上，李解放尽量让手电光照着吴丹心前面的山路。尽量不让光束晃着她的屁股。他觉得自己灵魂深处的确很肮脏。两人默默走了一段，吴丹心突然问:“李解放，你对我有什么意见吗?”

李解放忙说:“哪里啊，没有意见。”

“你可以谈谈自己对我的看法嘛。”吴丹心的语气是少有的随和。

李解放说:“你对同志们要求很严，这是对的。”

沉默一阵，吴丹心说:“人家都说我长得太黑，你说呢?”

李解放说:“人黑心红啊。”

吴丹心说："你是总也晒不黑啊。你再怎么晒，脱掉一层皮，又是白的。你再晒得黑也比别人白。"

李解放说："所以我总比别人落后。"

吴丹心语气支吾起来，说："其实，其实，人还是白些好看些，特别是女人。"

李解放没想到吴丹心今天会这么说话，不知怎么回答了。他不敢接过她的话头说下去，两人又沉默了。过会儿，吴丹心突然问："你找朋友了吗？"

李解放不好意思了，说："没有哩！我今年才二十三岁，晚婚年龄还差四岁。找朋友早了，影响革命工作。"

李解放等着吴丹心的表扬，可她却问："我对你关心不够啊，请你原谅。你肚子还痛吗？需不需要明天去医院看一下？"

李解放忙说："不要不要。你对我很关心。"

吴丹心又是半天一雷，说："李解放，你……你其实人长得很漂亮。"

李解放脸嗡地热了起来，说："你长得漂亮。"

"我长得黑。"

"你黑得好看。"

"真的吗？"吴丹心停了下来，回头望着李解放。

"你真的黑得好看。"李解放见吴丹心望着他，那眼珠子在星光下闪闪发亮。

吴丹心低头四处看看，说："走累了，我俩歇歇吧。"

这正是他们白天翻红薯藤的那个山坡，路边有块石头，吴丹心先坐下了。李解放打着手电四处照照，找不到第二块石头，就站在那里。吴丹心叫他也坐一下，他便坐在了地上。吴丹心说天回凉了，坐地上不好，过来坐在石头上吧。李解放正迟疑着，吴丹心笑了，说："李解放你封建，不敢和我坐在一起？"

李解放只好挨着她坐下了。两人紧挨着，李解放感觉有些乱。他平生第一次同一个女人挨得这么紧，而且都只穿着衬衣。李解放感觉这女人身上凉凉的，好舒服。吴丹心问：“你肚子还痛吗？”

李解放说：“不痛，我肚子不痛。”

“痛就要搞药吃。”吴丹心说。

“其实，我今天并不是肚子痛。”李解放脑子一热，鬼使神差说了这话。他想完了，吴丹心不骂死他才怪。

没想到吴丹心没有骂他，只侧过脸来，望着他，心平气和地问：“不是肚子痛，那是为什么？”

李解放说：“我没有带干净短裤去，结果天没黑，回不来了。”

吴丹心没听懂，问：“怎么回不来了？”

李解放低头说：“白短裤湿了，贴着肉，那里……那里漆黑的。”

吴丹心哈哈笑了起来。李解放紧张极了，弄不懂这女人的笑是什么意思。吴丹心笑了一阵，什么也不说了。两人都不说话。萤火虫围着他们飞舞，青蛙叫得令人心乱。李解放感觉自己的呼吸越来越急促，像在干着什么见不得人的事。突然，吴丹心转过身来，火辣辣地望着李解放，问：“敢吗？”

敢什么？李解放心脏都要跳出来了，嘴巴张得老大，惊恐万状。

吴丹心一把抱了过来，说：“搞我！”

“不敢不敢，你是军婚。”李解放浑身直发抖。

吴丹心双手铁箍一样抱着李解放，说：“这里只有蛤蟆知道我俩的事。”

两人在红薯地里滚了起来。吴丹心喘着说：“解放，你是黄花伢儿，和我做这事亏不亏？”

李解放大汗直流，瓮声瓮气说：“不亏，不亏。吴队长你身上很白。”

吴丹心说：“我俩单独在一起，你不要喊我吴队长。我小名叫丹丹，好久没人叫了，你叫我丹丹吧。”

“丹丹你身上很白。”李解放说。

“没有你白。”吴丹心的双手很有劲，搂得李解放腰发酸。她是县里有名的铁姑娘。

“丹丹你身上有两个地方像杨梅。”李解放说。

“哪两个地方？”

“嘴唇和奶头。”

吴丹心呼吸更急了，嚷着说：“解放解放解放，你吃杨梅吧，你吃杨梅吧，我要你吃我的杨梅。”

李解放便上上下下地吃杨梅，忙碌得只嫌少长了几张嘴巴。李解放再也听不到蛤蟆的鼓噪，耳边只有吴丹心怪怪的哼哼声。

两人搂着往山下走。吴丹心柔柔地弯在李解放的肩头，一点没有平日那高挽袖子横叉腰的影子。吴丹心细声细气说：“解放，我俩有了这事，今后明里对你要求就要更严些，免得别人怀疑。”

“要求严是对的。”李解放说。

吴丹心说：“你表现好些，我会培养你。”

李解放说：“我只要你给我杨梅吃就行了。”

吴丹心说：“杨梅有你吃的。这是鸦片烟，你吃上就戒不了的。”

“巴不得。”李解放说着便偏过头去咬吴丹心嘴巴上的杨梅。

吴丹心说：“再让你吃一口吧，快到了。”

李解放躺在床上，惊魂未定，呼吸仍是水牛样的粗。他爬了起来，趴在窗口，望着对面吴丹心那边的窗口，吴丹心可能还没有睡，那窗口有煤油灯光在闪动。夜很静，听得那边传来叮叮咚咚的水声。他想一定是吴丹心在洗着什么，直等到吴丹心的窗口黑了，他才回到床上。

想起红薯地里的事，李解放热得不行，嗓子发干。只觉得满耳是吴丹心的嗷嗷声。猛然想起白天里刘大满说红薯地里有蛇，李解放心头一紧，浑身发麻。刚才两人在地里滚来滚去，怎么就没有想到可能有蛇呢？李解放越想越怕，简直不敢回想红薯地里的事。但又不由得他不去想，两人刚才说的每句话，做的每一个动作，这会儿都涌进了他的脑海。慢慢地整个人都回到了那醉人的情境，他几乎忘记了自己正躺在床上，身子禁不住动了起来。那蛇却无声地从他身边游过，擦着他的脖子，冷冷的，滑滑的。

李解放迷迷糊糊听到了催工的哨子声。马上传来刘大满的吆喝："三队全体社员，上黑岩坡翻薯藤。"李解放感到脑壳很重，想再睡一会儿。他知道要等一会儿社员们才得出门的，就闭着眼睛再懒一会儿。不想却沉沉睡去了。突然听到一阵女人严厉的叫喊声："李解放！李解放！"李解放一惊，飞快地爬了起来。原来是吴丹心在外面叫他。

吴丹心铁青着脸，站在院子中央，望着李解放出了门："你是怎么回事？怎么总要落在社员群众后面？你要注意自己的身份，你是工作队员，你得带头！"

李解放低着头，揉着眼睛，通红着脸。社员们都望着他。刘大满见李解放这个样子，很难为情似的，说："昨天晚上会开得很晚吧？年轻人，瞌睡多。"李解放听说昨天晚上，心里就狂跳起来，脸红了，嘿嘿笑着。

走过昨晚那个地方，见一大片红薯地被拱得稀烂，李解放不敢看，脸上发烧。刘大满过去低头一会儿，说："野猪拱的，野猪拱的。薯都还没有长好，就有野猪了。"

李解放想知道吴丹心是个什么表情，又不敢望她。却听见吴丹心没事似的问："老刘，这山上有野猪？"

刘大满说："有，有。野猪最讨厌，地里出什么拱什么。得安排人值夜了。"

吴丹心说："有野猪就得防。要千方百计保卫劳动果实。"

见吴丹心如此从容，李解放也就不怕了。蹲在地上翻薯藤，脑子里总是昨晚的事儿，身上就躁得慌。那地方不安分了，短裤子顶了起来。幸好是蹲着的，不然那地方就会扬起革命风帆了。李解放只得飞快地动作，暗暗咬自己的舌头，想压住内心那股火。可怎么也不奏效，那资产阶级的小尾巴实在顽固。他便去想象地里的蛇，自己吓唬自己。这才让自己有了真正的恐惧，下面慢慢蔫了。

早工没多长时间，一会儿就散工了，大家赶回去吃早饭。李解放正好走在吴丹心的身后，忍不住望着她的屁股。她的屁股凉凉的，很光滑。李解放又不由得有些蠢蠢欲动了。他只好放慢脚步，一个人落到最后面去。

回到住户家，李解放不先去吃饭，拉开自己的帆布包，找了条紧身的短裤，贴身穿在里面。他怕一天到晚老为自己的不安分担心。

晚上，吴丹心和李解放参加三队的社员会，学习上级关于批林批孔的文件精神。李解放坐在煤油灯下读文件，用县城里特有的普通话读着各省、市、自治区党委，感觉特别庄严。这往往是李解放最得意的时候，因为在座所有人当中，只有他一个人可以把中央文件读得如此流畅。他每次读文件的时候，总感觉下面的年轻女社员都在望着他，私下议论李同志长得好白，又好有文化。

读完文件，全体社员发言。社员们并不能完全听懂文件，可发起言来个个义愤填膺。他们用农民们平时骂架时用得溜熟的最歹毒最有力的语言清算林彪和孔老二的累累罪行。吴丹心最后发言，她引用的多是报纸上的社论语言，让社员群众感到县委工作队的干部水平就是高。李解放也很佩服她这种本领，他就是学不会。他总犯着读书人的毛病，觉得光照着报纸上说几句话太空，太没有新意，总想用自己的语言，发挥一下。结果往往适得其反，吴丹心老批评他没有同党中央保持高度一致。可今天吴丹心眼看着发言完了，却把话锋一转，说:“批林批孔不只是学文件，讲空话，还得联系实际。三队就没有问题？包括我们工作队本身，也应找找问题。譬如我们的队员李解放同志，他身上就存在严重资产阶级思想。昨天晚上，他洗澡洗了三个小时，害得我们工作队开会推迟了两个小时。时间是宝贵的，鲁迅先生说得好，耽误别人的时间无异于谋财害命。他为什么一个澡洗了三个小时？无非就是参加劳动，晒黑了嘛，弄脏了嘛。农民群众天天晒太阳，天天同泥巴大粪打交道，谁说农民群众不美？谁说农民群众不干净？所以，他问题出在思想，出在灵魂深处。我们每一个人，包括干部、群众，一天也不能放松思想改造。我今天只是提出警告，请李解放同志引起高度注意。好，散会。请李解放同志留一下，我要找你个别谈谈。”

平日散会的时候，社员们会开玩笑，打骂几声。今天只听得板凳碰撞的声音，社员们感觉出气氛有些异常。人都走了，李解放说:“你不该当着社员同志们说这事，影响我的威信，叫我今后怎么开展工作？”

吴丹心说：“我事先同你打了招呼的，说今后会对你要求更严格些。”

“可你也不能当着这么多人出我的丑。”李解放说。

吴丹心严肃起来：“这叫出什么丑？有则改之，无则加勉。”

“原因你清楚，我同你说了的。”李解放仍是有气。

吴丹心说：“那叫什么原因？我说得出口？那叫耍流氓。”

“那我就不同你耍流氓了。”李解放说。

吴丹心说：“我俩别在这里说了，出去走走。”

“我怕社员把我当野猪打了。”

“刘大满说了，要过一段才安排人值夜。”吴丹心眼睛里像要冒火。

李解放早躁得难受了，却有意说：“我怕蛇，红薯地里有蛇。”

“苞谷地里没蛇，我们去苞谷地里。”吴丹心的脸色红润起来了。

李解放仍是坐着不动，吴丹心低头轻声说道：“没良心的。”说着就吹了灯，往外走。

李解放跟了出来，说：“那就去吧。”

离村子不远，山脚下面，就是苞谷地。不敢照手电，两人摸着黑路。钻进苞谷地，吴丹心轻声说：“别弄坏了苞谷树，这是农民群众的劳动果实。”李解放牵着吴丹心，进入苞谷地深处，在一个稍宽的田埂上停了下来。吴丹心从黄挎包里掏出一张塑料纸，铺在田埂上。李解放早等不及了，伸手就要脱吴丹心的衣裤。吴丹心说你脱你的吧，我自己来脱。

吴丹心躺在田埂上，手伸向李解放。田埂毕竟太窄，李解放不知怎么动作。吴丹心说你快点，你骑着田埂就是了。苞谷地里总是沙沙作响，李解放老是停下来，四处张望。吴丹心便抱住李解放的头，不让他分心，说是风，是风，不要怕。

李解放躺了下来，吴丹心赤裸着身子，趴在他身上，揉着他的头发，说：“解放，你的头发好漂亮啊，又黑，又多，不粗不细。”

李解放揉着她的乳房，说：“我最喜欢你的奶子，又大又软，摸着好舒服。”

“我的脸蛋你就不喜欢了？”吴丹心空出一只手来，摸着自己的脸。

李解放忙舔了舔她的脸，说：“喜欢喜欢，怎么不喜欢？这么漂亮的脸相。”

“喜欢就好，你敢说不喜欢。”吴丹心美美地闭上眼睛，整个人儿趴在他身上。

李解放说：“丹丹你皮肉好凉快，舒服极了。”

吴丹心说：“你不知道，我的皮肉是冬暖夏凉。等到冬天，你钻到我被窝里去，保证你暖暖的像在烤炉子。”

李解放突然觉得人们的脸孔陌生起来。社员们总有些避着他，似乎他真的犯了什么错误。他想这都是因为吴丹心在社员大会上说他洗了三个小时澡的缘故。他不想社员群众真的以为他是个小资产阶级，便越发要表现积极些。出工的时候，他比以往更卖力，只是大家都不愿意同他待在一块儿。金鸡坳多是旱土，种着红薯和苞谷。这些天社员们天天都在翻红薯藤。有次他偶然回头，发现有个姑娘正望着他。见他回过头去，那姑娘笑了笑，白白的牙齿很好看。是刘腊梅，三队最俊俏的姑娘。后来几天，他发现腊梅有意无意间总同他蹲在一块，只是两人不怎么说话，目光碰在一起就笑笑。

晚饭后，他见水缸里的水没多少了，就挑起了水桶去挑水。井离村子有一段路，在山下的一个悬崖下面。现在他处处注意表现自己，总争着替住户家挑水。见天色不早，刘家老婆抢着水桶说：“李同志，别去了，你们城里人做了一天事，累得不行了，休息吧。明天老刘去挑就是了。”刘世吉也说：“是啊，别去了。”可李解放硬是要去，他们也只好由他去了。

快到井边，见远远的有个姑娘挑着水如风摆柳地过来了，那样子很好看。她见了李解放，就放下担子，笑道：“李同志，挑水呀？”李解放看清了，是刘腊梅。

李解放打好水，见腊梅还在那里，笑笑地望着他。他知道她是等他，便快走几步，赶了过去。

腊梅挑起水说："这么晚了还来挑水？"

李解放说："歇着也是歇着。"

腊梅说："李同志，你们那吴女人好厉害啊。"

李解放忙说："别这么说，她对人要求严，这是对的。"

腊梅说："对个屁！她自己长得像个乌茄子，就看不得别人白。"

李解放说："腊梅你别这么说。"

腊梅说："我怕她个鬼！我是贫农女儿，清水石板底子！"

腊梅家也从刘世吉家场院里过，两人便一前一后地走着。吴丹心正在场院边的小凳上，扇着蒲扇，没有望他们。李解放倒了水，也搬了凳子出来歇凉。吴丹心站了起来，说："李解放，你到我屋里来，我要找你谈谈。"李解放见这女人今天这么早就找他谈话，有些害怕。吴丹心却没说二话，径直回屋里去了。她的房里立即就亮了煤油灯，门大开着。李解放进去了，吴丹心递张小凳叫他坐在门口，她自己坐在床上。这样开着门说话，正大光明。吴丹心问："两人约好了的？"声音不轻不重，屋外的人听不清，却让李解放感觉到了威严。

李解放摸不着头脑，问："同谁约好了？"

"刘腊梅呀！"吴丹心逼视着他。

李解放吓了一跳，赶紧说："哪里哪里，你别误会啊。我俩是在井边碰上的。"

"碰上的？碰得这么巧？群众早有反映，这女的年纪轻轻，作风不好，你看看她那副长相。"吴丹心的脸板得很难看。

"丹丹你别这样，我同她话都没说上几句。"李解放简直有些急了。

吴丹心说："现在不是叫丹丹的时候。跟你说，我注意你们几天了，那女的天天跟在你屁股后边，两人眉来眼去。你去吧，自己好好反省反省！"

李解放想今天工作队没会，大队没会，三队没会，多难得的日子，他同吴丹心应好好在一起说说话。可是，吴丹心却平白无故地为腊梅生气。他同刘世吉一家人坐在一起歇凉，拉着家常，心里却是七上八下。

这些日子，他人前被吴丹心整得人不人鬼不鬼，人后却被那女人调拨得像只灌了酒的猴子，兴奋得只想蹦跳。况且同女人的事是捅不得的纸灯笼，他便不知道自己白天是人，还是晚上是人了。

刘家的人还没有睡觉的意思，他便招呼一声，去了自己房里。躺在床上哪里睡得着？本来今天恨透了吴丹心，可身子却不由得躁动起来。喉头像要着火，不去找找吴丹心，非把自己烧成灰不可。他还从来没有在吴丹心的房间里同她做过那事，心里有些害怕。直挨到夜已很深了，他实在撑不住了，就轻手轻脚起了床。摸到吴丹心窗前，心跳了好一会儿,才麻着胆子敲了门。听得里面床板响了一下,却没有声音了。这会儿，听得吴丹心贴在门后轻轻问道是谁。李解放压着嗓子叫道丹丹。门便开了，李解放轻巧地闪了进去。

吴丹心嘴巴凑到李解放耳边，声音有些发颤，说:“你好大胆子!”

李解放声音也发抖，说:“实在，实在，受不了啦!”

“我说过，这是鸦片烟，你上瘾了就戒不掉的！”吴丹心嘴里喷出的热浪冲击着李解放的耳根，让他兴奋得想死了去。

没有灯光，吴丹心拖着李解放往床上去。李解放伸手一摸，碰到光溜溜的吴丹心。原来她手脚特利索，边上床边把衣服脱光了。

吴丹心微微呻吟着，伏在李解放耳边说:“我想大声叫。”

李解放说:“我也喜欢听你大声叫。”

吴丹心喘着说:“不敢叫。”

“那就忍着。”李解放说。

吴丹心闷闷地喊了声，十分痛苦似的，说:“你快堵住我的嘴巴，我忍不住想叫了。”

李解放便衔住女人的舌头。那女人却猛然挣脱了，昂起头咬住他的肩头，咬得他生生作痛。

两人半天才平息下来。吴丹心说:“今后反正不准你同那女的在一起。看她长得狐眉狐眼的。”

“我不会和她怎么样的。我不可能找一个农民做老婆呀。”李解放说。

吴丹心说：“你对农民怎么这么没有感情？”

李解放莫名其妙，说：“我弄不懂你的意思了。你是要我同她有感情，还是不同她有感情？”

吴丹心说：“两码事，同她是一码事，同农民是一码事。”

第二天清早，李解放醒来，吓了一跳，一时不知他是睡在自己床上，还是睡在吴丹心床上。木着脑蛋默了会儿神，才确信是睡在自己床上。肩头有些作痛，歪着嘴巴看了看，见两排清晰的牙齿印。他忙跪在地上，将肩膀放在床沿上使劲地擦，擦得红红的一大片。

这天，李解放刚端碗吃晚饭，吴丹心进来叫他，后面跟着工作队副队长向克富。两个人的样子都很神秘。李解放知道可能有什么重要事情了，忙放了碗。刘世吉说李同志饭也不吃了？他见来的两位工作队领导很严肃的样子，也不敢多问。吴丹心说饭还是要吃，你快点吃吧，我和向副队长在外面等你。李解放哪里还有胃口？急急忙忙扒了一碗饭，就出来了，问：“什么事？”

吴丹心说：“走吧，到大队部去，边走边说。”

向克富说：“出事了出事了。”

吴丹心说：“舒军出事了。你听老向说吧。”

向克富望望吴丹心，这个这个地迟疑一下，说了起来。原来，舒军这人喜欢开玩笑，今天中午收工回来，他逗住户家的小孩，问那小孩长了几个鸡鸡，让叔叔看看。小孩就脱了裤子，翻出小鸡鸡给他看。舒军摇摇头说你不行不行，只有一个鸡鸡。你看叔叔，有三个鸡鸡。舒军便解开西式短裤的扣子，说你看你看，这里有一个。然后又从左边裤管里把那家伙捞了出来，说你看你看，这里有一个。又从右边裤管里捞出来，说你看你看，这里还有一个。没想到吃中饭的时候，那小孩突然说，妈妈妈，这个叔叔有三个鸡鸡。舒军哪想到小孩会把这事同大人说，又在这么个场合，弄得面红耳赤。他本想这只是弄得不好意思，不会再有事的。哪知那家男人气量小，事后就追问老婆，怀疑舒军睡了他老婆。

两口子就打了架。打过之后，那男的就跑去把舒军也打了一顿，一口咬定他睡了他老婆。

吴丹心狠狠骂道："流氓！马上开个生活会，帮助舒军。要是他真的同住户家女人有那事，我们也保不了他。"

向克富说："住户家他是住不下去了。我做了六队队长工作，让他住在队长家里。谁还敢让他住到家里去？"

吴丹心说："老向你这么处理是正确的，我同意。"

大队部外面围了许多人，三三两两凑在一起议论。吴丹心他们三人一出现，人群便静了下来。他们三人也不同谁打招呼，通通黑着脸，进了会议室。舒军和王永龙两人坐在煤油灯边，看上去像两个悲痛的守灵人。舒军脸上青是青紫是紫，不敢抬头看人。吴丹心坐下来，平息一下自己的心情，严肃地说："早上的错误下午改，改了就是好同志。毛主席教导我们说，无数的革命先烈，为了人民的利益，在我们的面前英勇地牺牲了，使我们每一个活着的人一想起他们就心里难过。难道我们还有什么个人利益不能抛弃，还有什么缺点和错误不能改正的吗？舒军，事情经过就不要讲了。你只谈两个问题。一是谈一下自己同他们家女人到底有没有那事。要老老实实，不能欺骗组织，这对你没好处。二是检讨自己的行为。态度要端正，认识要深刻，不要马虎过关。你谈完之后，同志们再帮助。毛主席他老人家还教导我们说，惩前毖后，治病救人。同志们谈的时候不能轻描淡写，要本着为同志负责的态度。我们不提倡残酷斗争，无情打击，但也要触及灵魂。舒军，你自己先谈吧。"

舒军不曾开腔，呜呜地哭了起来。吴丹心厉声喊道："哭什么？别假惺惺了！你要老老实实交代问题！"

舒军收住眼泪，抽泣着说："我逗了他家小孩，这是事实，但我同他家女人的确没有那事。那男的是蛮不讲理，也不知分析一下。我们白天都在一起出工，晚上他自己同他老婆睡在一起，我怎么可能同她有这事？"

向克富插言道："你的意思，如果有条件的话，你也许会同她有那事？可见你思想改造方面就有问题。"

“不光是有问题，问题很严重！”王永龙火上加油。

吴丹心追问道：“你思想动机是什么？你要老老实实交代清楚！”

大家都望着李解放，他只好说：“先让他自己检讨完吧。”

于是舒军又接着检讨。可他们一旦发现他的检讨有什么辫子可抓，大家又群起而攻之，舒军的检讨又被同志们愤怒地打断。这么一来，会议脱离了吴丹心起初定好的程序，就像放野火，叫她自己也没法把握了。会议便无止境地耗着。眼看着时间太晚了，吴丹心抢过话头做总结，责令舒军写个深刻的检讨，在六队社员大会上公开承认错误。舒军便痛哭流涕，感激不尽。因为工作队最后还是排除了他同住户女人有那关系，可一旦大家一致认定他有那事，也就有那事了，他这辈子也就完了。说完舒军的事，吴丹心语重心长地向全体队员敲警钟，说事情虽然只出在个别同志身上，但我们全体同志都要引以为戒，慎之又慎。最后，她将目光落在解放身上。李解放紧张起来，不知这位最近同他风情不断的女人又要怎么教训他了。只见吴丹心的目光朝他冷冷地一瞥，说：“特别是李解放同志，我要提醒你注意。你那个小分头儿成天油光水亮，像个特务、汉奸！你知道三队的姑娘们怎么议论你吗？她们说，李同志长得白、长得好，怎么晒太阳也像城里人，找男人就要找这样的。你要注意！不要腐蚀了淳朴的农民群众。”

已经很晚了，可吴丹心和李解放还得赶回去，不能误了明天出工。李解放气呼呼地走在吴丹心前面，一句话都不讲。走到没人家的地方，吴丹心上来拍拍他的肩，问：“你生我的气了？”

“我明天就去理个光头！”李解放话很冲。

吴丹心吊着他的手臂说：“谁叫你理光头？我说过我喜欢你的头发嘛！”

“你刚才不是说我的小分头像特务、像汉奸吗？”李解放手臂一甩，想挣脱吴丹心。

吴丹心说：“解放，你只比我小两三岁，怎么就这么不成熟呢？政治斗争是复杂的，你要知道。你叫我在那种场合都说真话，哪有那么多真话说？”

“怎么可以不讲真话？世界上怕就怕认真二字，共产党就最讲认真。”李解放今天不准备认输了。

吴丹心说：“要讲究策略。我这只是个策略问题。”

“你还说三队的姑娘如何如何说我。你怎么知道的？未必她们敢当你的面说这些话？”李解放站住了，望着吴丹心质问道。

吴丹心笑了起来，说：“女人的心思不都一样？我想都想得到。”

李解放大声叫道：“你这样是存心把我搞臭！”

见李解放这样，吴丹心竟然哭了起来，说：“把你搞臭对我有什么好处？我这样做只是为了保护你，也保护我，保护我们俩。今天出了这种事，你不知道我有多难过，多害怕！我是有责任的。你不来安慰我，还对我发气！俗话说，一日夫妻百日恩，我同你过了这么长时间夫妻生活了。老实同你说李解放，同你这些日子做过的事，比我同自己丈夫结婚几年做的都还要多！”

听她说起自己丈夫，李解放竟然有些吃醋，可这是没办法的事。既然她说到了那位军官同志，李解放就问：“他对你好吗？”

吴丹心低着头，说：“好不好都没有意义。他在黑龙江冷得要死，我在这里热得要死，好又怎样？不好又怎样？”

李解放只好软了下来，搂了吴丹心，说：“好了，好了，我不生你的气了。我知道你的用心，是为了我好。丹丹，你今晚去我那里，我那床没你的响。”

谣言的传播比中央文件快，而且生动得多。第二天，李解放一觉醒来，三队的男男女女都知道了舒军的事。谣言在传播中滚雪球似的膨胀着，增添了许多栩栩如生的细节。基本的情节是舒军他妈的把住户家老婆搞了。有的人甚至相信舒军真的是个长着三个鸡鸡的怪物，搞女人的瘾特别大，功夫了得。既然社员们都相信那位被打倒的叛徒、内奸、工贼是长着尾巴的，那么县里来的干部舒军长着三个鸡鸡又有什么奇怪的呢？

吴丹心不希望这事张扬出去，可人们传播这种事情的兴趣比什么都大。没过多久，舒军的生活作风问题就传到县里去了。吴丹心十分担心的事情终于发生了。县里来了三个专案组，将舒军隔离审查了两天两夜，最后把他带走了。

吴丹心也被专案组找去严肃地谈了话，因为她负有领导责任。吴丹心倒是没有受到什么处理，只是李解放的日子越发不好过了。吴丹心的脸比以往板得更厉害了，甚至晚上没有再找李解放去谈话。会议开得越来越勤了，几乎天天晚上有会。不是生产队开会，就是大队开会，还有支部会、工作队会。李解放便每天晚上陪着吴丹心开会，每次开会他都会成为吴丹心点名的靶子。两人三天两头在三队和大队部的山路上赶，总是晚上。两人没多少话，李解放依然走在后面打手电，光束在山路和丹心屁股上晃来晃去。

李解放在三队几乎抬不起头了，社员都觉得这位年轻的县委干部一肚子花花肠子，只怕也同舒军一样。他根本不配下来搞工作队，只配下放农村劳动改造。有位回乡高中生甚至认为李解放连劳动改造的资格都没有，因为劳动是无上光荣的，怎么能够让李解放这种人也同劳动人民一样享受劳动的光荣呢？应该让李解放这种不正经的人下地狱。有位没文化的社员比这位高中生觉悟更高，发现了高中生话中也有问题。他说这位高中生书读到牛屁股上去了，哪来的地狱？迷信！

李解放真的有些痛恨吴丹心了，就连两人在一起做过的事想来都非常可怕。一想起那片红薯地，就觉得背脊麻麻的，像有条蛇滑过。有时又恨恨地想，你他妈的怎么晚上不找我谈话了？再找老子谈话，老子搞死你！

已是阴历九月了，太阳不再那么烈，夜深了还有些寒意。李解放见社员们开始穿上衬衣，他也就穿上了衬衣和长裤。去井里挑水，对着井口照照，见自己衬衣扎进裤腰里，精神多了。生产队开始挖薯，今年的薯长得很好，刘大满说是吴队长和工作队的同志领导得好。吴丹心批评了刘大满认识水平不高，说这是搭帮了毛主席、党中央，搭帮了批林批孔，搭帮了抓革命、促生产。

社员们成天上山挖薯，生产队仓库的晒场里堆成了好几座山。越是收获大忙季节，越是不能放松了批林批孔。每到晚上，三队社员们便搬了自家屋里的凳子，往仓库晒场的薯堆旁坐着，聆听吴丹心那尖厉而激昂的声音。社员们坐在自己的劳动果实旁开会，心情就是不同，正是毛主席他老人家的伟大诗词说的，心潮逐浪高。收获了红薯，社员们家家户户餐餐吃红薯。吃红薯屁多，会场里屁声便此起彼伏。但在如此严肃的场合，谁也不敢笑。社员们对屁倒是有研究的，说是那种尖厉悠长而且拐着弯儿的屁，特别地臭，多半是黄花闺女放的。因她们怕羞，一个屁通常要憋上好久，实在忍不住了，才万不得已慢慢放出，所以尖厉的响声就拖得长，而且拐弯儿。每逢这种屁声出笼，所有黄花闺女都会红着脸，装模作样地捂住鼻子，四处看看，表示这不关她的事。

这天上午，李解放挑薯回仓库的路上，碰见腊梅送完了一担薯，正往山上赶。李解放只朝她点头招呼一声，就同她擦肩而过。腊梅却叫住他，红着脸说："李同志，你气都喘不上来了，歇歇嘛。"

李解放确实也挑不动了，就放下了担子，不好意思地笑笑。

腊梅说："你是摇笔杆子的命，哪是挑担子的？李同志，你挑我的空箩筐回山上去吧，薯我替你送回去。"

李解放更加不好意思了，忙摇手："谢谢你了，我挑得动。"

腊梅却过来抢了他的担子，说："你上山去吧。"

李解放站在那里不知如何是好，却见腊梅回过头，红着脸，说："我……我给你做了双鞋。"

不等李解放说什么，腊梅挑着担子颤颤悠悠地走了。见又有人挑着薯来了，李解放忙回头往山上走。他只觉得耳热心跳。回到山上，见吴丹心奇怪地笑笑，说："李解放这么快就回来了，你会飞？"李解放嘿嘿两声，低头挖薯去了。一会儿腊梅回来了，扛了钉耙走到李解放身边。腊梅只是默默地做事，不说话。李解放心里慌，总觉得吴丹心正望着他和腊梅。过了好一会儿，差不多又挖了一担薯了，腊梅突然轻轻说："晚上我给你送来？"她的头仍然低着。

李解放也没有抬头望，轻声道："不要，影响不好。"

腊梅说："天凉了，你不要穿鞋子？"

李解放说："我有鞋。"

"你有是你的。"腊梅说着已装满了一担薯，挑着下山去了。

李解放本也挖好一担薯了，却有意磨蹭，免得吴丹心说他专门跟在腊梅屁股后背跑。

不料吴丹心却发话了："李解放，你别懒懒洋洋了，还不送下山去？等谁替你挑？"

李解放吓得要死，不明白吴丹心说的等谁替你挑是什么意思。他忙把满地的薯装进箩筐，挑着下山。李解放觉得这会儿力气格外足，挑着担子健步如飞，一会儿就赶上腊梅了。

"腊梅，我不要。"李解放说。

"是专门给你做的，你不要也是你的。"腊梅没有回头。

李解放说："那我先谢谢你。"

腊梅说："出在我手上，有什么谢的？你胆子太小了，就那么怕吴女人？"

"怕她做什么？她又不是我娘！"李解放说。

腊梅回头一笑，说："你是嘴巴硬。那我晚上给你送来？"

李解放说："先等等吧，看哪天有机会。"

腊梅说："我说你是怕她。"

李解放说："不是的，今天我们要去大队部，工作队开会。"

吃了晚饭，吴丹心叫上李解放，一道去大队部。两人一声不响走了好一段路，吴丹心才说话："我的话你不听，你迟早要吃亏。"

"你是说什么？"李解放问。

吴丹心冷冷一笑："你别以为我不知道。三队社员都在背后议论你同刘腊梅不干净！"

李解放说："你可以调查。"

吴丹心说："我不会调查，要调查也是县里派专案组调查。"

听了这话，李解放吓得嘴巴张得天大。

开完会，回来的路上，两人说的又是这事。只是去的时候吴丹心好像代表组织谈话，回来时就代表她个人了："李解放你好没良心。"她的语气几乎有些哀怨。

李解放说："我怎么没有良心？你又没有找我。"

"你就不知道找我？"吴丹心在李解放的背上狠狠擂了一拳。

李解放哎哟一声，说："你每天都像对待阶级敌人一样对我，我敢找你？"

"我又不是今天才这样对你，你分明知道我。"吴丹心觉得好委屈似的。

李解放说："我原先以为你是演戏给别人看的，这一段我觉得你真的是想把我往死里整。你没有发现？现在三队没有一个人理我，我在这里哪里还像个工作队员？简直就是地富反坏右。"

"我看你同地富反坏右也差不多！天天同那女人搞在一起！"吴丹心又说起腊梅了。

李解放有些恼火了，说："搞什么搞？其实腊梅只是不像他们那样狗眼看人低，没有同我黑脸。"

吴丹心抓他的肩膀，问："那你说，你是想她还是想我？"

"当然想你呀。"李解放狠狠地捏捏她的乳房。

吴丹心踢了他一脚，说："想我我现在就要！"

"你敢？山上有社员打野猪！一枪来弹掉两个！"李解放狡黠地笑笑。

吴丹心很难受的样子，弯着腰撑撑肚子，说："那就快点回去，去我那里。"

李解放说："你那床板太响了。"

吴丹心说："响就响！我这些天晚上都没有睡着，夜夜起来打老鼠。"

李解放道："好吧，就去你那里打老鼠吧。"

今天是重阳节，腊梅偷偷告诉李解放，说她晚上给他送鞋来，还有重阳糍粑。李解放吓得脸铁青，连说人多眼杂，不太好不太好。腊梅就叫他晚上去井边，她带他去个清净地方。他怕晚上吴丹心找他，就说晚一点，越晚越好。腊梅说，那就干脆下半夜，鸡叫二遍的时候。

李解放早早地睡下了，留心着鸡叫。可他没有听鸡叫估时间的经验，弄不准什么时候是鸡叫头遍，什么时候是鸡叫二遍。心想如果自己迟了，让腊梅三更半夜在外面傻等着，多造孽！可他又怕去早了，吴丹心来敲门他又不在房间。趴在窗户上看看外面，再听听，不见一丝动静。天气慢慢凉了，山里人睡得早。他便轻轻起床，想去吴丹心那里了却一下。一敲门，吴丹心在里面轻轻说：你回去睡吧，我今天身上来了。

李解放这下放心了，并没有回房，也不管早晚，径直往井边走去，他想宁可自己等腊梅，也不能让一个女人摸着黑等他。

不想他还没到井边，就听得一个女人的声音："李同志！"

原来腊梅早等在这里了。

"你这么早就来了？"李解放说。

腊梅说："我想了想，知道你们城里不习惯听鸡叫，估不着时间，万一来早了，难得等。"

李解放心想这女人心真细，很有些感动。两人不再说话，腊梅无声地伸过手来，牵着他走。天很黑，他不太熟悉这里的路。腊梅手心有些发汗，李解放觉得自己的背膛也在发热。腊梅领着他走了好一段山路，再爬过一个坡，在一堵峭壁下停了下来。腊梅叫他站着别动，她独自弓身下去，在黑暗中摸索一阵。突然，李解放眼前一亮，见腊梅点燃了一个火把。火把照见峭壁上有个洞口。

两人进了洞，往里走一段，山洞拐了弯。这里比进口处开阔多了，地也平整。李解放心里猛然跳了起来，因为他发现地上铺着茅草，旁边堆了一大堆干柴。他猜这一定是腊梅早早准备下的。

腊梅点燃了篝火，自己低头坐在了茅草上。李解放也就坐下了，心慌得不行。

"李同志，我知道你嫌弃我。"腊梅说。

"没有，腊梅。你别叫我李同志，你就叫我解放吧。"

腊梅便又说："我知道你嫌弃我，解放。"

"真的没有，腊梅。"李解放只望着熊熊的篝火，不敢瞟腊梅一眼。"你吃糍粑吧。"腊梅打开小布包袱，里面有几个重阳糍粑，一双新布鞋。李解放喉头早咕隆咕隆响了。糍粑包着豆沙馅，香喷喷的。李解放一连吃了四个。太好吃了。这些日子餐餐吃薯，肚板油都刮干净了，一天到晚老是放屁。他说着就放了个屁。

腊梅拿手背掩着嘴，笑得身子发颤。李解放这才望了她。女人的脸在火光中红红的，很好看。她见李解放望着她，便把头低了，说："你试试鞋吧。"

李解放穿上鞋，走了几步，正好合脚。"你手艺真好，腊梅。"

腊梅说："乡里女人，没别的本事，就只是做做鞋，织织布。乡里人身上穿的，头上戴的，床上盖的，都出在女人手上。"

李解放说："城里就没有你这么能干的女人。"

腊梅说："你说的不是真话，我知道你嫌弃我。"

李解放说："腊梅我说真的，你人很好，又聪明，又漂亮。"

"没有你好。"腊梅有些发抖，双手绞在一起搓着。

"我不好。"李解放说。

"你人善。"腊梅说。

李解放说："马善有人骑，人善有人欺。不好。"

腊梅说："男人善不打老婆。"

李解放说："我不会打老婆。"

腊梅说："我没福气做你的老婆。"

李解放不知说什么了，望着腊梅白白的耳后根，说："腊梅你好白，你好……"

腊梅说："没有你白。"

李解放说："男人白不好，我很想晒黑。"

腊梅说："怪！乡里人都巴不得自己白。"

李解放说："城里当干部的都喜欢黑。"

腊梅笑笑说："乡里人喜欢白是真的，城里人喜欢黑是假的。你们城里人好假。那个吴女人，就很假。"

李解放问："你说我假不假？"

“不知道。我只知道你看不起我。”腊梅说着就抬起了头，望着李解放。她的眸子亮亮的，映着闪闪火光，像在燃烧。李解放脑子里嗡的一响，眼前一阵模糊，不知怎么就抓住了腊梅的手。腊梅手心沁着微汗令他兴奋。他轻轻一拉，腊梅就倒了过来，闭着眼，缩着肩，在他的怀里颤抖。腊梅像一团泥，软软地瘫在茅草堆里。

“腊梅，以后我们白天出工要疏远些，你也不要老望着我，免得别人说什么。”李解放搂着腊梅揉着捏着。

腊梅说：“我就喜欢跟在你屁股后面，望着你我就舒服。”

李解放说：“我俩可以晚上在一起，白天就忍忍。”

腊梅说：“我怕忍不住。”

后来几天，出工的时候，腊梅总是避着李解放，也不同他搭话。可李解放总觉得腊梅的目光正越过男女社员的脑蛋，远远地望着他。两人晚上总找不着机会去那山洞，几乎夜夜都要开会。

有天夜里，李解放隐约听见了敲门声。他怕是腊梅来了，有些胆怯。开门一看，却是吴丹心。女人一进门就抱住李解放，显得火急火燎的，说：“六七天没碰你了！”

李解放说：“你轻点儿，他们家的人才上床，没睡着。”

“妈妈娘，我想叫，我忍不住想大声叫。”吴丹心的嘴巴在李解放身上乱舔乱咬。

李解放忙咬住她的舌头，止住她，才说：“我带你去个地方，你叫得天塌下来都没事。”

李解放将门轻轻掩了，牵着吴丹心往村后的山洞里跑。直到洞口，李解放才敢按亮手电。

“你怎么知道这个地方？”吴丹心满脸疑惑。

李解放这才意识到自己做了傻事，支吾道：“前几天我一个人到这里走走，偶然发现的。”

“这么巧？这里铺着茅草，还有火灰，肯定有人来过。”

李解放说：“我那天也没进来，不知里面还有这么个好地方。只怕是值夜的人偷懒，晚上跑到这里睡觉。丹丹你莫怕，附近的红薯都挖完了，值夜的人不会来的。”

他说完就熄了手电，抱着女人躺了下来。可他马上觉得这山洞里的黑暗才真叫黑暗，简直让人恐惧。这里还有没烧完的柴，但他没有带火柴来，没法点燃篝火。他抬头四周看看，可这从未体验过的黑暗几乎让他怀疑自己的脑蛋没有转动。黑暗似乎在吞噬着他，身子好像慢慢化作轻烟，从洞口袅袅而出。他害怕极了，只得紧紧地抱着吴丹心，忘命地亲吻。只有让自己感觉到抱着个真真实实的女人，他才能确信自己还没有化掉。吴丹心的呼吸越来越急促，后来便呜呜哼哼地叫了起来。李解放也大声吼着：“丹丹，你叫吧，你叫吧，你大声叫，把山叫塌了，我们就可以望见天上的星星了。”

突然，李解放感觉到了淡淡光亮，他以为是自己用力过度，眼冒金花了。可他没来得及多想，洞子的拐弯处就伸进了一只火把、半个人头。是个女人的头。吴丹心也睁开了眼睛。两人还没明白是怎么回事，那火把却突然掉在地上。听见有人往外跑，跌倒了，又爬起来。

火把烧着了地上的茅草，一路蔓延着，引燃了柴火。火光熊熊，洞壁通红如赤炭。

李解放和吴丹心不知是怎么回来的。他们不敢打手电，谁也不说话。李解放躺在床上通宵没合眼，所有可怕的结局都涌进了他的脑海。那洞内的篝火仍在他的意念中燃烧着，发出骇人心魂的爆响。似乎整座山都燃了起来，火光冲天。他想吴丹心今晚也睡不着的。

第二天一早，李解放头重脚轻地去出工，还是挖红薯。他偷偷瞟了一眼腊梅，见她低着头，眼睛有些肿。吴丹心人像脱了一层壳，脸显得更黑了。社员们都无声地劳作着，大家都起得早，有的人还在打哈欠。李解放心里总是怦怦直跳，总预感到要发生什么大事。这时，李解放肚子里一阵咕隆，他知道自己要放屁了。他想支持住，慢慢地放出来，免得脸上不好过。可他不能站着不动，那是偷懒。结果他一锄下去，屁便一喷而出，很是响亮。没精打采的社员们被逗乐了，哈哈大笑。李解放站直了，幽默起来："同志们，十月革命一声炮响，给中国送来了马列主义！"

李解放好像一百年没这样高声大叫了，声音震得自己两耳发响。可他两耳的响声刚过，感觉四周都死了一样静了下来。突然，听到有人高呼："打倒现行反革命分子李解放！"

"打倒现行反革命分子李解放！"全体社员都停止了劳动，振臂齐声高呼。

"打倒李解放！"

"把隐藏在人民内部的反革命分子李解放揪出来！"

"千万不要忘记阶级斗争！"

"坚决捍卫马列主义、毛泽东思想！"

"叫大坏蛋李解放永世不得翻身！"

李解放双脚发软，跪在了地上。他绝望地抬起头，望着吴丹心。吴丹心双手往腰间一叉，喊道："社员同志们，大家暂时休息，开一个现场批判会。群众的眼睛是雪亮的。狐狸再狡猾，逃不过猎人的眼睛。广大社员要心明眼亮，认清现行反革命分子李解放的罪恶面目。他竟然如此恶毒地攻击十月革命，攻击马列主义，用心何其毒也。下面，把同李解放鬼混的奸妇刘腊梅也带上来！"

没有人表示惊讶，刘腊梅立即被两个男社员揪了起来，按倒在李解放身边，跪着。

李解放猛地抬起头，眼前的一切都变了形，陌生而恐怖。就像做着噩梦，想叫喊，舌头却打了结。他的脸青着，嘴皮子抽搐了老半天，才狼一样凄厉地叫道："我，我，我要揭发，我要揭发！她！吴丹心，假正经！每天晚上都缠我睡觉！"

社员们这下倒吃惊了，一个个张大嘴巴，像群蛤蟆。吴丹心嘴巴张得更大，脸色通红，马上惨白起来，眼皮一翻，瘫了下去。

雾失故园

我关于故乡的第一记忆是妈妈被张老三强奸。那时我还很小。

那年冬天，全村男女劳力都在从事一项神圣的事业：将横亘村前的十四座山头全部砍光，再用石头摆上十四个大字：中国应当对于人类有较大的贡献。石头字上浇了石灰浆，格外耀眼，碰上没有雾的天气，几十里以外都能看见。这个国际共产主义的超巨型标语让故乡父老骄傲了许多年。我隐约地记得那个冬天很冷，山里冻着。社员热情很高。大队的有线广播一天到晚用快板书催战。我们全家五口人都上了山。我那时太小，所有的记忆都是模糊的。我说不清有些事是长大以后根据若有若无的记忆推测的，还是从大人们断断续续的讲述中知晓的。我们全家都上山是因为我们家是恶霸地主。我父亲驼子是我祖父最无用最小最命长的儿子。他的腰天生弓着，永远是一副老老实实低头认罪的模样。他的大哥也就是我的大伯父黄埔出身，升到上校团长时被一个叫大福的副官杀了。大福是邻村人，追随大伯父出门闯江湖，是大伯父的把兄弟。大福后来被祖父和二伯父捉住挖出了心肝。祖父把那血糊糊热烫烫的心脏生生地吞落了肚。祖父洗嘴的那条溪，水红了三日，腥了半个月。大福的后代是这么控诉的。祖父和二伯父新中国成立后被镇压了。陪着挨枪的还有个残忍的帮凶，大伯父的另一个把兄弟长根。我记得那个冬天我的驼子爸爸砍树挑石头特别卖力。有的社员一边劳动一边争论人类和人民的区别，有的社员说还应砍光第十五座山头，加一个惊天动地的感叹号。我那驼子爸爸一句话不敢搭，只顾用劲。阶级斗争一抓就灵，为了激发群众的革命干劲，晚上还要批斗爸爸。他的罪行是见人点头哈腰，背地里又在磨刀。妈妈是个大家叫银莲的漂亮女人，不常笑，笑的时候牙齿白得很好看。妈妈弓腰做事的时候衣后襟处露出一线白白的肉皮，男人们就偷偷地看。张老三偷看的时候，紧紧憋住气，像用力大便。张老三是生产队队长。我后来一直莫名其妙地觉得，爸爸挨批斗同张老三这大便的表情有关。我姐姐是老大，长得像妈妈，初中毕业就回家劳动。她上高中政审不合格。现在回忆起来那时姐姐并不漂亮，脸色苍白，挑着一担石头嘴巴一扁一正的，胸脯没有起伏。哥哥是初中生，正放寒假，也上山出工。我在家无人照看，只有让妈妈带上山来。我想我那时完全可以独自在家玩。父母多半是怕我一个人在家失火。自感罪孽深重的父母怎么也不敢这么狗胆包天。我便只有上山挨冻。那时我也真经得冻，倒是那受冻的感受随着时间的推移越来越铭心刻骨。有时在梦中重复那个冬天，会被冻得尖叫着醒来。稍稍懂事以后，也就是大约十三四岁以后的好长一段时间，只要想起那彻骨的冻，就非常痛恨那早在我出生之前就偿了血债的祖父和二伯父，只恨枪毙他们的不是我自己。现在仍不时回想起那个冬天，仍觉寒气森森逼人，但只是用它来教育小儿子富贵不忘贫贱，不再愤愤然了。

现在应该讲到妈妈怎样被强奸了。我很想回避这个话题。哪一位当儿子的愿意提起这种事呢？这件事是我回忆故乡一切的心理障碍，却又是我关于故乡的第一个记忆。同这件事相关的同一时候发生的事都模模糊糊，亦真亦幻，有的也许还是我无意间虚拟的。可日子一久，在我多次极不情愿的回忆中，那些真真假假的事似乎都成了真的，可这件事的的确确是真的，我不太向别人提及故乡也许原因就在这里。我一个地道的乡巴佬，脚趾甲上或许还残留着泥锈，可我写的一些自以为是小说的东西居然全是有关城市生活的。只要想到写故乡一样的乡村，我就窒息。当然在今天这样的夜，我拥着妻凭窗凌虚，或许又会一反常态，说到故乡。这种时候，我浅吟低唱般描述的故乡，一月如钩、天青山黛，宛如一幅美丽的木刻。那一方山水，自古多豪杰，有的封了侯，有的做了寇。可是，当妻子在我的撩拨下，要我抽时间带她回我的故乡看看时，我又会猛然梦回，若有所失。

有一天妈妈搂一块大石头时，背上的肉皮露得比平常更多。张老三见了，面色憋得通红，像便秘一样难受。他当即决定晚上地主驼子和地主婆一道批斗。社员们立即活泼得像一群猴子。爸爸妈妈看我一眼的空儿都没有了，任我一个人坐在一堆砍下来的松枝上。松枝结满了冰凌儿，我坐的那一片融化了，我的屁股冻得发木。我的手指早已像细细的胡萝卜，红得很剔透。清鼻涕源源不断，叫我揩得满面厚厚的冰壳儿。记得是下午快收工的时候，我突然听见姐姐大声哭喊妈妈。我颤颤颠颠地跑了过去，见妈妈躺在一个高高的土坎下面，纹丝不动。妈妈被爸爸和姐姐抬回家以后才知道呻吟。夜里，爸爸挨批斗去了，姐姐哥哥也去接受教育，只有我守着妈妈。妈妈不断地惨叫。后来上学时教师讲到鬼哭狼嚎我立即想起妈妈的惨叫，即使后来知道那是贬义词了也这么联想。

妈妈无法再上山，天天躺在床上叫唤。我因祸得福，不再上山喝西北风。妈妈哎哟哎哟了个把月，再也不叫了。妈妈不痛了是吗？妈妈应了一声，眼睛红了。

妈妈瘫痪了。

妈妈说是头晕摔下山坎的。张老三红着脸，说妈妈害怕群众批斗，企图自绝于人民。妈妈丧失了劳动能力，也享受不到照顾。哥哥不再上学了。

妈妈以后只能用双手爬行，再也没有漂亮的身段。妈妈背靠壁板坐着的时候，照样很美。这印象是我后来的回忆。

那个冬天过后的春天，早稻开始播种了。社员们在田里忙碌。那个延绵十几里的大标语让他们兴奋。美国佬屁股上长着尾巴。日本矮子个个一米三以下。中国的人造卫星比苏联的大多了。社员们议论着国家大事，斗志格外昂扬。

其实这些场面是许多年之后我从大人们的笑谈中知道的。我当时正坐在自家的门槛上看蚂蚁搬家。妈妈坐在茶堂屋打草鞋。生产队给她定了任务。我远远地见一个人一偏一偏地朝我家走来。张老三。我十分害怕这个人，连忙越过茶堂屋，躲进了里面的房间。

那种事叫作强奸是我后来慢慢才知道的。当时只觉得张老三对妈妈做了很恶毒的事。因为我听见张老三凶狠地连声喝令妈妈老实点老实点。妈妈嘤嘤哭泣。

张老三走了以后，我怯生生地走到妈妈身边。妈妈还在流泪，用稻草揩着裤上的泥巴。张老三是刚从田里来的，脚下泥巴没有洗。

那天天气很好。

从那以后张老三隔不了几天又会来。他一来我就躲。妈妈就哭。有一天终于听见妈妈很平静了。妈妈说以后不要再整我驼子。张老三说只要你老实我就不整他。以后张老三来的时候不再叫妈妈老实点。喊妈妈叔母。全村都是张姓宗族，张老三小爸爸一辈。妈妈不应，仍叫张老三队长。有回张老三进屋之后，我听见响动一会儿就没有一点儿声音了。静得让我害怕，担心妈妈是否叫狗日的张老三杀了。我趴在壁缝上朝外一望，见妈妈被张老三脱光了衣服，放倒在长条凳上搬来弄去。妈妈全身软荡荡地像抽尽了骨头。我吓得一下子尿湿了裤子。

这噩梦般的经历真的让我心理变态。直到上大学，我对男女之事仍心怀恐惧和厌恶。当然还因为后来另外一些经历。我的妻娇媚可人，但婚后很长一段时间我们性生活不能协调。往往在兴致勃勃耳热心跳的时候，我突然浑身软绵绵起来，感到索然无味。

张老三的老婆奶子很大，走路时胸脯颤得厉害，同女人相骂的时候，女人骂她上海佬。因为她满头鬈发。别人一骂上海佬，她就要同别人拼个死活。我至今不明白她为什么最忌叫她上海佬。

有回上海佬疯疯癫癫地跑到我家，将妈妈死死打了一顿。妈妈不能动弹，抱着头死受。晚上爸爸又打了妈妈。妈妈就哭。妈妈不再哭出声，只流泪饮泣。

我认为妈妈挨打肯定同张老三有关。我竟然胆敢仇视张老三了。

我便伺机报复。那么小的年纪就知道报复真是罪不可恕。张老三家房子同我家背靠着，隔了一道矮矮的竹篱笆。我趴在屋后的窗户上可以窥视张老三的后院。那里种着菜，屋檐下有鸡笼和猪圈。我当时完全把自己当作鬼头鬼脑的坏人，而不是电影里那些机智勇敢的解放军。在我恶毒而快意的幻想中，他家的菜被我拔掉了好多回，鸡和猪被我弄死了好多回。

我第一次实质性的报复行动是受到了电影《地雷战》的启发。我屙了一大堆粪，用纸包着丢到张老三的屋檐下。我等待着张老三、上海佬、他们的小女儿桃花，或他家别的什么人踩中了地雷，滑倒在地，弄得满身臭粪。我监视了三天都不见有人踩中我的地雷。第四天，张老三看见了那包粪，用铁锹掏进了菜地。随后骂桃花屎尿乱屙。桃花死不认账，说她都屙在菜地里。我很后悔自己白白给他家菜地施了肥。

直到那天看见了桃花蹲在菜地里的白白的小屁股，我才改变袭击目标。我求哥哥给我做了一个橡皮弹弓，寻机射击桃花的屁股。我躲在窗户后面瞄准。弹弓在我想象中成了冲锋枪之类的精良武器。桃花是《地道战》中的山田大佐，摸着屁股丑恶地叫喊。可没有一次成功。我射出的石子都被竹篱笆挡住了。

对桃花屁股劳而无功地袭击了大约半年，我上小学了。桃花与我同班。桃花很小巧，不像她妈妈。桃花从来不同我讲话。

好像是这年寒假，妈妈对我说：你船哥要复员了。

我是第一次听说这个人。他的身世我长大以后才弄明白。船哥乡里人叫船坨。他一岁多的时候，父母死了，又没有别的亲戚。我们家同他家算是一房脉下来的，但已出五服。祖父怜孤惜幼，收养了他。解放时，船哥已五六岁了。干部严厉警告过我爸爸妈妈，船坨是劳苦人民的后代，不准亏待他。船哥十九岁时当了兵，那年我才三岁，没有记事。船哥当兵四年从未探过家。听说每年在部队过年的时候，他都非常激动，说共产党是我亲爹娘，部队就是我的家，所以他入了党。

船哥要回来了，妈妈好像很高兴。她叫哥哥姐姐收拾了我家东头的两间房子，准备船哥回来住。

船哥是骑自行车回来的，后面驮着背包和军大衣。一伙小伢儿跟着跑。

船哥很干瘦，讲复员军人那种普通话。

船哥将行李放进屋里后，拿出一包糖舍给小伢儿吃。逐个问这是谁的小孩子？我们那里管小孩子叫伢儿。所以觉得船哥很了不起。轮到问我时，我胸口怦怦跳。船哥是我家的船哥。可船哥只是淡淡啊了一声。过后我问妈妈，我家同船哥亲不亲？妈妈看都不看我，只是叫我以后不要到他家去。我很不明白。

船哥刚回家那几天没有事，就摆弄那部自行车。小伢儿围着看。船哥皱着眉头，表情专注，左敲一下，右扳一下。我很羡慕那些小伢儿，但妈妈不准我过去。后来我想那部自行车其实并没有毛病。

几天以后船哥骑自行车进城，晚上走路回来了。自行车原来是从县武装部借的。

船哥从来不进我家门，也不听见他喊过我的爸爸妈妈。他白天穿着黄军服出工，不太同社员言笑。晚上在房里唱大刀向鬼子们的头上砍去。我把他唱的歌都叫作军歌。

船哥的军用普通话、军服和军歌对我有着难以抗拒的诱惑力。有一天下大雨，队上歇工。船哥在家里唱军歌。我默默地学唱。我正入迷，突然歌声停了下来，好久不再接着唱。我悄悄地跑出去，伏在他家门缝儿往里看，见船哥也像我一样伏在壁板上。以后每当军歌戛然而止的时候，我见船哥都是这样蹲在那里。船哥更加高深莫测。几次都想趁他不在家的时候，爬进他房里，侦察一下经常蹲的地方，都没有得逞。有一天，当他的军歌又止住的时候，我灵机一动，想跑到屋后去看个究竟。我偷偷摸摸地穿过我家厨房，往那个神秘的地方跑。船哥屋后是我家厕所。我轻轻地推了厕所门。谁呀！原来是姐姐在解手。后来我发现每当姐姐上厕所的时候，军歌就停了。我稀里糊涂地将船哥的作为同张老三联系起来。我不再学他的军歌。

突然有一天，船哥带了几个民兵将张老三捆了起来。我正幸灾乐祸，船哥又带着人朝我家来了。我爸爸像是训练有素，连忙屈膝跪地，双手向后微微张开，等着来人的捆绑。谁知船哥将我爸爸一脚踢翻，直奔我的妈妈。妈妈被五花大绑起来。张老三和妈妈被剃光了头发，挂着流氓阿飞的牌子在全村游斗。妈妈由姐姐和哥哥抬着走。

不久船哥当了队长。

张老三不再那么神气。上海佬更加泼，经常破口大骂偷人婆。这时我好像上了初中，同桃花仍不讲话。桃花脸上的桃红色也好像是那时才开始有的。

桃花同我第一次讲话是那年学校小秋收活动：上山捡油茶籽。

我一向不太合群。这样的活动我更有机会独自行动。我一个人钻进一处僻静的山弯。这里油茶林茂密，十几米之外便不见人影。我一边捡茶籽，一边幻想着杀张老三和船哥。他俩已被我杀死无数次了。手段都很毒辣，包括用刀用枪用毒药用炸弹。

喂！

有人在叫，吓了我一跳。

原来是桃花。

快来快来，桃花朝我招手。

我连忙走去。我一直后悔当时自己在她面前那么胆小那么驯服。

桃花脸色绯红，说要屙尿了憋不住裤带绳起死结了帮我解一下吧。

我撩起她的衣襟，弄了半天解不开。

桃花一边跺脚一边哼哼，咬断算了咬断算了。桃花几乎要哭了。

我慌忙埋头去咬桃花的裤带。

裤带一断，桃花急忙蹲下身去。我听见她极舒服地呻吟了一声。

这时桃花才叫我不准看。其实我早已掉头走开了。桃花又叫我等一等，她一个人怕。

桃花屙尿的咝咝声让我想到她的父亲和船哥。我猛地回了一下头。桃花赶忙并拢两腿，顿时满脸红云。

从那以后，桃花意外地同我讲话了。中学离村子有十几里路，我们跑通学。我每次上学从她家门口路过时，都碰上她刚好从家里出来。现在我想她其实是有意等我的。放学我们一道回家。当她在我面前一蹦一跳的时候，我总莫名其妙地想起贴在她肚皮上咬裤带时的温热感觉。有时又很仇恨地想到她爸爸。这时我已知道什么是强奸。

张老三蔫了一阵子，又雄起过来了。有天晚上妈妈又挨了爸爸打。我猜想张老三白天又来了。那天夜里我躺在床上把张老三又杀死了好几次。

姐姐这时已是二十五六岁了，一直没有人上门提亲。即使按现在的审美标准,那时的姐姐也是漂亮的。姐姐像妈妈一样话不多。出工的时候，女人们议论姐姐的辫子又粗又长，她只作不听见。我早在为桃花咬裤带前后就砍了几捆柴堆在厕所靠船哥房子的那面壁上。有天姐姐去搂那里的柴烧，我说那柴不要烧。女人天生敏感，姐姐立即像明白了什么，脸一下子红了。那天姐姐在做饭的当儿,摸了摸我的头盖,说我弟弟长大了。姐姐眼眶红红的。我对姐姐感情很深。我一直觉得这浓浓的手足亲情似乎是从那一天起的。

哥哥像块石头，木木的，看人很冷。哥哥力气很大，一个人扛打稻机从来不用别人起肩。哥哥喊爸爸不喊爸爸喊驼子。爸爸打妈妈的时候，哥哥只要喊一声驼子，爸爸马上住手。最多骂哥哥几声畜生。深夜妈妈挨打，哥哥吵醒之后，就用力擂几下壁板。屋里顿时静下来。

桃花对我的好感冲淡不了我对张老三的仇视。妈妈挨打的时候，或遭上海佬骂的时候，我甚至恨自己咬裤带那天怎么不把桃花强奸了。初中二年一期的时候，我对张老三的仇视加深，对桃花肚皮的回忆愈发温热，强奸桃花的欲望更加强烈。

这时候，船哥已经了不得了。当了大队支书，仍兼着我们的生产队的队长，娶了一个叫青英的女人。这女人脸黑，鼻子大而圆，让人感觉那里面的黄色液体永远挤不干净。

有次我们学校搞忆苦思甜。校长请来演讲的就是苦大仇深的贫雇农孤儿船哥。船哥说在万恶的旧社会，他父母在恶霸地主家做长工，受尽了剥削压榨，最后被活活折磨死了。他成了孤儿。是新中国给了他新生。船哥声泪俱下，激动万分。全场义愤填膺。船哥高呼打倒我祖父的口号。我也振臂高呼。我那祖父的的确确太坏了。我在船哥的演讲中反省了自己，纠正了自己对船哥的看法，似乎他偷看我姐姐解手的事也不再计较了。就在我泪流满面痛心疾首的时候，听见船哥厉声喊道：可是今天，那恶霸地主的孙子也同我们坐在一起享受红太阳的温暖！于是，全场目光射向我。打倒声朝我滚滚涌来。我感觉到我头顶上的一方天塌了下来，掩埋了我。

那天放学没有人与我同路。桃花好像有等我的意思。可有个同学冲我骂道，桃花爸爸日你妈妈的萨拉热窝！记得那时刚放映南斯拉夫电影《瓦尔特保卫萨拉热窝》，但有那些极富创造才能和想象能力的顽童将女人的某个器官称作萨拉热窝。桃花听别人一骂，也就不等我了。我那时还没有听过痛苦这个词儿，便无法用这个词儿去名状当时的心情。只是脑子死死的不打转儿。看见树，定了一会儿神才知那是树，树上有鸟，那鸟儿扑棱棱飞了才知那是鸟。

有一段路很窄，只容一个人通过。这一段路缠在山腰上，下面是从来没有人去过的深渊。我走得很慢。我一想起妈妈哭泣的样子就非常害怕跌下去。

我正小心翼翼地走着，听见后面有脚步声。回头一看，是张老三。这时我对他不再害怕，只有恨。因为他已不是队长。但这里偏僻无人，我仍有些紧张。我停下来，抱住路边的一棵茶树，想让他走前面去。张老三在同我交臂之际，狠狠地拍了我的脑袋，习惯地叫道：老实点！小地主！我用手肘本能地往后猛撑一下。

我日你的……

张老三没有骂完，一声惨叫。

我抱住茶树浑身发软。过了好久，我才敢回头。我身后的山谷一片平静。

回到家里，天已黑了。我的样子一定很吓人。妈妈摸了摸我的前额。怎么这么热？姐姐从我同学那里知道今天学校的事，招呼我吃了饭，让我早早地睡了。我晚上几次尖叫着醒来，见姐姐都坐在我床边。

张老三的死让我暗自得意。短时间的恐惧之后我也镇定下来。我从来没有感到内疚过。我认为我没有罪责。从法律上讲我那时才十四岁，也不是故意的。现在真的追究起来，我完全可以不承认。我可以说我是在写小说。反正没有人知道张老三到底哪里去了。因为从来没有人找到过他。

张老三死后，我强奸桃花的欲望逐渐减弱。对她肚皮的温热一天天淡忘。

上海佬几天不见男人回来，先是骂，再是哭，闹了几日，照样过着日子。后来听说上海佬偷偷贡了仙。仙娘说，张老三做了伤路鬼。要家里人找回他的尸首安埋，不然永世不得超生。她便请娘家哥哥和她的两个儿子在山里找了几天没有找到。仙娘为何算得那么准我至今不明白。幸好没有算出是谁让张老三做了伤路鬼。

张老三死后，妈妈日子好过多了。爸爸打妈妈的日子少了。哥哥开始喊爸爸。

有天青英跑到上海佬家，破口大骂上海佬偷她船坨。上海佬同人相骂从来没有输过。她拍手跺脚地叫道，捉贼要拿赃，捉奸要拿双。我说你偷人哩！我说你偷赫鲁晓夫偷孔老二!

青英败下阵来，恶狠狠地甩了一把黄鼻涕，叫嚷着回去了。

上海佬的确没有偷船坨。有天夜里我被一阵躁动声惊醒。听见上海佬压着嗓子叫骂：我张老三的鬼魂要来缠你！这时，一个人影从我窗前晃过。我看清了是船哥。那时上海佬四十多岁，船哥三十多岁。

我没有想到会发生下面的事情。

那是收割早稻栽插晚稻的大忙季节。我初中毕业了，高中不知能否上学。天气太热，社员们吃了午饭在家休息。船哥什么时候吹哨子什么时候再出工。我也参加劳动。那些天一本无头无尾的旧小说迷住了我。后来知道是本残缺不全的《红楼梦》。因旧小说是毒草,我就躲在楼上看。那是我家乡到处可以见到的矮木屋，楼上是放杂物用的，瓦面离楼板只两三尺高，热得要命。我正汗流浃背，半认半猜地看着那繁体字的小说，忽然听见一阵轻轻的响动。我放下小说，看见上海佬从她家菜园翻过竹篱笆朝我家这边走过来，在我家房子背后停了下来。她站的地方是我哥哥房间的后门。这时门吱的一声开了，上海佬一闪进去了。我好生奇怪，轻轻俯下身，透过楼板缝儿看见上海佬利索地脱光了衣服，骑在哥哥身上，揉着自己硕大的奶子。骑了一会儿，上海佬便趴在哥身上了。上海佬背上有一大块黑黑的东西，不知是疤还是痣。我只是感觉到那团黑黑的东西在不停地晃动。

以后我常常留意上海佬的动向，躲在楼上看把戏。上海佬总是压着哥哥，我不太服气。直到有一天看见哥哥翻到上面狠狠地按那女人，我才觉得解恨，似乎这才报了仇。

我见了这种事情之后，那本破小说上贾琏同多姑娘幽会的描写对我不构成任何刺激。但上海佬的裸体总让我悬想桃花脱衣服的模样。我想她一定比她妈妈白，因为我看见过她的肚皮、屁股和大腿。

暑假之后我意想不到地上了高中，同桃花一起到更远一些的中学上学。班主任在第一次训话的时候讲了有成分论而不唯成分论的道理。他讲这话的时候，眼睛瞟了一下我。我的脸麻麻的。

那个夏天我感到桃花的衣服特别薄。

这年下半年队上来了两个新人。一个是驻队工作组干部小林，一个是遣回原籍劳动改造的礼叔。

小林在队上驻了不久，来不及发生过多的故事就走了。这是一个白净斯文理分头的青年，说话时有点脸红。同社员们出工的时候，喜欢偷偷瞟我姐姐，船哥便到公社告了状，说小林同地主女儿乱搞。县里马上派人来调查。小林不承认，说并没有乱搞。调查组的人说无风不起浪，群众的眼睛是雪亮的，这是颠扑不破的真理。小林灵魂深处被震撼了，认识到了自己心灵的不纯洁甚至肮脏。他向调查组交代，的确没乱搞，但的确有点喜欢这个女人。这样小林就遭了大麻烦。调查组的说小林不老实，不肯承认实质性的问题。所以小林受到党内警告处分。小林心想，没得羊肉吃，弄得一身臊。反正挨了处分，就索性给姐姐写了一封求爱信。姐姐怕自己害了小林，不想答应。可又不敢回信，就约小林到村后的茶山里见面。他们到约定的地点刚坐下，来不及讲一句话，船哥带领民兵赶来了。三节电池的手电筒照得小林和姐姐无地自容。小林不仅不知悔改，反而变本加厉。小林再也说不清，被开除党籍和干籍。

县里工作队的队长为此表扬船哥很有阶级觉悟。我却总认为他那么容不下小林，一定同他偷看姐姐解手有关。

小林的老家在更远的山里，他回到老家不久，就请人上我家提亲。爸爸不作声。妈妈说由姐姐自己做主。姐姐二话没说，流着泪答应了。这年冬天，小林来迎亲。那时婚丧嫁娶都不敢操办。姐姐什么东西也没带，只跪在妈妈床前压着嗓子哭了一回，就跟着小林走了。我一直很感激我的这位姐夫。

礼叔的故事到他死都无法讲清。他比我爸爸大十多岁，在县里工作。这次不知道犯了什么错误，下放回家改造。他的老婆子女仍在城里。他老家没有房子，被安排在上海佬家。上海佬家房子稍宽一些。按辈分，上海佬也叫他礼叔。礼叔看上去像文化人，额上皱纹同头发一样像是梳过的。上海佬同我哥哥的事，据说是礼叔报告船哥的。礼叔事后一直不承认。船哥带民兵捆了我哥哥。上海佬一口咬定是我哥强奸她。哥一句话不肯讲。于是，我哥哥以强奸罪被判了五年徒刑。

后来听人讲，礼叔下放那几年，深夜常听见上海佬格格地笑。我便猜想哥哥的事一定是礼叔报的案。

我更加恨死了上海佬。她勾引我哥的行径我最清楚。于是我强奸桃花的狼子野心又一次膨胀起来。但自从我哥哥出事之后，桃花见了我就躲。

我不断寻找偷袭桃花的机会。

我高中毕业后又回乡劳动。那时还不兴考大学，参军是农村青年唯一的出路。可军队是专政的工具，我们家是专政的对象。

有天全队社员到二十几里以外的山里挑石灰。每人任务是挑回三趟。这么辛苦的农活我是头一回干。挑第三趟的时候，我怎么也赶不上别人了。离家还有三四里路，我实在挑不动了，就歇了肩。一坐下，再也不想起来。唯一的需要是躺一会儿，但我不敢躺，一躺下就会睡着。

已近黄昏，山路幽暗起来。青蛙开始稀稀落落地鼓噪。

我想再不上路就要摸黑回家了。

正当我起身的时候，听见远远有人喊等等我。一看，是桃花。桃花挑着石灰摇摇晃晃气喘吁吁地来了。桃花放下担子，重重地坐在地上。胸脯急促地起伏。喘了半天，才连声叫道，实在走不动了，实在走不动了。

我只好又坐下来。离桃花约两尺远。

谁也不再讲话。

沉默有时是很危险的。当时的沉默使我的大脑片刻间处于真空状态。这真空立即被一种火辣辣的欲望充塞了。我胸口突然乱跳。我侧眼看了桃花。桃花望着对面的山沟。她的呼吸已经均匀了。我的目光从她前襟的扣缝处钻进去，瞅了白白的乳房红红的乳头。乳头红得馋人，像带露的熟透的杨梅。这杨梅不让我分泌唾液而让我口干。

口渴死了。桃花突然说。

没有水喝，只有望梅止渴了。我阴毒地笑着说。

有梅望倒好。桃花瞅着我。

我满肚子的坏水往上蹿。你身上就有杨梅呀!

这话一出口，我浑身燥热。

我身上哪有杨梅？鬼话!

我望着她，笑了一会儿，说，你身上有个东西像杨梅。

哪里?

胸脯上!

鬼话! 桃花骂了一句，望着我颤颤地笑。

她含笑的唇齿间溢满了口水，细细的牙齿像浸在溪水里的晶莹的石子，感觉好凉快好清爽。

我一把拉住她往路边的草丛里跑。她一边跟着我跑，一边压着声儿嚷着你要做什么你要做什么。

我闭着眼睛，感觉身下是漫无边际的柔软的草地。

我和桃花挑着石灰重新上路。蛙鸣很热闹，萤火虫在我们周围飞舞。

路过桃花家的时候，上海佬恶狠狠地瞪了我一眼。天虽然很黑，但我分明看见上海佬的眼睛狼眼一般发着幽光。上海佬的恶眼让我对刚才草地上的事很不满意。因为不是强奸!

过后很长一段时间我和桃花又不讲话了。见面就是脸红。

大约过了一个多月，桃花约我晚上到后山见面，有话同我讲。

姐姐和小林被捉的事让我有了心计。我悄悄注视着桃花。桃花上了山，我见没有人跟踪她，才不紧不慢地尾随而去。到了约定地点，我说边走边说，不要坐下来。

桃花半天不开口。

默默走了好一阵，我问她有什么话讲。

桃花停下来，抬头望着我。树林筛碎了月光，洒在桃花身上。桃花像穿了迷彩服。

你不可以讲话? 想不到她会这样反问我。

我不作声。

我是不是不太自重? 桃花眼里有亮亮的东西在闪动。

我仍不作声。

我的目光在周围搜寻。我在窥测四周的动静。我要找一块平整的地方。我至今弄不懂当时自己怎么那样精明。我才十六岁!

那天晚上桃花不像第一次那样软绵绵的。我想起她的父母，便咬牙切齿地用力。桃花便抽搐般紧蹬双腿，脸作痛苦状。

这个晚上是我们唯一说到爱的一次。严格讲来，只是桃花讲了我并没有讲。在以后的频频幽会中，我们只是一天比一天狂暴地动作，与这事有关的话只字未提。

有天晚上我差点儿说了动情的话。我俩并坐在溪边，双脚吊进水里，一任溪水痒痒地舔着。一颗流星凄然闪过。我顿时感到一阵悲凉。我连忙抓住桃花的手。她的手暖暖的，渗着微微的令人心烦意乱的汗水。我觉得马上要说什么了。这时，一个冰凉的东西从我的脚边滑过。

蛇!

桃花尖叫。

我们逃也似的离开了那里。那晚我们什么也没有做。

那天晚上我梦见张老三在溪水里游动，他的下身是蛇。那年头我不敢相信鬼神，但总暗自怯生生地想，那摔进深渊的张老三一定变作了蛇。

现在我对那蛇的恐惧日渐淡漠，倒常记起那流星闪过后的悲凉和桃花手掌的湿润。

同桃花的幽会大约进行了半年，到了这年冬天，上海佬察觉了桃花的异常。桃花开始恶心厌食。她死也没有讲出是我干的好事。闺女家名誉值千金。上海佬无可奈何自认吃了哑巴亏，带着桃花上县城偷偷打了胎。

桃花打胎之后脸浮肿了好一阵。上海佬一发气就骂桃花偷人婆。家乡当娘的恶言恶语骂自己闺女是常事，别人并不在意。我听了却特别刺耳。

打胎在我当时看来是一件很可怕的事，于是我们不再来往了。我从此再也没有见到过桃花脸上的桃红。

我和桃花同一年考上大学，也在同一座城市。她学的是医学专业。大学四年，我只到她学校看过她一次。我们像没有发生过任何事似的，只说些课程紧不紧伙食好不好之类的话，这让我有些悲哀。我便告辞。她也不相留。她送我到校门口的公共汽车亭。等车的时候，我觉得有责任提一下旧事。

我们可以在一起吗?我说这话的时候，平静得像在菜市场上讲价钱。

何必提这个话题？你我心里都明白，不可能的。桃花惨然一笑。

我好像还想讲一句什么，公共汽车来了，我挤了上去。我回过头，想看她一眼。别人挡住了我的视线。后来我回忆这个细节时，总以为看见桃花站在那儿朝我招手。梨花如面，形若孤鸿。乳白色的外套漫卷长风，飘飘扬扬。我明白这是自己顽固地虚构的，但仍喜欢这么去回忆。其间是否寄寓我的某种情思呢？我也不清楚。

桃花后来就留在那座城市了。她利用她的医学知识巧妙地瞒过了她那宠爱她的丈夫。

我祝福桃花一生平安。我的祝福是真诚的。

我上大学那年，大队已叫作村，生产队已叫作村民小组了。船哥不再是支书，也不再是队长，仅仅是船坨了。

船哥从此比任何时候都喜欢讲起部队。天上有飞机飞过，他就说，在部队的时候，一个星期坐一次飞机。表情很神往。谁家买了羊肉，他会说，在部队的时候，三天吃一顿羊肉。讲得喉结一滚一滚的。他的军用普通话慢慢流失殆尽。最后只剩下一句南腔北调的他妈的。这他妈的成了他唯一的口头禅，在发感叹发牢骚和相骂的时候都用。

家里要为我上大学办几桌酒席。船哥自告奋勇由他掌厨。他在部队几年干的就是这活。这是他没有任何职务以后漏了嘴才讲出来的。我小时候总以为他是手握钢枪巡逻在祖国边防线上。

那天船哥喝了很多酒。茶喝多了尿多，酒喝多了话多。乡亲们都走了，只有船哥还在我家坐着，笑嘻嘻地同我妈妈讲话，一句话一声叔母，说还是叔母福气好。又对我讲，只有你们家是我最亲的了，其他的人都隔得远。泪流满面。我姐姐连连打着哈欠，说小家伙要睡了，同姐夫抱着我外甥儿回了房。姐夫这时已平了反，仍回县里工作。姐姐姐夫是专门回家为我送行的。姐姐在我上大学三年级的时候也转为城镇户口，安排到县百货公司工作。哥哥是我大学二年级才刑满释放的。这都是以后的事。

船哥讲个不停。我爸爸坐累了，不停地反过手捶腰。船哥老婆青英连骂带拉才把他弄回去。

船哥走后，姐姐从里屋出来，其实她还没睡。船坨好像把自己做的事都忘了。姐姐说。

妈妈一脸慈祥，说，他从小没爸没妈，也很可怜。

礼叔回县城工作是我考取大学那年的上半年。记得他临走的时候特意交代我好好复习功课，考个名牌大学，光宗耀祖。我第一次领略到他的长者风度。礼叔恢复工作一年多，就退休了。因他是县里的老人，被县志办借用去编县志。多年以后，他出差到我工作的城市，专门找到我，告诉了我许多永远也弄不清的故事。

我最不了解的是我哥哥。他早些年怎么同上海佬那样，至今是个谜。哥哥让你无法进入他的内心。没事的时候，他坐在那里抽烟，烟雾慢慢地升腾、弥漫，常令你看不清他的脸。他在服刑期间学了泥工手艺。回家后，从泥工做到了建筑包工头，重振了家业，修了房子，娶了嫂子。嫂子叫水月，很会当家，孝敬大人。今年我回家，见水月正在给妈妈洗头，那情状让我感动。

礼叔上门找我是三年前。

那天是星期天，我和妻都在家。门铃响了。我从猫眼里看见一位西装革履的老人，没有马上认出是谁。一开门，见是礼叔，连忙让进屋来。

礼叔这样子很有学者派头。当他缩在沙发里极讲究地品茶的时候，我怎么也无法将他同上海佬联系起来。

礼叔说他也老了，有些事不讲就要带进坟墓了。他说他不讲别人不会讲的。不讲良心有愧。他讲完这段故事的第二年春天就作古了，因而事情的真伪无从考证。

礼叔讲得很细，很零乱，有些时空颠倒。这是他年纪大了的缘故。我择其要领整理如下。

我祖父原是这一带的首富，娶过三房妻子，我叫她们大奶奶，二奶奶，三奶奶。大奶奶无子嗣，到我家三年后害痨病死了。二奶奶生了大伯父、二伯父。二伯父六岁时，二奶奶得伤寒病死了。三奶奶生了我父亲驼子。三奶奶最漂亮也最娇弱，祖父和二伯父被镇压后的一个月，就死了。三奶奶跟祖父的时间最长，祖父最疼爱。三奶奶是睡在床上不吃不喝死的。说起来也算是一个节妇或情种。

祖父知书达理，乐善好施。族中子弟可望成大器者，祖父慷慨助学。礼叔就是我祖父出钱才读到高中的。他家里很穷，人很聪明。祖父本来还要送他上大学、留洋的，后来一解放礼叔就在城里参加了工作。得到过祖父资助的还有大名鼎鼎的谁谁和谁谁等。这些人的名字经常见诸报端，我不便点出他们。他们新中国成立后有的平步青云，有的遭遇坎坷。现在他们也都差不多到了垂暮之年，应当最好追忆过往云烟。不知他们想到我祖父的时候会有何感慨。但在过去几十年的风风雨雨中，他们之中没有一人敢承认自己同我祖父有丝毫的瓜葛。

祖父的三个儿子中，最有出息的是大伯父，读书最多的是二伯父，最胆小怕事的是我爸爸。

大伯父在江湖上有三结义，副官大福、警卫长根。他们都是邻村同乡。大伯父的部队在湘南粤北一带驻防。有年冬天大伯父在零陵娶了一个长沙女子,叫李一知,是个读师范的洋学生。那李一知天生当太太的料，嫁了大伯父后，便穿旗袍坐轿子，随着部队四处走。李一知身子娇娇小小的，晚上却很有劲，喜欢快活地叫喊。大福最爱做的事就是躲在大伯父房外听，听得身上火烧火燎的。

有次大伯父的部队驻扎在一座寺庙里。大伯父两口子住在西厢楼上。晚上,李一知也不管什么清净佛地,照样欢欢地叫。大福照样躲在外面听。后来李一知出来解手。这女人懒得走远，钻进隔壁一间空房就脱裤。大福正好躲在这里，在暗处隐隐看见了女人的白屁股，心里躁得慌，女人走后，大福浑身发颤，摸到女人刚才解手的地方呼哧呼哧做手淫。这时，大福闻到一股奇特的香味，令他口水直流。那晚大福通宵未睡。

大福次日清早偷偷跑到李一知小便处蹲了一下，发现香味没有了，只有他自己留下的白色痕迹。

当天晚上，女人又出来解手。之后大福又激动万分地摸了过去。又是奇香扑鼻，令他满嘴生津。

一连几个晚上，大福在女人小便之后都闻到了迷人的奇香。

怎么了得，这女人连尿都这么香！大福几乎要发疯了。

这天，李一知对大伯父讲，派人看看隔壁楼下究竟有什么东西，我几天来都闻到一股香味儿。

大伯父派了几个士兵打开楼下那间房子，见只有一堆生石灰，并无其他什物。大伯父叫翻开石灰看看。翻了一下，就露出七八个陶罐子，罐口塞着稻草。揭掉稻草塞子,是一方白布,再揭开白布,立即香气四溢。老天!里面是整条整条的鸡肉。原来这里的和尚偷吃荤腥，不敢明着炒，就用石灰焐熟吃。李一知小便时，尿水流下去，水汽将鸡肉的香味蒸腾上来了。

大伯父命人将陶罐全部取出来，用这鸡肉款待了所有心腹知己。大伯父不知道自己夫人在上面屙了尿，连连称赞味道好。大福对这鸡肉有一种特别的感觉，吃得也惬意。只有李一知没有吃，说怕和尚们弄得不干净。

大福尽管已经知道了那香味不是女人的尿香，但胸口那团火再也压不住了。

有回大福偷偷问李一知，嫂子你知道和尚的鸡肉为什么味道那么好吗?

女人说我怎么知道?

大福见周围没人，附在女人耳边道，是掺了嫂子的香尿!

女人红了脸，骂道，不正经的东西，我告诉你大哥叫他阉了你!

大福并没有得手。可他的鬼鬼祟祟叫大伯父察觉了。于是拍案大怒，说要杀了大福。大福跑了。那家伙在外面躲了几天，突然在一天夜里摸进寺庙杀了大伯父。刀子刚捅进大伯父胸膛，李一知就醒了。李一知还来不及叫，就被大福用被子蒙住了头。当大福蒙着女人强奸之后，发现女人已经死了。

长根披麻戴孝跑回乡里跪在祖父面前哭诉了大伯父的死。祖父最宠爱的就是大伯父。痛失爱子，祖父几乎死过去。祖父发誓要生吞大福的心肝。

大福从此浪迹江湖。

长根就留在祖父身边了，祖父视同骨肉。

后来家乡起了土匪。为了免遭强人侵扰，祖父同族人商议，组建了子弟兵。于是二伯父和长根为首拉起了百多号人马的队伍。

山里的土匪常常火并，大王隔不了多久又换了。有回探得坐头把交椅的就是大福。原来大福在外闯荡了好些年又回到了家乡。他知道自己血债在身，不敢回家，就上了山。这伙土匪唯一不敢打劫的就是我们这个村子，所以一直把我祖父家视作对头。大福深知自己只有将我祖父一家斩尽杀绝他才能安安心心回家。这样，大福一上山就同那股土匪很投机。毕竟又是正规部队混过的，不久就当了大王。

大福当上大王不到三个月，冤家路窄，被我二伯父他们活捉了。二伯父举刀开他的胸膛时，大福表情镇定，只说了句大哥找我来了。

祖父生吞大福心脏以后半年，家乡解放了。

礼叔讲完之后天已黑了。户外街灯通明。在我送礼叔上招待所的路上。礼叔要我尽自己能力翻一下案，说我祖父和二伯父他们并不是那种十恶不赦的人。我不作声。

街道上小车往来如梭。车灯令我眩目。

年初我回去了一次。在山头上躺了许多年的那十四个大字早已荡然无存。青山依旧，雾照样很重。父母正请木匠在做棺木。做棺木开工叫发墨，完工叫圆盖。这在老人家是大事。圆盖那天需得摆宴请客。

从发墨到圆盖那几天，爸爸妈妈比小孩子过年还开心。全家人都到齐了。爸爸弓着腰在院子里颠来颠去，像只觅食的鸵鸟，很忙。妈妈坐在轮椅里。孙子外甥们跑过她身边的时候,她就用手拉一下,笑得很满足。姐姐已很像一个城里人了，戴着全套金首饰。我发现她用手掠一下头发的时候，流露出一种知足者常乐的优越感。姐夫总是和气地笑。他这种人当不了领导，可单位人都讲他好。哥哥俨然经理派头，骑着摩托早出晚归。他有点财大气粗的味道，但又不至于为富不仁。有天正好碰上桃花寄钱回来，上海佬有意高声张扬。哥哥听了，似乎是不露声色地哼了鼻子。我便从妈妈那里知道，桃花很少回家，倒是按月寄钱回来，也算是一个孝女。嫂子水月总是忙忙碌碌的样子，说话嘴快。

母亲已经很干瘪，只有鼻梁还可以让人考证出她年轻时的姣容。我承认，我对妈妈的感情一向比对爸爸深些。我不明白，爸爸妈妈对做棺木为何那么高兴。那两个笨重丑陋的木箱几乎令我反胃。人是不是历尽沧桑之后就会超然地面对死亡？我独自感慨着，有点忧伤。

圆盖时，老人要在棺木里躺一会儿，说是可以延寿。爸爸喜滋滋地爬过去躺了一会儿，连声说道很好，很好。妈妈得由人抱进去。我去抱妈妈。当我的脸挨近妈妈的脸的时候，好像我全身的水分都要从眼睛里流出来了。我真想拥抱一下亲吻一下我这含辛茹苦一辈子的老妈妈！我知道乡里人不习惯这种亲昵，便慢慢地抱起妈妈，再把她轻轻地放进棺木里。我想尽量延长这一过程，让我的脸同妈妈的脸久贴一会儿。

妈妈躺在棺木里美美地笑，笑得有些腼腆，像位新娘子。我再也忍不住，泪水夺眶而出。

妈妈试了棺之后，我坐在妈妈身边，提到了礼叔告诉我的事。

妈妈叹道，人都死了这么多年了，算了吧。

爸爸说，应为你爷爷、二伯父，还有长根伯伯整下坟，倒是真的。

那天摆了二十几桌宴席，乡亲们放着鞭炮来喝酒。只有上海佬一家没有到。我们这边热闹喧天的时候，颤颤巍巍的上海佬在家狠狠地喝鸡唤狗。那是个太阳很好的日子，上海佬高声大气一阵后，孤零零地坐在屋前的场院里打瞌睡。见了这个场景，我无端地感到凄凉，胸口隐痛了一阵。

照样是船哥掌厨。那天他喝得太多了，醉得在地上打滚，哭着喊小金小金。小金是青英生的头胎，死了。二胎活了下来，名字也是小金。小金出生的年代正是大批铜臭的年代，人们并不拜金。可船哥为什么硬要拥有一个叫小金的孩子呢？现在船哥并不富裕。他房子已从我家隔壁的老屋场搬出了，修了一栋四封三间的土砖房。妈妈说船坨可怜哪，碰上有人做红白喜事，他就早饭中饭都不吃，给人帮忙完了后，晚上再饱饱地吃一顿，喝一顿。一喝就醉，一醉就哭小金。幸得他当兵出身，胃好。

船哥还在地上打滚。我心里酸酸的。

妻这是第一次到我老家，一切都新鲜。见家里有事人人都来帮忙，都来凑热闹，真有意思。她说还是乡里人朴实、厚道，不像城里人那么虚伪和市侩。我听了只是笑。

今年上半年船哥死于胃癌。最初没有发现，一发现就是晚期了。他临走时号啕大哭，说还等五年死就好了，等五年儿子就有十八岁了。这件事是妻子半夜里醒来，梦呓一般告诉我的。她白天就知道了，忘了同我讲。我听了胸口发闷，起床到阳台上吹风。远远地看见街道那边的路灯幽幽的，叫人发凉。

清明前夕，收到家乡县委办公室一份公函，说我们家里为我祖父、二伯父和长根树碑立传，在群众当中影响很不好。

我连忙写信给哥哥，劝他不必多事。哥哥回信说事情并不是传闻的那样，只是按旧制给三位阴间人各打了一块墓碑，不过刻出生卒年月而已。

既然如此，我想也并不为过。我没有回复这封公函。

这件事刚平息，最近哥哥又来信，说上海佬同我家争地方。哥哥想在我家同上海佬家的分界处砌道围墙，她不准砌在那里，说界线还应往我家这边移一尺五。哥哥不让。于是上海佬天天叫骂，不怕你家有钱有势，要打架就打架，要见官就见官。

这种事最没有意思，我回信劝哥哥谦让，讲了六尺巷的典故，并附上了千里修书只为墙，让他三尺又何妨的打油诗。信发出之后，我觉得自己很迂腐。

我写完这个东西之后，头脑很不清楚。户外月亮朗照，地上像生了厚厚的白霉，令我呼吸艰难。我紧闭双眼，屏息静气，着力去想一想故乡的一草一木。可向我汹涌而来的是严严实实的雾。

桂爷

一

大发在村里没人喊他村长，乡里乡亲的，该喊叔的仍旧喊叔，该喊爷的仍旧喊爷，平辈之礼就喊他大发。大发是个老实人，也听不得人家喊他村长。谁喊他村长，他会脸红。

老支书七十多岁了,也没听人喊过他支书。老支书辈分高,年龄也大,谁见了都喊他桂爷。但桂爷从来就没有真的做过爷爷，老婆没有给他生过一男半女。老婆早几年死了，如今他孤身一人。信命的老人，见桂爷晚景不好，就怀疑是否真有个老天爷。桂爷明明是个好人，往日当了十多年支书，重话都没讲过半句。他却绝了后。真有老天爷，那就瞎了眼!

桂爷的身子越来越差了，他那一亩半田地，仍是自己去种。大发要去帮忙，桂爷硬是不让。“你自己屋里有事，还要管村里的事，我还做得动。”桂爷硬邦了一辈子，不肯服输。

冬天桂爷得了场大病,爬不起床了。村里有些好心人,没事就去照看。大发老婆荷香每天跑三遭，帮桂爷弄些吃的。桂爷见了她就摇手，不要她天天去。

桂爷病得厉害，大发心里着急。老人就怕过冬天。冬天的乡下，三天两头碰上出殡的,白衣白幡,哭声震天。大发估计桂爷这回哪怕病好了,田里的事只怕也做不成了。毕竟七十多岁的老人了。他想去乡政府跑跑,给桂爷争取个五保户，多少有些钱粮。

桂爷听了，忙摇头:“大发，我不吃五保，我自己有双手。”

大发说:“桂爷，吃五保又不是丢脸的事。按国家政策，像你这种情况，就该吃五保。”

“四喜吃了二十年五保了，人都吃懒了。”桂爷说的四喜，是村里的老鳏夫。

大发说:“四喜叔要是没五保吃，活不到今日。国家政策好啊!”

桂爷说:“就算要吃五保，村里又不止我一个。”

“我都同乡里领导说说，能够都吃上五保更好啊!”大发说。

二

大发从乡政府回来,一路上黑着脸。他想骂娘。他同李乡长吵了一架,说不想干这个村长了。他说自己像成名，只晓得从乡亲那里拿，不能给乡亲半点好处。桂爷当了几十年支书,如今无依无靠,连个五保都吃不着!李乡长不晓得成名是谁，只是嘿嘿地笑，叫大发莫发这么大脾气。

大发懒得告诉乡长成名是谁，气呼呼地出了乡政府大门。他有些瞧不起乡长，就连高中课文里学过的《促织》都不晓得。

大发路过桂爷家门口也不进去，径直回了自己家。荷香正在喂猪潲，回头瞟他一眼，没在意他的脸色，只问：“乡政府同意了吗？”

“同意他娘的蛋！”大发说着，重重坐在凳上。

荷香放下猪潲勺子，回头说：“像桂爷这样，又是老支书，又可怜，他不吃五保，谁吃五保？”

大发掏出烟来，点上吸着，说：“李乡长还笑我不懂政策哩！”

“什么政策？”

大发说：“五保户是有指标的，不是谁穷谁无依无靠就能吃五保。李乡长说，全乡只有十一个五保户指标，各村轮不上一个。我们村有一个了。”

荷香说：“这是什么鬼政策？上头不分指标，就不准人家变成孤老头子？”

大发说：“你发牢骚没有用！我磨了半天，李乡长答应，等四喜死了，桂爷顶上。”

“咒人家死呀，遭雷打哩！”荷香听着很生气。

大发不说话了，低头抽闷烟。他到底还得感谢李乡长，不然桂爷连个候补指标都弄不到手。全乡等着吃五保的不下六十人，能够轮上候补就是天大的福气了。

三

大发和荷香坐在桂爷床前，半字不提他去乡政府的事。突然听到有人在外叫骂，原来是四喜：“我日你娘！我吃政府的饭，关哪个屁事？哪个有本事哪个去吃呀！等着我死，我就不死！”

桂爷问：“谁在骂朝天娘？”

大发装糊涂，说：“听不清楚。骂朝天娘，又没指名道姓，随他去。”

大发说着，望望荷香。荷香忙低了头。

四喜又在外头骂道：“我要活到一百二十岁，双甲子，等死你！”

“好像是四喜。哪个不让他活到一百二十岁？都是吃五保吃坏的！”桂爷说着，连叹气的力气都没有了。

回到家里，大发怪荷香嘴巴不紧。荷香说:“我也不是故意说出去的，有人问我，我说上头定政策的人没有脑子。”

“不是没有脑子，是没有良心！”大发气鼓鼓的。

两口子正说着，四喜嚷着进屋了:“大发，未必你也望四喜叔早死？”

大发忙搬凳子请四喜坐:“四喜叔，你老长命百岁啊！”

四喜坐下，拐杖戳得地板砰砰响:“我四喜吃五保，搭帮国家政策好，又不是哪个活菩萨开的恩！”

荷香听不得四喜这口横腔，忍不住想说几句了。大发看出老婆的意思，生怕她惹事，忙暗递眼色。荷香只好假做笑脸，招呼一声，请四喜叔喝茶，就躲进里屋去了。

大发说:“四喜叔，你老人家理该吃五保，没人说你啊。你老无儿无女，身体又不好。”

四喜又敲着地板:“我的身体好得很哩！国家政策就是好，我壮得像头牛，就是吃五保吃的！有人巴望我早死，我就是不死！”

四喜这种人，道理是讲不通的，随他骂得气消了，自己就会走的。四喜再大的火,也不敢真对着大发出气。大发毕竟是村长。四喜指桑骂槐，听上去句句都是冲着桂爷的。大发懒得惹事，只装着听不出来。

四喜骂得自己咳嗽不止，就拄着拐杖回去了。一路上，四喜仍是骂着嚷着，人家听个一句半句，不晓得谁又惹他生气了。谁都晓得四喜脾气坏，谁也不会把他当回事，也就没有谁问他到底发什么火。

荷香从里屋出来，嚷道:“四喜叔真是忘恩负义啊！不是桂爷，轮着他吃五保？你看他拄着拐杖的样子！”

“荷香，不要说人家。”大发说。

荷香不听，仍在说:“只要是同老人家坐在一起，他就喜欢把五保户的红本本拿出来翻翻，献宝！不就是吃个五保吗？又不是老红军！”

大发没有接腔，四喜到底是长辈，说他的坏话不好。四喜这个人，的确是黄了眼睛不认人。桂爷说他都是吃五保吃坏了，也没错。四喜手里的拐杖，当初是为了装可怜，好吃五保。后来吃上五保了，他那根拐杖就成了他的派头了，动不动就把拐杖敲得砰砰响。

四

李乡长把头埋进棺材里，从四喜棉衣口袋里掏出红本本，交给桂爷，说桂生同志，你为党工作几十年，今后就吃五保享清福吧。桂爷翻开红本本，见上面早已不是四喜的名字，写着他桂爷的名字。桂爷忙握住李乡长的手，却握着了大发的手。大发说，桂爷，你要感谢李乡长！桂爷眼神不好，四处寻找，却怎么也找不到李乡长了。四喜突然从棺材里爬了出来，扑向桂爷，大喊：我还没死哩！

桂爷吓得忙丢了红本本。原来是场梦。桂爷背上汗得透湿，胸口怦怦跳，慌忙念佛不止：菩萨菩萨，阿弥陀佛，我桂生硬硬邦邦几十年，从来没有对人起过坏心啊！四喜黄眼睛不认人，我也没有咒过他死啊！

桂爷做了这样的梦，愧疚不已，真像自己对不起四喜。都说梦中的事情，全是白天想得太多了。桂爷可以指天发誓，他从来没想过要吃五保，也从来没有咒过四喜死。可他发誓给谁听呢？还真不能让人家晓得他做过这样的梦。

雄鸡叫了。全村的雄鸡你呼我答，叫成一片。桂爷不晓得这是鸡叫几遍了，他眼巴巴等着天亮。桂爷年轻的时候，都是听着鸡叫三遍起床，坐在堂屋里抽几袋烟，天就快亮了。那会儿他还没当村支书，当着生产队长。天刚有些亮，他就吹响哨子，招呼全队社员出工。哨子声过后，远远近近尽是开门声，吱吱呀呀。狗也凑热闹，汪汪叫个不停。

好不容易挨到天亮，荷香送早饭来了。

“荷香，这么早？”桂爷有些过意不去。

荷香说：“快过年了，今日家里还要推豆腐，先侍奉你吃了早饭。”

桂爷摇头长叹："荷香，桂爷不中用了，拖累你和大发了。唉，我还想让大发陪我去看看四喜哩。"

荷香说："桂爷，四喜叔矮你一辈，要看也是他来看你啊！"

桂爷说："四喜年纪比我大，我去看看他，也在理。"

"桂爷，你趁热吃了早饭。"荷香说，"你病成这样，村里人都来看过了，只有四喜叔门槛都不来踢一下。"

桂爷嘿嘿苦笑，说："他不到我屋门前骂了朝天娘吗？"

五

四喜在屋前晒太阳，躺在靠椅上，盖着棉被。大发笑呵呵地喊道："四喜叔，你这样子好享福啊！"

四喜睁开眼睛，刚想坐起来打招呼，见了桂爷，又躺下不动了，说："懒人有懒福。"

桂爷问："四喜，快过年了，年货都齐了？"

四喜也不喊人坐，仍是躺着，说："我一个五保户，还年货！政府好啊，过几天会送上来的。"

桂爷听出四喜心里不自在，又只好装糊涂，说："四喜，冬月的日头信不得，躺在外头有风，小心着凉啊！"

四喜笑笑："我身体好得很哩！"

大发也听出四喜话中有话，只是装傻，笑道："你老身体好，会长命百岁的！"

"我搭帮政府，我感谢政府。"四喜说。

大发明白四喜的意思：他吃上五保，不关桂爷什么事。

桂爷也不想邀功，说："四喜吃五保，完全符合政策。当时村里困难的好几个人，四喜最符合政策。"

四喜说："符合政策未必就吃得着，还要命好！"

桂爷说："你命真是好，生产队的时候，你也没怎么吃亏。"

四喜猛地坐了起来，拐杖敲得砰砰响："你是说我懒，我晓得！"

桂爷说："四喜，我哪有这个意思！"

四喜恨恨地说："你不要讲，我晓得！七五年，你还想斗争我哩！你对我有仇！"

桂爷说："四喜，我是记仇的，还让你吃五保？"

四喜又敲着拐杖："啊？你让我吃的五保？政府！"

大发忙劝架："四喜叔，我就得说你几句了。桂爷自己病着，这两日刚刚下得床，就要我陪他来看看你……"

"看我？他是来看我还活得多久！"

桂爷终于发火了："四喜，你讲话要凭良心！往年不是我桂生扛硬杠，你吃不上五保！我望你死？你死了又吃不得！"

四喜冷笑："我死了你好顶替我吃五保啊！"

六

这几日四喜拄着拐杖四处走，逢人就说解放五十多年了，村里上电视的只有两个人，我四喜和桂生。原来是县长下乡送温暖，四喜和桂爷上了县里电视台的新闻节目。

县长到村里来的时候，大发当然在场。县长还听大发汇报了几句，县长还说村里工作抓得不错。可是当天晚上，大发全家守在电视机前，并没有看见大发的影子。

荷香很失望，说："我看到他们拍了，怎么就没有呢？"

大发说："拍了未必就能上电视。我看见有个秘书把红包偷偷递给县长，电视里也没看见啊。"

荷香问："县长给桂爷和四喜叔的两百块钱，难道是秘书的？"

大发说："也不是秘书的，是公家的。"

荷香说:“唉!村里人都说县长大方，自己拿钱送给穷人家。”

大发笑笑，说:“县里穷人这么多，县长多少工资?”

大发其实并不在意上不上电视，他关心的是桂爷的五保什么时候落实下来。那天，县长握着桂爷的手，说很多农村老支书生活困难，已经是个问题，县里会专门研究。大发马上汇报，说村里已经把桂爷申请五保的报告送到乡政府去了。县长回头对李乡长说，桂生同志的问题，你们要重点考虑。李乡长忙说，我们会认真研究。李乡长说完，冷冷地瞟了眼大发。大发并没有看见李乡长的眼神，只是高兴地望着桂爷，心想这事儿终于有着落了。

现在村里人都在说,桂爷可以吃五保了。桂爷吃五保,谁也没有意见。还有几个孤寡老人,他们都没有吃上五保,也没话说。人家桂生是老支书,县长同他握过手，还上过电视。只有四喜的话不好听，他说桂生吃不吃五保，不关他的事，只要不占他的指标。

话传到桂爷耳里，他很生气。他要去找四喜说几句，让大发拉住了。

“大发，你去乡政府把报告取回来，我不吃五保!”桂爷总觉得吃五保是件丢脸的事。

大发说:“桂爷，四喜叔嘴巴臭，你不要管他。你吃五保，符合政策，县长还专门过问。”

“谁爱吃五保谁去吃，反正我饿死也不吃!”

七

油菜花黄了又谢了，稻田青了又黄了，桂爷的五保还没吃上。大发跑了乡政府几回。李乡长说，还是要等指标空出来才行。大发说县长都发话了，怎么还吃不上五保?李乡长说县长也没指标，要不你去找县长。

话传着传着就变了，到了村里人耳朵里，仍是年前的说法:只有等四喜死了，桂爷才能吃五保。

四喜听了，又是骂朝天娘。他不光到桂爷和大发屋门口骂，还满村子骂，逢人就骂。他要让全村老小都晓得，桂生咒他早死，他就是不死!

桂爷卧床半年，身体硬朗些了。他听大发劝告，不理四喜，只装聋子。可大发不让他去田里做事,他却不听。有日,桂爷终于栽倒在水田里。幸好有人看见，不然就出大事了。

几个后生把桂爷抬了回来，全身是泥。桂爷闭着眼睛，不哼不哈，就像死人。荷香替桂爷洗身子，心里怦怦跳，真担心他就这么去了。

桂爷又卧床不起了。村里来看他的人，每次都会说到吃五保的事。桂爷听着，心里很不自在。吃五保，就是老得不中用了。还要等人家四喜死了才能吃上，想着就是罪过。

大发的老爹在村里是说得起话的，他朝四喜劈头盖脑嚷了几句:“四喜你不是人！桂生和你有好大的仇？人家病成这样，村里老少都去看了，你不去看，还天天骂朝天娘。”

“他咒我早死，我还要去看他？”四喜说。

“你畜生！哪个咒你早死？桂生叔才不稀罕吃五保哩！”

四喜叫大发老爹骂了几句，就买了四两冰糖，去看了桂爷。

桂爷躺在床上，见了四喜，满心欢喜，说:“四喜，你人来了就要得，冰糖你拿回去。”

四喜说:“桂叔，我四喜就是嘴巴不饶人。”

桂爷说:“四喜，我俩打开窗户讲亮话。我不想吃五保，大发一片好心，找了乡政府。乡政府说，五保户是有指标的，死一个，顶一个。这是上头政策，老百姓没办法。”

四喜一听，又有火了:“你还不是要等着我死！”

桂爷急了，说:“四喜你怎么又起横腔了呢？你不想死就不死呀！我又不会来害你！”

四喜说:“我不死，怕你急死啊！”

桂爷拍着床铺，怒道:“四喜，你活到八十多岁，就不会讲一句清白话！”

“我就是不死，我要长命百岁！我要等死你！”四喜拿起拐杖，重重敲了几下地板，回头提上四两冰糖，气呼呼地走了。

八

桂爷在床上一躺就是半年，很快又是冬月了。老人就怕过冬天。冬天的乡下，三天两头办丧事，唢呐声声，鞭炮阵阵。

桂爷听说四喜死了，却不敢问人家是不是真的。他晓得自己老了，脑子有些糊涂，弄不清是梦是真。他出不了门，只是老听得村里有哭丧的，有送葬的。

大发没有同他说起五保的事，四喜可能还没有死。又是自己做梦了。

桂爷不再像去年那样，梦见四喜死了，愧疚得要命。他想四喜真的死了，自己就能吃上五保，也替大发两口子减轻些负担。四喜八十多岁了，死了也不算短命。桂爷这么想着的时候，心里念几句佛，免得遭报应。

桂爷每日清早醒来，都隐隐觉得昨夜村里死人了，死的好像就是四喜。他躺在床上左思右想，怎么也弄不清昨晚是否又做了梦。他只好等着荷香来送早饭，真是村里谁死了，她会告诉他的。有时荷香告诉他，村里谁死了，却不是四喜。

桂爷很想拄根棍子到四喜家去看看，却下不了床。怎么回事呢？真的好像有人告诉他说，四喜死了，桂爷你可以吃五保了。桂爷听见外面吹唢呐，放鞭炮，有人说，四喜这世人值得，政府给他养老送终。桂爷恍惚间就到了屋外，看见村里人抬着棺材上山去，很多人跟在后面送葬，都说四喜这世人真有福气。桂爷急着问人家：四喜把红本本带走了吗？

桂爷醒来的时候，大发坐在床前。刚才大发听桂爷说着胡话，含混不清，好像说四喜什么的。他摸摸桂爷额头，有些发烧："桂爷，你身上滚热的，去医院看看吧。"

桂爷不肯上医院，说："我什么病都没有，就是老了，就像树上的梨子，熟透了，快要掉了。"

大发听得伤心，回来同荷香说："桂爷这么硬邦的汉子，这回真的想吃五保了。他梦里说胡话，好像同四喜吵架，问四喜要红本本。"

荷香问："五保户，一年多少钱？"

大发说："每月五十块钱，三十斤粮，一斤油。"

荷香说："钱粮也不多。老人家日子过紧些，饿也饿不死。"

大发说："荷香，我想同你商量。等上头再下指标是没有的，桂爷不能等着四喜叔死了再吃五保。也没多少钱，我们家出了。"

荷香说："大发，招呼桂爷吃喝，无非是多添双碗筷，我一天多跑几次，都愿意。要出钱，我们哪里出得起？一年六百块钱，三百多斤米，十多斤油。"

大发说："桂爷是个好人。"

荷香摇摇头，说："我知道桂爷是个好人。村里像桂爷这样的老人，还有五六个，摆不平，你会得罪人的。"

大发说："人家我不管，桂爷我得管。"

荷香说："桂爷是个硬邦人，五保都不肯吃，晓得是我们给的，他更不会要的。"

大发说："劝劝桂爷，就说是政府给的五保。我晓得他现在可能愿意吃五保了。"

荷香说："没有那个红本本啊。"

"红本本好办。我听说城里有造假证书的，毕业证、结婚证都能造，几十块钱就能搞好。你答应了？"大发望着荷香。

荷香说："先等等再说，现在桂爷吃饭吃药反正是我们管着。"

九

荷香中午送饭的时候，碰见四喜在桂爷床前坐着，扯开喉咙唱山歌。桂爷躺着，没有半丝声息。

“四喜叔山歌唱得好啊，我老远就听见了。”荷香问，“你老吃了中饭吗？我饭菜带得多，没吃就在这里吃点儿。”

四喜说：“我来看看桂生叔，等会儿回去自己弄着吃。我是一人饱，全家饱。”

荷香说：“四喜叔莫讲客气，自己回去难得做。”

“我弄饭菜手脚麻利，飞快。”四喜揭开荷香带来的菜罐，皱了眉头，“啊，鸡汤啊！你这是给病人做的，炖得太烂了，我也吃不惯。我的牙口好，吃东西要嚼嚼才有味。”

荷香听四喜这么说话，心里很不舒服，却不好说他什么，只说：“四喜叔，你老坐会儿，桂爷可能饿了。”

“我不坐了，回去弄饭吃去了。”四喜拄着拐杖，故意把步子迈得很大，三两步就出门了。

“我熬不过四喜啊！”桂爷偏过头，望着堂屋门口。四喜刚出门，他的影子被太阳照进来，老长老长。

荷香看穿了桂爷的心思，劝道：“你老好好养段日子，身子就会硬朗起来。你呀，会比四喜叔更长寿！”

桂爷说：“我这么不争气！你看人家八十多了，比我大十岁！”

“桂爷你会好的，我扶你起来，要不鸡汤凉了。”荷香说。

桂爷摇摇头，说：“我不想吃……”

“不吃东西哪行？”荷香劝道。

桂爷说什么也不肯吃东西，只说没胃口。荷香没法，陪在床前坐了会儿，只好提着篮子回去了。第三天，荷香仍旧把饭菜原封不动提了回来。大发正在屋后的菜地里忙着，荷香过去小声说：“大发，桂爷只怕不行了，三天没吃饭了。”

“是不是饭菜不合口味？”大发问。

“桂爷说，不要送饭了，他半粒米都不想进。”荷香很焦急的样子。

大发忙丢下锄头，去了桂爷家。荷香也跟了去。

“桂爷，你老想吃什么，就说，荷香给你弄。”大发问道。

桂爷摇摇头，说：“我什么都不想吃，水都不想喝。”

“那哪要得？桂爷，要不我送你到医院看看去？”

桂爷说：“医院就不要去了，我自己心里有数。”

听了这话，大发更加急了。他听说有些老人快走了，自己心里很清楚。荷香暗自摇头，着急地望着大发。

“大发、荷香，你们两口子积德积善，会有好报的。”桂爷说。

大发说：“桂爷快莫这么讲，你是长辈，再怎么我要喊你声爷爷哪。”

荷香说：“桂爷，大发老讲他小时候，你常带着他玩。”

“桂爷经常把我放在肩上驮着，跑老远的地方看戏。”大发想说些开心的事，让桂爷高兴。

桂爷笑了起来，讲大发小时候顽皮，把他家南瓜挖了个洞，往里面拉尿，再把洞眼拿南瓜皮盖上。桂爷分明看见了，却不说他。过会儿，大发以为自己得逞了，桂爷却把那个南瓜摘下来，往大发怀里一放，笑眯眯的，叫他拿回去煮了吃。大发望着桂爷的笑脸，心里发虚，脸就红了。桂爷说，快拿回来给你妈妈喂猪，桂奶奶晓得了，打烂你的屁股！

大发嘿嘿一笑，说：“小孩子玩的把戏，哪能瞒得过大人！”

桂爷突然叹了气，说：“大发啊，现在轮到你把我当小孩子带了！”

“桂爷，快莫这么讲！”

“人，老要老得争气……”桂爷话没说完，长叹一声。

从下午直到深夜，大发同荷香都陪着桂爷。荷香抽空回去做了晚饭，忙完又回到桂爷床前。桂爷已不晓得早晚，自己不想吃饭，也想不起让大发回去吃饭。大发就饿着肚子，陪老人家东扯西扯。桂爷今晚的话格外多，大发觉得不妙。回到家里，两口子睡在床上，细细琢磨桂爷的每句话，都觉得不是好兆头。

大发说：“这么多天水米不进，还这么精神，不对头啊！”

荷香说：“是啊，我也觉得不对头。平日桂爷同我们不分生的，今日有些怪，善有善报的话讲了几箩筐。”

大发说：“四喜叔真不算人，他哪是去看桂爷？故意去气桂爷！”

“你当时不在场，不晓得他那个得意样子啊！”荷香说，“就是从那天起，桂爷就不肯吃饭了。”

“我猜桂爷是想把自己饿死算了。他晓得自己熬不过四喜叔，等不到他的五保指标。”

“怎么办呢？桂爷的脾气太犟了。”

大发说：“桂爷的脾气，劝是劝不了的，不如告诉他吃上五保了。”

荷香点点头：“只好这样了。唉，我们自己紧就紧点吧。”

十

天快亮的时候，村里突然响起了鞭炮声。大发惊醒过来，慢慢听见了哭号声。他摇摇老婆，说：“荷香，荷香，你想是谁死了？”

荷香听听响动，说：“不晓得。这几日没听说哪家的老人不好啊。”

两口子又讲起桂爷，一条好汉，老了无依无靠，五保都不肯吃。病得实在不行了，只好望着四喜早些死。眼看着自己熬不过四喜，就想自己饿死算了。真是可怜。

“荷香，中学课文里学过的《促织》，你还记得吗？”大发问老婆。

荷香想想，说：“还有些记得，里面有个村长，名字叫成名。”

大发说：“古时候不叫村长，叫里正。”

荷香钻牛角尖，说：“现在也不叫村长，叫村委会主任。”

大发说：“不过反正都一样。成名为了上交蛐蛐儿，儿子的命都赔进去了。我比他好些，为了救桂爷的命，自己出钱。”

荷香说：“大发，李乡长说叫你去找县长，你就去找县长。桂爷的五保，县长亲口说了的。”

大发说：“我算老几？还找县长？快过年了，县长又会下来送温暖，只是不可能年年都到我们村里来。”

荷香叹息一声，说：“官话真是信不得！”

两口子说了整夜的话，起得有些晚。荷香推门一看，好大的雪啊。难怪昨夜那么冷。荷香顾不上做早饭，想先去看看桂爷。老人家冬天里就怕冷。

荷香出门的时候，听到震耳欲聋的鞭炮声，看见硝烟在村子西头的屋角上打转儿。还不知是谁家死人了，很多人都往村子西头走去。

荷香才要问是谁死了，突然看见桂爷拄着棍子，站在他自家屋前的雪地里，问路过的人：“真的是四喜死了？”

“谁说四喜死了？人家硬朗得很！”

“桂爷怎么变这样的人了？巴不得人家死啊！”

“都在床上睡了大半年了，以为四喜死了，一下子硬朗起来了。”

这时，四喜恰好出门看热闹，听清了大家说的话，大骂起来：“桂生，我捅你娘！”

桂爷哑口无言，呆立在雪地里，浑身哆嗦，差点儿倒下。荷香忙跑上前，扶着桂爷进屋去。四喜还在后面叫骂，荷香回头对大家说：“你们劝劝四喜叔，不要骂了。”

荷香好不容易才把桂爷送到床上去，怪他不该出门：“桂爷，你怎么出去了呢？外头那么冷。你哪来这么大的力气？”

桂爷紧闭着眼睛，任荷香怎么说，他都一声不吭。桂爷刚才出大丑了，这会儿肯定恨不得找个缝儿钻进去。荷香晓得桂爷心里难受，就坐在床前陪他说话。可桂爷什么也不说。荷香就不停地找话讲，东扯葫芦西扯叶。她不说话的时候，就连桂爷的呼吸声都听不见。窗外寒风尖厉地叫着。

荷香从桂爷家出来，碰上村里的人，都说她两口子太仁义了。一说就说到桂爷，话就不好听了。她知道四喜这会儿肯定还在村里四处骂娘，老少都晓得，桂爷以为四喜死了，自己能吃五保了。荷香就护着桂爷，说他老人家年纪大了，有时清醒有时糊涂。桂爷做了一世的好人，大家不是不晓得。

大发听荷香说了桂爷的事，忙说：“荷香，我们马上把桂爷的五保钱粮送去，不然真要出大事了。”

荷香说：“不急在一时半刻，晚上再去。就说你今天上乡政府开了会，县里新下了指标，不然桂爷不相信的。”

大发说：“行！红本本呢，就说暂时没发下来，下个月就有了。”

晚上，大发扛了袋米，荷香提了壶油，衣兜里放了五十块钱，往桂爷家去。

大发说：“桂爷是半糊涂半清醒，你不要说话，只由我一个人说。要不，两个人说得对不上号，他不相信的。”

“那你一个人说就是，钱给你拿着，我拿着就不像了。”荷香把五十块钱交给大发。

桂爷家窗户黑着，大发推开门，荷香拉亮了灯。两人刚要喊桂爷，惊得连连后退。

桂爷直挺挺地挂在梁上。

乡村典故

一

乡村有本土典故。比方在陈村，你说谁比谁强，有人可能会说：半升强三碗！这就是个典故，意思是说这个人强不到哪里去。典故总有个真实故事。往日，有人养了个傻儿子，傻儿子去集上卖柴，娘嘱咐说："这担柴逢升米才卖，逢碗米不卖！"傻儿子到了集上，有人问："三碗米卖吗？"傻儿子说："我娘说了，逢碗米不卖，逢升米才卖！"那人说："那我给你半升！"傻儿子听见了个升字，就把柴卖掉了。旧时候一升是四碗，半升只有两碗。

满叔家最近发生件事情，很快就成了典故。往陈村去，见乡亲们聚在一起扯谈，说不定就会有人蹦出那句话来：满叔赢官司！

满叔赢官司，就是陈村的最新典故。满叔本来就是个名人。不光在陈村，远近几个村子，讲起满叔，老少皆知。满叔既没在村里当过角色，也没发大财，他出名，全凭嘴巴。满叔名声大震是在二十世纪七十年代。有日，他明明看见公社干部来了，故意高声说："我们这些人都要死在毛主席手里。"

公社干部吓得脸色发黑，厉声斥责："现行反革命，抓起来！"

满叔故作糊涂："我怎么是现行反革命了？"

干部说："你讲反动话，污蔑伟大领袖毛主席。"

满叔说："我哪有这么大的胆子？我这个年纪的人，蒋介石手上生，毛主席手上死，我没讲错呀！"

干部义愤填膺："你……你……你……我叫你脑袋瓜上响炮子！"

满叔笑道："毛主席他老人家是万岁万岁万万岁，我们谁会比毛主席活得长？不都得在毛主席手上死？"

干部气得说不出话，满叔反而得了理，不饶人了，攻击干部："怎么？毛主席万寿无疆，你想不通？毛泽东思想战无不胜，你有意见？你不想死在毛主席手里，你还想活得比毛主席更长？"

干部语无伦次："我们喊毛主席万岁，是敬重毛主席，是热爱毛主席。"

满叔逼问："你是说毛主席不会万岁万岁万万岁？"

干部说："谁都不会活到一万岁，人不是神仙。世界上也没有神仙。我们讲毛主席万岁，只是形容，是比喻，这个……这个……是夸张！"

满叔严肃道："我没文化，弄不懂，只知道形容、比喻、夸张就是假家伙。你敢在毛主席面前讲假话？毛主席教我们说，群众的眼睛是雪亮的！"

这个故事远近闻名。满叔有很多故事，说起来会笑得肚子痛。但是，所有这些故事，都没能成为典故。只有这回满叔赢官司，成了典故。

二

谁都喜欢听满叔说笑话，只有他堂客翠娘不喜欢。老两口过日子四十多年了，话总说不到一块儿去。不管碰到什么事，总是你说你的，我说我的。日子长了，满叔在外头喜欢耍嘴皮子，在翠娘面前，干脆懒得讲话。

那日半夜，听得外头哐的一响。翠娘醒了，推推满叔，说："有人！"

满叔听听，说："是风。"

满叔家的狗狂叫起来。众狗唱和，狗叫声快把村子抬起来了。

翠娘说："狗叫得这么厉害。"

满叔不耐烦："通宵有人过路，打牌的。"

翠娘再听听，又说："有人，你起来看看。"

满叔拿被子蒙了头，说："有鬼哩！明明是风。"

翠娘再听听，不见动静，也安心睡下了。狗叫声渐渐稀落下来。像是被狗叫声抬到半空中的村子，慢慢落了地。

天亮了，翠娘嚷嚷着起了床："你有福气，你睡吧。"

满叔说："没谁不让你睡。"

翠娘说："我要做饭，我要侍奉你！我前世欠你的！"

满叔说："这话你说了几十年了。你知道是前世欠我的，就慢慢还吧。还了本钱还息钱，还不尽啊，堂客！"

翠娘说："替你当牛做马一辈子，从没得你一句好话！"

满叔说："堂客，你这话不要讲。好话是追悼会上说的，我想多守你几年哩！"

翠娘骂道："臭嘴！"

满叔不再说话。他听着老婆碰磕桌椅的响声，又迷迷糊糊睡着了。

满叔突然惊醒了，恍惚一阵，才听清老婆的哭骂："你这个老鬼啊，我叫你起来看看，你挺尸啊，纹丝不动啊！"

满叔披了衣服就往外跑，老婆手里拿着个淘米勺，怒气冲冲的样子。

门前已围着很多人了。满叔往牛栏屋跑去，才知道牛丢了。

隔壁屋里阳春说："难怪哩，我昨日夜里听得屋后有响声，狗叫得很凶火，就像有人赶牛。我也在大意上，睡着了。"

满叔对阳春说："只有你的话我相信。那年林彪叛逃，你说半夜里起来屙尿，听见飞机鬼鬼祟祟地响，就猜到是敌机，原来是林彪坐三叉戟想跑到苏联去！那年你错过了为党立功的大好机会。这么多年了，你怎么不吸取教训呢？你该喊醒我啊！你喊醒我了，盗窃犯的犯罪就制止了，就挽回了群众财产损失。"

阳春不好意思了，笑笑，说："满叔记性真好。"

"老鬼，牛丢了，家当去了一半，你还有心思扯卵谈！"翠娘把淘米勺往地上一放，边骂边往外走。

"雷打的啊！火烧的啊！你偷了我的牛，绝子绝孙啊！"

"你偷我的牛，换钱买药吃啊！"

翠娘村前屋后骂开了。家家户户都有脑袋伸出来，听听，说几句仗义的话。大伙说的话，总像在辩白，不是他家偷的。

三

满叔蹲在门槛上扯谈，阳春、三癞子几个人围在他面前，哈哈地笑。

满叔说："谁这么傻？偷我的牛也不同我打声招呼！"

阳春知道满叔又要说笑话了，就逗他："告诉你才真是傻哩！"

满叔很正经地说："我这牛最近不太吃草，只怕是病了。牛病了，更值钱。"

阳春见满叔不像是开玩笑，就问："牛病了，怎么更值钱呢？"

满叔说："牛生了病，说不定就是个宝贝了。他偷了去，便宜卖掉了，就可惜了。"

阳春还想问个究竟，三癞子却笑起来了，说："满叔在逗宝吧？"

满叔白了眼三癞子，说:“我快七十岁的人了，逗你做什么?牛病了，说不定就有牛黄。牛黄，可比黄金还贵啊!俗话说，得坨牛黄，满山猪羊;得坨狗宝，娶大娶小。旧社会陈老五怎么发家的你知道吗？陈老五爷爷是叫花子，财主家一条烂皮狗，死了，嫌脏，不要了。陈老五爷爷把狗捡回来，整干净，破膛一看，得了坨狗宝!别的地主靠剥削贫下中农发家，陈老五爷爷靠条烂皮狗发家!”

三癞子朝阳春笑笑，说:“阳春你快发财了，你家那条狗同你差不多瘦!”

阳春家那条黄狗正趴屋前的柑橘树下，半闭着眼睛晒太阳。满叔望望那条狗，又望望阳春，说:“还差些工夫。真有你阳春这么瘦了，就有谱了!”

阳春回头，也望望自家的狗，抠着自己瘦瘦的胸脯，嘿嘿笑着，说:“我知道，我不是发财的命!”

翠娘骂了圈回来，见满叔还在逗人家讲鬼话，火冒三丈:“丢了牛，你纹丝不动，还在这里嫌嘴巴没味!”

满叔说:“你要我给牛写份悼词?它又不是张思德!”

翠娘说:“我听你说过句人话吗?”

满叔说:“堂客，贼只偷走了牛，没有偷走牛黄，发不了财的。你这么想想，就不气了。”

翠娘说:“我会被你气死！叫你起来看看，你懒得动，还说是风！牛没有了，喝西北风!”

满叔说:“你就喜欢骂，满村骂一圈，牛就回来了?”

翠娘说:“不骂?不骂人家以为你好欺负，哪天把你屋子都要拆了!”

满叔笑笑:“你放心，拆屋太费力了，贼懒得费力。邓小平说了，让一部分人先富裕起来。贼要是肯费力，他就不会偷了，他就勤劳致富了，他就是一部分人了，他就入党了，他就是我们的领头羊了。说不定，他就是我们的村长，就不是贼了。”

村长陈高明正好从这里走过，听见了满叔的话，笑着说:“满叔，你又在说怪话了！”

满叔见村长扛着锄头，就说：“高明，你就忙起来了，我都还在吃早饭哩！”

“我去锄油菜草。”村长笑笑，就要走开。

满叔望着村长的背影喊道：“高明，你扛着锄头的样子很像陈永贵。回去二三十年啊，你说不定就是副总理哩！”

村长回头站住了，笑着说：“满叔，你要是年轻几十岁，应该上中央电视台演小品。保证你红过赵本山！”

满叔说：“我说高明，你只是样子像陈永贵，回去二三十年你也当不了副总理。你没有群众观念啊！”

村长仍是笑着，问：“满叔，我怎么没群众观念呢？”

满叔说：“我家牛丢了，你问都没问声。”

村长说：“我老远就听你讲，翠娘满村骂一圈，牛也回不来。我问一声，牛就回来了？”

满叔说：“我说你不像陈永贵。陈永贵头上扎着白毛巾，你没有。陈永贵扛的铁锹，你扛的是锄头。”

村长纠正满叔的话：“你说错了，陈永贵扛的是镐！”

满叔说：“就叫铁锹，还叫铲子。”

“叫镐！”村长说。

满叔说：“我们打赌，喊个高中生来作证。”

阳春接腔道：“三癞子是高中生。”

村长望望三癞子，嘿嘿笑着，说：“三癞子家尽出高中生，他家梅花也是高中生哩！”

村长说到梅花，三癞子的脸就红了。梅花在深圳打工。三癞子最不喜欢听人家说梅花在深圳打工。阳春家的狗鼻子里呼着气，甩着尾巴挨了过来。三癞子不望村长，低头摸着狗背。那狗就吐着红红的舌头，反过身子舔三癞子的手。

村长放下锄头，说：“说起打赌，我想起好久以前阳春和三癞子打赌了。他俩可能还在上小学吧？我好像正是初一。有回，他俩为人造地球卫星争了起来。阳春说中国人造地球卫星四年成功，三癞子说十年成功。两人就找我作证。我说四年成功。三癞子不服气，说我故意帮阳春讲话，明明广播里说是十年成功。我说，既不是十年成功，也不是四年成功，而是试验成功。人家广播里讲的是普通话，是试验成功！”

三癞子这才抬头望了村长，哈哈笑着。大家都笑了起来，都说那时候连三岁小孩都关心国家大事。满叔说:“那时候，晚上听得外头有响声，不会想到是有人偷牛，总想着会不会是美蒋特务搞破坏。昨夜真是美蒋特务就好了，人家只会去炸铁路、炸军工厂，不会偷我家的牛。”

村长把锄头往肩上一横，说:“我不同你们扯谈了，我要锄草去了。”

村长还没有走多远，满叔就对三癞子说:“都是高中生，他当村长，就瞧不起你。三癞子，你莫信他！高中生又怎么样？文化又当不得饭！刚解放，有个首长做主，替警卫员找了个对象。警卫员嫌那女的没文化。首长批评说，你要文化干什么？你是日女人，又不是日文化！那个警卫员就讨了那个女人。”

大家都笑了，三癞子没笑，他的脸又红了。翠娘从屋里出来，恶眼望着满叔。翠娘的目光都要凿穿他的背膛了，他不知道，还在胡说八道。翠娘望望三癞子，三癞子低着头。翠娘又望望满叔，恨不得拿块抹布去塞他的嘴。

翠娘不理满叔，站在门槛上又骂开了:“你偷了我的牛，叫你养儿脑袋挨枪子，养女上街坐窑子！”

满叔道:“你又骂得不对了。偷头牛，脑袋挨不了枪子。人家养女要坐窑子，也不要偷牛。偷牛干什么？怕女儿没衣服穿？人家光着身子，直接跑到深圳去就是了。如今坐窑子也不是太丢脸的事，叫第三产业。老祖宗也说过，笑贫不笑娼。”

满叔说这些话的时候，大家都没有笑，他们都瞟了眼三癞子，又忙把目光躲开了。三癞子的脸不只是红了，白得发青。他抬手抓抓脑皮，站起来走了。阳春望了眼三癞子，马上低头逗自家的狗。还有几个人也低头走了。

翠娘低声骂满叔："听听你说的话，像人说的吗？"

满叔说："我哪里不是人话？"

翠娘声音更加轻了："明知道三癞子家梅花在深圳做那事，你还当着人家爹的面说！"

满叔倒板了脸，声音还很高："哪个告诉你梅花在深圳做鸡？她自己说的还是她爹说的？我怎么不晓得？"

翠娘把满叔往屋里拉，说："祖宗，你还高声大气的，像打雷！你不把全村人得罪光了不放心！不光梅花，还有秀珍、水仙、月英，都做这事！你不晓得？"

"我晓得？窑子又不是我开的！"满叔说。

翠娘很生气，说："和你说不清！你把村里人都得罪了，死了都没人抬你上山！"

"没有人抬我上山，我就不死，我就万岁万岁万万岁！"满叔说。

"让你万岁万万岁，阎王爷瞎眼了！"翠娘冷笑着，"家里丢了牛，你屁都不放一个！只在这里图嘴巴快活！"

满叔道："堂客，我劝你不要骂了，没用！"

翠娘说："不骂了，那你说怎么办？"

满叔说："去公安局报案！"

翠娘说："有本事，你去报案吧。你报你的案，我骂我的人！"

翠娘越想越气愤，不做早饭了，又出门骂开了。

满叔没吃早饭，肚子还是扁的，摇头笑笑，奔城里而去。他真的要去报案。

四

满叔在路上没怎么想丢牛的事，老想着怎么同公安局的人说话。如今城里当官的，很多都是年轻人了，他们喜欢讲普通话。满叔想他是不是该讲普通话呢？想着要讲普通话，他就有些为难了。讲起土话来，他是俗话、谚语脱口而出。讲普通话，只怕就要结巴了。比方说，你拿四两棉花纺纺（访访），硬要说成调查研究，寡淡无味。可是，丢牛的事，确实要警察同志调查研究的。他不能叫警察拿四两棉花纺纺。

满叔决定还是讲土话，利索些。见了警察，头句话怎么说呢。他想了很多句话，都不太满意。他不满意，就不停地摇头。他的摇头终于招来别人的注意。碰上熟人，问他："满叔，去医院？"满叔回道："你刚出院？得了什么病？"熟人生气道："你怎么说话呢？"满叔说："那你是怎么说话的呢？"熟人说："你老是摇头，我以为你脑袋痛。"满叔说："我摇头是摇头，可我又没哭，还在笑。你见我笑眯眯的，怎么不问我捡了金子没有呢？我家牛丢了。"

满叔还没想好怎么同警察说话，公安局到了。他望见公安局大门，胸口不由得突突地跳。满叔怎么也没想到自己会慌张。他活这么大岁数，还从没进过公安局。可也不该慌张呀。我是来报案的，又不是来投案自首的，慌张什么呢？

满叔从来就是个天不怕地不怕的人。他年轻时候，有回同人吵架，快打起来了。对手比他高出一头，气冲冲地要跑过来揍他。满叔雄赳赳地准备应战，嘴里喊道："有种的你过来呀！你不过来就是我儿子，你过来就是我孙子！"那人一听，横顺都是吃亏，犹豫了。观战的人乐了，大笑起来。那人也忍不住笑了，骂几句狗日的了事。

今天满叔真是胆怯得没道理。他还没有让自己胸口平息下来，就踏进了公安局大门。

门卫喝道："干什么的？"

满叔吓了一跳，手脚忍不住发抖："我，我来报案……"满叔没想到自己说的头句话是这句。他想了很多句开场白，就是没有这一句。

“报案？报什么案？”门卫是位年纪稍长的警察。

满叔说：“我的牛被人偷了。”

门卫望望满叔：“牛被偷了？你是来报案的，又不是来投案自首的。”

满叔说：“警察同志，你同群众想到一块儿去了。我刚才正是这样想的。”

门卫说：“不是投案，你手为什么打战？”

“我没有打战……”满叔说着，抖得更厉害了。

门卫说：“不打战？我看你像筛糠！”

满叔说：“我是冷。”

门卫说：“冷？”

满叔说：“冷。”

门卫说：“冷不知道多穿件衣？”

满叔说：“冬天的衣我都穿上了，再冷，就只有钻到牛肚子里去。但是牛丢了。”

门卫又问：“真是牛丢了？”

满叔说：“一早丢的。”

门卫说：“丢头牛也要找公安局，我们就饭也不要吃了，觉也不要睡了。”

满叔问：“那我找哪里呢？”

门卫没好气：“该找谁就找谁。”

满叔很认真地说：“我知道，钱包被扒了，托人找烂仔头子，肯定找得回来。找警察，没用。牛丢了，我不知找谁，就找警察。”

门卫抬手指着满叔：“你这个人，简直刁民！”

满叔抢白道：“警察同志，你怎么可以随便骂人？要是‘文革’，你完了。毛主席说，打击农民，就是打击革命！”

满叔突然发现自己手不抖了，便得意地笑笑。

门卫说：“要是‘文革’，你也完了。你把警察同烂仔混为一谈。”

满叔说："警察同烂仔放在一块儿说就是混为一谈？那警察抓小偷都不能说了？莫不是警察不抓小偷了？"

门卫警惕起来，问："你到底是干什么来的？"

满叔说："我是报案来的，我家牛丢了。"

门卫问："你脑子没毛病吗？"

满叔反问道："报案的人都是神经病吗？"

门卫说："我看你像神经病。要不，就是专门捣乱来的。"

满叔笑笑："我这么大年纪，捣得了乱吗？"

门卫说："萨达姆就是你这个年纪。"

满叔很谦虚："这个人我不认识。他家也丢牛了？"

门卫忍不住笑了，说："哪有这么多牛丢！"

满叔说："报告警察同志，乡下可是老丢牛，鸡鸭也丢，人也丢。只是房子丢不了，人家懒得费劲……"

门卫不知是否还在听，他打开抽屉，双手埋在抽屉里，窸窸窣窣地响。

满叔继续说道："我们乡下不同城里，没有警察巡逻，靠狗维持治安……"

门卫抬眼望了望满叔，面无表情，然后又低下头。抽屉里窸窸窣窣地响。

满叔接着说："家家户户都养了狗。狗很负责的，晚上只要有人走路，狗就汪汪地叫。一条狗牵了头，全村的狗都叫。村子都要抬起来了。狗也搞治安联防哩。但是，晚上通宵赌博的人也多，不断有人从牌桌上下来，他们一出门，狗就叫。你就分不清是贼来了，还是打牌的人回家了。我的牛，就是这么丢的。警察，我说的，你都记上了？没事的，你把笔记本放在桌上写，我反正不认得几个字。公安局讲保密，我知道。"

门卫把手从抽屉里拿出来，用指甲锉小心磨着指甲。满叔有些失望，很大胆地提了意见："我以为你记笔记哩！警察同志，你对工作极不负责任。不要忘记你自己的职责。你知道自己是干什么的吗？"

门卫笑笑，故意逗满叔："要是在'文革'，我会说，我们都是革命同志，来自五湖四海，为着同一个革命目标，走到一起来了。但现在不是文革，我懒得说这么多。我只告诉你，我是为人民服务的。”

满叔说：“我就要你这句话。你既然是为人民服务的，就得帮我把牛找回来。”

门卫问：“什么是人民？人民是很多很多人。你一个人，就是人民了吗？”

满叔理直气壮地说：“我是人民的一员。”

门卫说：“人民的一员不等于人民。你的牛丢了，我送条牛尾巴给你，就说把牛还给你了，你同意吗？”

满叔问：“你是说，我只等于条牛尾巴？”

门卫说：“按比例计算，你还抵不上条牛尾。中国是个人口大国，用句文雅的话说，你连九牛一毛都算不上。”

满叔彻底地想不通了：“我丢了整头牛，可我连根牛毛都不如了！”

门卫望望墙上的钟，时间不早了，极不耐烦，抛下句话：“你找当地派出所吧。”

五

满叔也没进过派出所。他相信那句话：一不进医院，二不进法院。他把公安局、检察院、法院笼统地看作一回事。

满叔心想，自己连公安局都进了，派出所算老几呢？可是，望见派出所高高的围墙，他心里又开始打鼓了。怎么回事？老了吗？我满叔可没怕过谁呀！

大门紧闭着。满叔刚准备推门，马上想到了城里人的规矩：应该敲门。他敲敲门，侧耳听着里面的响动。没有人回应。他又敲了几下，还是没人回应。

满叔只好推开门。里面有个大坪，坪的那边是两层的砖房子，每个门上都挂着牌子。满叔犹豫会儿，麻着胆子往里走。

“谁？”不知哪里传来声音。

“是我。”满叔答道。

“你？你是谁？”有个警察站在了满叔面前。警察很胖，脸上的两坨肉往下垂着，泛着潮红。

“我是……”满叔不知怎么答话。

警察严厉道：“说进来就进来，公共厕所？”

满叔说：“我敲了门，没人答应。”

警察说：“没人答应你就进来了？”

“我……”

警察问：“什么事？”

满叔听得警察呼吸有些喘，他太胖了。如果两人动起手来，警察不一定是他的对手。别看他快七十岁的人了，农活没歇过一天。满叔这么想想，胆子就大些了，粗着嗓子说：“我刚从你们局里来。”

“局里？”警察问。

满叔说：“公安局。你们领导让我来找你。”

“哪个领导？”警察问。

满叔说：“我刚进门，你们领导就接待了我。”

警察问：“你进的哪个门？”

满叔说：“公安局有几个门？大门呀！”

警察笑笑，说：“你说的是守门的李老头吧？”

满叔说：“公安局是管你们派出所的。他们叫我找你们，我就找你们。”

警察仍是笑着，说：“人家拉虎皮当大旗，你拉的是什么皮？一个守大门的老头。”

满叔也笑了：“你别瞧不起老头，你看看新闻联播，哪个国家的领导不是老头？姜子牙八十遇文王，也是老头。”

警察没耐心了，问：“你的废话真多。说，你来干什么？”

满叔说：“无事不登三宝殿。我来报案。我家牛被人偷了。”

“牛被偷了？快过年了，我们忙得要死。”警察说。

满叔说：“忙好啊。俗话说，没有忙死的，只有闲死的。正是，我也想是快过年了，都想找过年钱，我的牛就被偷了。”

警察说：“你这老头，怎么这么多话？”

满叔说：“跟领导学的。我们选村长，看谁会说，我就把谁的碗里放颗黄豆，他就是村长了。选乡长，谁说得好听，我就把他名字后面打个钩，他就是乡长了。”

警察不想再同满叔废话，低头往办公室走，说：“你跟我来吧。”

满叔跟在警察后面，望着人家肥肥的屁股，忍不住笑了起来。

警察回头问：“你笑什么？”

满叔说：“不是我在笑。”

警察说：“那是谁在笑？这大院里，就你和我两个人。”

满叔又笑笑，说：“我是代表群众在笑。一看你，就知道你生活过得好，身子骨结实，小偷同你一比，老鹰和小鸡。群众就放心了。”

警察没好气：“谁是老鹰，谁是小鸡？”

满叔说：“警察同志，我不会说话。”

警察停下脚步，望着满叔：“你太会说话了。你这个人有些怪。你脑袋没毛病吗？”

满叔很不满的样子，说：“怎么回事？你们局里领导也这么说我。”

“我告诉过你了，那个人不是我们领导，是个门卫！”警察说着，继续往办公室走。

满叔紧跟在后面，说：“那是领导机关，见官大三级。你别看我没见识，你们的规矩，我懂！不就是少数服从多数，下级服从上级，全党服从中央吗？我不是从北京来的，不代表中央；我只是自己家里丢了牛，我也不代表多数；可我是你们领导叫我来的，你就要下级服从上级。”

警察坐下，捺着性子，问：“你叫什么名字？”

“陈满生。”

“哪个村的？”

“陈村。”

“多大了？”

“六十六岁。”

“性别，哦，你是男的。”

“警察同志非常正确，我是男的。”

警察说：“我被你快弄成神经病了。身份证带了吗？”

满叔摸摸口袋，说：“没带。”

警察放下做记录的笔，望着满叔：“报案，你得带身份证。我怎么证明你的合法身份？”

满叔说：“我是陈满生，你去陈村打听打听，老老少少都知道。”

警察说：“我忙得要死，还要去陈村打听！说说吧，怎么丢的？”

满叔说：“昨天夜里丢的。”

警察皱了眉头，说：“你要说说经过。”

满叔说：“昨天夜里，我堂客醒了，说听见响动，有人。我说是风。狗做死地叫，先头是我自己家的狗叫，接着全村的狗都叫了。乡下没有警察巡逻，我们靠养狗管治安。只要一条狗叫，全村的狗都叫。狗通人性，也知道搞治安联防。我堂客又尖起耳朵听，又说有人，我也听听，说是风。狗叫起来我们也弄不清是贼来了，还是有人过路。村里人通宵打麻将，三更半夜地回家，狗都会叫。”

警察笑了笑，又摇摇头。满叔不明白警察的意思，不知道该不该讲下去。

警察问：“怎么不讲了？”

满叔说：“今天大清早，我堂客起来煮早饭，看见牛栏空了。”

警察问：“几头牛？”

满叔说：“一头牛。可是，我这头牛，要抵上千头牛。”

警察笑得脸上的肉一滚一滚的，说：“是头金牛吧？”

满叔很认真地说：“警察同志真是神仙！我那牛比金牛更值钱。有牛黄啊！”

警察觉得有趣，笑着问："老人家，你火眼金睛？看得见牛肚子里有牛黄？"

满叔说："偷牛的要是知道牛肚子里有牛黄，便宜把牛卖了，他这辈子吃不尽的后悔药！担惊受怕地偷了牛，白白丢了财运！"

警察好像终于知道满叔脑子有问题了，不想再费事，敷衍道："好吧，情况我知道了，我们会尽快派人调查。"

警察说着就起了身，慢悠悠地走到外面的坪里。那里放了张躺椅。太阳很好。警察嘎地坐下来，躺椅难受地响了几声。警察拿张报纸盖在脸上，免得太阳刺眼睛。

满叔弓着腰，朝太阳下照得发亮的报纸点头不止："谢谢警察同志！"

警察像从梦中惊醒，突然拿掉报纸，眯眼望满叔，说："不要谢，这是我们的工作。这样吧，你先交八百块钱吧。"

满叔惊问："交钱？"

警察说："是，交钱。"

满叔问："什么钱？"

警察笑笑："人民币，不是美元。"

满叔说："我知道是人民币。"

警察说："知道？那就交吧。"

满叔说："我丢了牛，怎么还要我出钱呢？"

警察说："你是没报过案吧？办案是我们的事，办案费是你们的事。"

满叔说："我哪有钱出？又不是八块，是八百块。"

警察说："我已经很照顾你了。我们收费是按案值多少收的，如果把牛黄算在内，你就得交八千、八万了。"

满叔说："那你还是把牛黄算上吧。我们打个赌，我愿赌服输。这八百块钱我不出了，要是找到了牛，牛黄全归你。"

警察问："又是赌！你们村里人是不是很爱赌？"

满叔说："我没有讲村里人赌，他们打牌。"

警察说："是的，打牌。说说看，你们村里打牌多在哪几户人家？"

满叔问:“你问这个干什么?”

警察说:“你怕说是吗？你不知道，国家早明文规定了，打牌，包括打扑克、打麻将，属于体育活动，要大力提倡！你看看，我们派出所就我一个人值班，他们都搞体育活动去了。上头要评群众性体育活动先进户，你不要拦人家的好事哦！说说吧。”

“大礼家、陈萌家、有福家、伍珍家、陈麻子家、陈云生家……”满叔扳着手指，一户一户说了，生怕漏了一户。

警察点点头，很满意，说:“这次评选活动上头很重视，是件严肃的政治任务。我们派出所是评委单位之一，负责初步摸底。你要保密，回到村里，千万不要同别人说起这事哦！”

满叔说:“警察同志放心，我受党的教育几十年，人老心红，政治过硬，不会乱说的。那钱，我就不交了?”

警察说:“钱还是要交。你还不明白，你只是垫付。等案子破了，这钱得小偷出。”

满叔摇摇头说:“谁有本事让小偷出钱？小偷出钱，菩萨出血！”

警察正色道:“你得相信人民警察。”

满叔说:“万一破不了案呢?”

警察又道:“你得相信人民警察。”

“相信人民警察我也没钱出！”满叔说完就往外走。

警察追出来，说:“陈满生，你怎么回事?”

满叔说:“我不报案了！”

警察说:“不报了?你已经报了。”

满叔说:“牛我不要了。牛黄我都舍得了，还舍不得牛！”

警察说:“你不要了，也由不得你。小偷不光是偷了你家的牛，他还触犯了国家法律。我们得维护法律尊严。你想让我玩忽职守?”

满叔说:“我不管你们玩什么，我没钱。”

六

回家的路上，满叔老想着警察的胖屁股，心里就没气了。慢慢地他脸上就有了笑容。他想，就算把偷牛的贼摆在那警察面前，他也抓不住人家。胖成那样，说话都气喘，还能抓贼？一年不吃几头牛，也胖不成那样。真难为他了。

进了屋，翠娘正收拾家务，嘴里还在骂骂咧咧。见了满叔，问："报案了？牛呢？"

满叔说："你放心，我同警察说好了，要是找到了牛，牛归我，牛黄归他。"

翠娘故意说道："你真大方，牛黄白白地送人了。"

满叔说："堂客，你的觉悟就是低！哪是送人？送给国家！你一点不关心国家大事，就像往年林彪，是个不读书不看报的大党阀、大军阀！林彪要是活到现在，还要加上条不看新闻联播。你也不看新闻联播。国家有困难，三峡建设、南水北调、西部开发，都得花钱哪！警察哪会贪污我的牛黄？"

翠娘被弄得云里雾里了，不再理满叔，只顾自己骂骂咧咧了。翠娘骂起话来，很有创意，就跟讲故事似的，塑造了各种小偷形象，还为人家安排了很多悲惨的结局。

当天晚上，村里的狗叫得特别厉害。反正牛已丢了，满叔跟翠娘没谁在意。

清早醒来，听见外头吵吵嚷嚷的。满叔出门看看，见很多人站在坪里说话。原来昨夜派出所到村里抓赌，当场搜走了几万块钱。满叔的侄儿祥坨也被抓了，光他身上就搜出一千多块。

阳春说："这个祥坨，平日净装穷，昨夜他身上的钱最多！好了，都交给警察叔叔发奖金了。今年派出所的又过热闹年。"

满叔问："他人呢？"

"抓到派出所去了！要钱去赎。我哪有钱？"祥坨媳妇银花蹲在旁边哭。

翠娘骂道：“一个女人，管不好男人，算什么女人！”

银花抢白：“你那侄子，哪个管得了！”

突然，满叔像是火烫了背，哎哟一声，歪着嘴巴往屋里跑。回头喊翠娘：“堂客，你进来。”

满叔问：“派出所的到哪几家抓赌？”

“大礼家、陈萌家、有福家、伍珍家、陈麻子家、陈云生家……”翠娘一五一十说给满叔听。

满叔嘴巴张得像蛤蟆，过了老半天，骂道：“我捅他娘！”

翠娘感觉半天上一雷，问：“你骂谁？”

满叔说：“谁是胖子我骂谁！”

翠娘说：“你神经病！胖子惹你了撩你了？世界上胖子千千万，你捅得过来吗？”

满叔说：“胖子浪费布，胖子走路烂地方，胖子喝水喝得多，胖子连空气都要多咽几口！”

翠娘说：“陈满生，你越老越不像话了。”

满叔忽然跌坐在椅子里，说：“堂客，祥坨怎么会有这么多钱？前些天他不是问我们借钱吗？”

翠娘怔住了，说：“你怕是祥坨……”

满叔摇摇手，说：“错不了，肯定是这畜生偷的牛！他问你借钱，你不肯借，他说了什么鬼话？”

翠娘说：“他说没钱过年，只有去偷。我怕他是讲气话，哪知道他真的偷，从自己叔叔家开张！”

满叔说：“快去问问银花。”

翠娘出门没多久，回来说：“银花去她娘家借钱赎人去了。年头年尾的，人不能在班房里过年。”

七

天黑了，听得银花高声嚷嚷："雷打的，火烧的，不是我娘家出钱，你就在班房过年！"

一听，知道祥坨赎回来了。满叔同翠娘过去喊门："祥坨，你开门！"

银花开了门，还在嚷："幸得托了人，八百块出来了。要罚三千！"

祥坨坐在角落里，不敢望人。

满叔坐下来，说："祥坨，你自己承认就算了。"

祥坨抬起头："承认什么？"

翠娘说："要使人不知，除非己莫为。"

满叔说："你自己承认了，叔侄一场，算了。不承认呢？莫怪叔叔不认人。只要到了派出所，警察叔叔有办法让你承认！"

祥坨扑通跪在满叔跟前，痛哭流涕："叔叔，我不是人，你打死我吧！我也不想做人了。我想先把你牛卖掉打牌，赢了钱再买头牛还你。哪晓得我这么倒霉呀！人家天天赌没有事，我头回赌，就被抓了。"

满叔重重地扇了祥坨几耳光，骂道："你这个畜生！"

"哎呀，是你偷了叔叔的牛？我怎么风都没闻到？"银花在旁哭道，"满叔，你打死他都要得，就是不能让他去坐牢！他才从班房出来！"

祥坨道："快过年了，我屋里一两肉都没有。问满叔你借，你一句话，就是没有。"

满叔气愤道："我不借钱给你，你就要偷我牛？"

银花说："满叔，他不是人，你打他吧。"

满叔骂道："你若是我亲养的儿子，我要喝你的血！"

祥坨哭道："我爹早死了，叔就是我的爹。你就打死我算了。"

翠娘骂道："你从小就不学好，从我家盐水坛里酸萝卜偷起，如今开始偷牛了！小时候当你不懂事，如今你是养儿做爹的人了还不懂事？"

老两口回到家里，满叔叹息半晌，说："堂客，散财免灾吧，不能再让警察查了。真让祥坨坐了牢，他媳妇、孩子还不是我们照顾？毕竟是自己亲骨肉啊！”

翠娘骂道：“冤家，哪有这样不孝的侄子！”

可是过了几天，派出所不知从哪里听到风声，带走了祥坨。满叔慌了，忙求村长帮忙，全村人联名，要保祥坨出来。

银花站在满叔门前大骂：“俗话说，虎毒不食子。我祥坨不是你的亲儿子，也是你的亲侄子，自小跟着你长大，你就舍得把他送到班房里去！”

翠娘回道：“你讲不讲理？你满叔老早就跑派出所去了。他挨户求人做保山，要把祥坨保出来。你男人抓进去了，怪谁？怪我？怪你满叔？”

银花道：“谁知道是祥坨偷了牛？当面说得好，背后害人！你们不告谁会告？又没偷别人家牛，关别人什么事？”

八

派出所值班的又是那位胖警察，他看了看村民联名信，笑道：“你以为是旧社会？写个联名信，就能改变法律？”

满叔说：“祥坨是我自己侄子。”

警察说：“侄子偷叔叔的牛，也是盗窃。”

满叔说：“祥坨他爹死得早，我带大的。他从小就老实，胆小怕事。”

警察说：“搭帮他胆子小，胆子大些，要抢银行了。”

满叔说：“放了他吧，他家孩子还小。”

警察说：“你说放了就放了？孩子小偷牛就要放，没有孩子的就可以杀人了？”

满叔说：“牛我不要了，就当我送给他的。”

警察笑笑，说：“牛黄你还要不呢？”

满叔说：“你问问他，牛卖到哪里去了。你去访访，访到了，牛黄归你。”

警察说：“牛黄你还是自己拿着吧。你得把办案经费交了。”

满叔说：“我没钱，除非找到牛黄。警察，你把人放了。”

警察说："你是怎么回事？我们好不容易破了案，你口口声声要我放人。早知如此，当初你就不要报案呀！"

满叔说："我真的后悔报了案。"

警察说："你看你看，你的法律意识就是淡薄！"

满叔说："你的法律，我弄不懂。"

警察说："我替你挽回了损失，你没有半句感谢的话，还气冲冲地朝我来！"

满叔问："你哪里挽回我损失了？退了我的牛，还是赔了我的钱？"

警察说："案子还没有最后审结。牛钱、办案经费都问你侄子要。"

满叔问："那我祥坨，你们要怎么办他？"

警察说："怎么办？法办！坐牢是肯定的，只看几年！"

满叔脸吓得铁青："还要坐牢？你估计几年？"

警察说："当然坐牢！几年不是我说了算了，得法院判，依法办事！你没带钱，我会上你家里去的。反正我们还要去你家里调查取证。我们办案，以法律为准绳，以事实为依据。"

九

胖警察上门来了。

满叔说："牛我不要了，牛黄我也不要了，人你们抓走了，还来干什么？"

警察说："牛你可以不要，国家法律我们还得要。"

警察往满叔家屋前屋后转了圈，做了些笔记，然后坐了下来。翠娘倒了茶来，小心放在警察面前，马上躲进屋子里去了。

警察打量一下缺了口的茶杯，没有喝茶，只道："我已现场勘查了。"

满叔说："你不要勘查了，你再勘查，我也会让你带走了。"

警察说："那要看你表现。"

满叔说："我一贯表现很好，认真改造思想，辛辛苦苦劳动。当然，往日在生产队上也没评过劳模。"

警察说："劳模不劳模不关我的事。你把办案经费交了吧。"

满叔说："我除了骨头就是皮，反正没钱。我说牛不要了，也不要你办案了，行不行？"

警察语重声长的样子："陈满生，你得有法律意识啊！你丢了牛，不把牛黄算在里面，就值千把块钱，只是个小事。可这是刑事案件，犯罪分子我们不能放过。你必须积极配合公安部门调查。"

满叔说："我怎么不配合了？我该说的都说了，人你们也抓了。"

警察说："但是你没有按规定交办案经费！这就是阻挠办案！"

"我们哪敢阻挠破案？"翠娘在里屋答话，人不敢出来。

警察说："不配合我们工作，就是阻挠办案。犯罪分子我们要追究，阻挠办案的人也是要追究的！"

翠娘又在里屋说："八百块，太多了，能不能打点折？"

警察说："我们是按规定收费，又不是菜市场买小菜！"

满叔朝屋里嚷道："你真想出这冤枉钱？"

翠娘说："不出钱，让你去坐牢？"

满叔说："我又没犯法！"

警察说："看来，得向你们进行普法教育了。讲个故事给你听。有对男女在宾馆同住，没有结婚证，被抓住了，罚款三千！"

满叔说："我这辈子伙铺都没落过脚，还住宾馆！"

警察说："我没说完，你不要打岔。开罚单的时候，警察无意间问道，你们这是第几次在一起？两个男女忙说，我们是头一次在一起。警察马上说，你们是头一次在一起？罚一万块！两个男女慌了，问，为什么头一次在一起还罚得重些呢？你们猜，这是为什么吗？"

满叔说："这个警察脑子有毛病！"

警察大摇其头，说："陈满生呀，你这就是缺乏法律意识。他们如果经常在一起睡觉，说明是恋爱关系，最多只是非法同居，处罚从轻；他们是头一次，肯定就是卖淫嫖娼，就得重罚！这就是法制啊！你们得加强法律学习，不然哪，犯了法自己还不知道！”

满叔说：“我犯法就犯法，认了。修班房我也是出了钱的，那里有几寸地皮算我的，我该到里面去睡几天！”

警察说：“陈老，你莫要这样子。那是人民专政工具，就让害群之马去住。你要是真有困难，办案经费就免了。”

满叔说：“那我就感谢警察同志了。”

警察说：“我们派出所还要奖励你。这次我们抓赌成功，你是有贡献的，要发你八百块钱的奖金。奖金就不另外给了，同办案经费互抵。我们另外发个奖状给你挂在家里，让全村村民都向你学习。”

听警察这么一说，满叔早吓得脸色铁青了。翠娘从里屋跑了出来，压着嗓子骂道：“你这个老鬼，谁叫你多嘴？村里人要是知道你报了赌案，你还要不要在村里活下去？快七十岁的人了，越活越回去了！”

警察笑眯眯地：“大娘，你这话就不对了。陈老一身正气，大义凛然，我们都要向他学习。村民都像他这样，哪里还有偷盗？哪里还有赌博？”

翠娘哭了起来：“警察同志，你行行好，奖金我们不要，奖状我们也不要。我们出办案经费！”

警察收了钱，很沉重的样子，感叹说：“真是正不压邪，现实很严酷啊！整治农村社会治安任重道远！”

十

几天后，两位穿西装的来到满叔家。满叔一眼就猜出这两个人是城里的干部。

干部问：“哪位是陈满生？”

满叔答道：“我是。”

干部又问：“你就是陈满生？”

满叔说："是。"

干部问："是你家丢了牛吗？"

满叔回道："是。"

干部说："你是陈满生，就交三百块钱吧。"

满生惊得嘴巴都合不拢了，半天才问："办案费我已出了，还要什么钱？"

干部说："价值评估费。"

满叔听不懂，问："什么费？"

干部很耐心，解释道："你家牛丢了，公安破了案，抓住了盗窃犯。要给盗窃犯定罪，就得查清案值。案值懂吗？就是那头牛值多少钱。"

满叔说："还用查吗？一头当用牛，少的话一千一二百块，最多不超千五六。俗话说，长猪短牛，我那头牛膘体短，至少也值千三四百块钱。这个行情，乡下人都清楚。当然，要算上牛黄，就不止这个数了。"

干部说："不是谁都有权核定案值的，得依法办事。我们是物价局的。必须是我们物价部门出具的证明，才有法律效力。如果没有我们的证明，案值就定不下来，犯罪分子的罪也就定不下来，犯罪分子就得不到应有的惩罚。老人家，你明白了吗？我们替你的牛估价，得有偿服务。"

满叔说："我丢了牛，赔了办案费，再拿不出钱了。"

干部说："老陈，你得感谢政府才是啊！这么快时间，就替你破了案。不用打官司，你注定赢了。你赢了官司，三百块都不愿出，说不过去啊！我们没有按牛黄价收评估费，已经很优惠了。"

满叔说："我只有这把老骨头了，钱没有。"

干部说："你的骨头我们不要，又不是虎骨。你拿钱吧。"

满叔说："你就把我这骨头当虎骨卖了吧。"

干部说："听派出所的同志介绍说，陈老你的觉悟最高，全村人都应该向你学习。你不会为了这三百块钱就……"

翠娘忙打断干部的话："奖金和奖状我们都不要了，我们出钱！"

办案费八百块，加上案值评估费三百块，总共一千一百块，正好是头牛钱。如果连牛黄算在里面，那就是另外回事了。这是满叔家积蓄多年才余下的，翠娘天天关着门嚷。日子长了，外头人都知道了。

有人问满叔："听说你丢了一头牛？"

满叔说："哪是一头？两头！"

那人说："我听说你只丢了一头牛。"

满叔没好气："被贼偷了一头，被强盗抢了一头！"

满叔嘴巴不再像原先那样利索了，倒是脾气越来越坏了，总是摔东西。翠娘也有气，却不再在外头叫骂，只对满叔嚷："你摔什么呀？有本事就上派出所去呀！"

满叔怒道："你怎么不骂了呢？你满世界骂去呀！你敢出去骂，我提着茶壶跟在你背后侍候你！你骂得口渴了，我给你喂水！"

有日凌晨，满叔早早地醒了。听屋后有人路过，说着话儿。一听，便知道他们打了通宵麻将。

"昨晚你赢了。"

"赢？满叔赢官司！"

一个典故诞生了。

冬日美丽

冬天很少这么暖和，几乎天天出着太阳。田野里弥漫着一种似雾非雾的东西，你不把它看作尘埃，那就成了一派浪漫的朦胧，也很美丽的。太阳便有些迷离，远山像倦睡的老人。

柳川人种完了油菜种麦子，就很清闲了。喜欢玩牌的，搬了桌子放在场院里，晒着太阳玩。下注也不多，三五角一盘。想玩大的，就关着门到屋里玩去。小妹子搬了凳子，坐在檐下纳鞋底，或是织毛衣，顽童在树下猫着腰打麻雀。牛吃过了金黄的干稻草，很舒服地反刍，自在地打着响鼻。

这样的冬天，年轻人穿得薄，精神特别好，有一种莫名其妙的激动。

老人们却一脸忧患，说冬天暖和不是好事哩，明年年情肯定不好，会有大虫灾的。

俊生老汉在自家屋前晒太阳，他的脚边伏着一条大黄狗。主人和狗都已睡着。

这时，老汉的儿子来福跑了回来，叫道，爸爸，有人讲喜英死了，听刚从城里回来的人讲的。

老汉睁开眼屎巴巴的眼睛。哪个？哪个死了？

哇！我的苦命的儿啊！在屋里筛米的腊青老太太听明白了，哭得天响。

老汉这才从竹椅上弹了起来，身上破棉被掀落在地。死了？死了？

嗯，死了。来福答道。

怎么好好的就死了？他们家怎么不来报丧？老汉奇怪地问。

来福说，我怎么知道呢？听别人说，是她男人有银打死的，还敢来报丧？

老太太呼天抢地哭诉，去年春上就听人讲他两口子经常打架哪，我要你们去看一下她你们不去哪，早就听说有银嫌弃她了哪，早就听说他外面有女人了哪……

老汉冲老婆嚷道，怪这个怪那个，就怪你自己！我当初就讲有钱人家靠不住，你就是眼红。

来福劝道，你们不要吵了，人都死了还有什么吵的？赶快到桃坪去，看到底是怎么回事。

乡亲们聚到老汉屋前，熙熙攘攘一片。支书春生也来了。

老二来禄刚才正在别人家打牌，闻讯赶了回来。他的火气大，怒目圆睁。他妈的，到桃坪去，把狗日的有银打死偿命，把他们家铲平了！

春生忙摇手，说，要不得，要不得。又还不知道到底是怎么回事。就算是有银打死的，杀人偿命，有法律哩。

老汉恳求春生，你是支书，又是喜儿叔辈。如今出了这事，硬要麻烦你了。

春生显得很仗义，答应陪他们走一回。这事我当然要管。这么大的事，要是没有个处理，我们姓刘的女儿嫁出去，还想有好日子过？

桃坪挨近县城，这几年那里很多人富了。乡里妹子没福气嫁到城里去，能嫁到桃坪，也算是最好的姻缘了。俊生老汉的两个儿子都长得粗鄙，只有喜英水灵灵的，不像个乡里妹子。乡里人都说这是破织机上织好布。腊青老太听着很得意。喜英同有银是自己好上的。有银是建筑包头，在城里很出名，城里女人只肯同他睡觉，而且会玩许多花样，就是不肯嫁给他。喜英比城里女人还漂亮，又绝对靠得住是黄花闺女，他就娶了她。老汉本不同意的，可喜英早住进有银家了。老太太说，生米煮成熟饭了，算了吧。再说女儿能有这么一个好人家，也是她的福分。老汉偏不信，说你试试看，到底是福还是祸。

不料老汉的话果然应验了。

柳川到桃坪有十几里小路，没有车坐，只得走着去。春生一路上交代老汉千万不要乱来，要讲理，讲法。天下只有打不清的架，没有讲不清的理。你仗着火气打死了人家，同样要偿命，摆着赢理成输理了。忍得一时之气，免得百日之灾啊!

老汉问，喜英要是真的是打死的怎么办?

春生说，那还用问?到法院去告就是了。

真是打死的?老太太说，我也不要这条老命了，先同他拼了算了。

那不行，那不行。春生又反复劝说。

老汉说，要把丧事办得热热闹闹，莫要讲我们姓刘的是好欺负的。我养到这么大的女儿，就叫他这么一顿打死了，不能便宜了他，不赔个三五万抚养费不放手！非把他家搞个倾家荡产不可！

春生说，不过都得讲法，讲理。

老汉一路上还怀着一丝侥幸，巴望是别人误传了消息。可远远地却望见了有银家屋前黑压压许多人。人只怕是真的死了。老汉不禁浊泪纵横。

大家见喜英娘家来人了，忙闪开一条道来。只见喜英被安放在场院一角的案板上，还没有入殓。老太太忘命地扑上去，摇着女儿僵硬的身躯哭喊。我的苦命的儿哪，你怎么就去了哪，你留着我老娘还有什么用哪……

老汉本已是满腔愤恨，这会儿又见女儿没有放在中堂，更是火上加油。便高声喊道，张有银！你畜生出来！你畜生出来！

有银没有出来，他老妈出来了，劈头就问，你们是来奔丧的，还是来打架的？

腊青老太揩了一把眼泪，质问道，我的女儿是怎么死的？为什么丧也不报？为什么不放在中堂？她还怀着你们家骨肉，你们好心毒哪！我的儿哪！老太太不等别人接腔，又放声大哭。

有银妈见亲家母不好搭话，就转向亲家公说，这小两口恩恩爱爱的，就是脾气不好。昨天也不知为什么事又吵了架。夫妻间吵架吵就吵了，也不是个稀罕事。可是喜英性子太烈。有银吵完之后，就没事了，跟我说了声，有业务要上广州去，就连夜赶火车去了。谁想到，喜英怎么就想不开，关在房里喝了农药。

腊青老太不信，嚷道，喝了农药？那么容易就喝了农药？我要你喝你喝吗？反正是你们家害死了她！我女儿哪一点不好？不忠不孝还是不守妇道？

这时，乡里管理政法的副书记来了。问，你们是死者亲属吗？我姓宋。说着他就见了春生，招呼道，刘支书也来了？那好说。春生立即变得恭敬了，点着头叫宋书记忙。

宋书记说，我们调查过了，死者是服毒自杀的。你们要相信组织。至于怎么处理，你们两家先商量一下。我的意见是，这是个一般性民事案件，双方都体谅体谅，协商解决算了。说到底还是亲戚道理嘛。

这么说，有银还不知道家里出事？春生问。

有银妈回说，是哩。

老汉说，先不说怎么死的。我女儿到你们家也有两年多了，生是你家人，死是你家鬼。怎么不放在中堂？

有银妈说，喜英不是死在屋里，算是伤路亡，怎么可以放在中堂？亲家公也是老辈人，这个礼都不懂了？

老汉反问，这就怪了。你不是说我女儿是在屋里喝的药吗？怎么又死在外面?

有银妈指了指停尸的地方，说，我是今天清早才看见她躺在那里的。

宋书记接过话头，说，公安来调查过，确认死者喝过农药之后，有些后悔，准备自己上医院去。可是一出门就不行了。

春生有些疑问，说，宋书记，我有句话要说，不对你再批评。服毒的人我见过的，药性发作，痛得不得了，会大喊大叫，满地打滚。怎么就没有人听见?

有银妈说，这屋前就是公路，整夜有汽车来来往往。对门又有一家夜总会，天天晚上鬼叫鬼叫的，要闹到两三点钟。这样就是外面有动静我们也不在意。

老汉见盖在女儿脸上的红布在风中飘摇着，很凄凉的样子。他想暂时不去问人是怎么死的了，得先让女儿停到中堂去。便问有银妈，喜英死的那个地方是你家屋场吗?

有银妈不知傻生老汉的用意，惑然道，是呀，干什么?

这就对了，老汉说，喜英既然是死在屋场内，就应算是死在家里，不算是伤路亡，应放在中堂。

有银妈不依。哪有这个道理?

老汉自认有了理，硬得很。怎么不行？宅基地是国家发了证的，喜英死的那个地方是红线以内，让她停在中堂合理合法！你凭宋书记说!

宋书记哪里懂得什么伤路亡的旧礼?但听老汉半通不通的法律意识，不知从何说起。

见宋书记一时没有反应，老汉来火了。你们不让？好好，我们自己动手抬进去。说着就招呼两个儿子动手。他想看那样子春生怕宋书记，我一个平头百姓怕个鸟!

说话间，有银家的亲戚朋友一齐拥了上来。宋书记见这场面不对，弄不好要打架，就连连摆手，都先不动，都先不动，让我做做工作。要相信组织，要相信组织!

宋书记叫有银妈进屋商量一下。

好一会儿，宋书记出来说，有银家里人通情达理，还是同意死者停在中堂。俗话说，五里一习，十里一俗。按这桃坪规矩，本来不可以停在中堂的。人家说，既然你们家硬要停在中堂，也只有依了。只好过后花钱请先生打扮打扮了。

于是在一片哭声中，大家帮着移尸中堂。灵位布排，一应如仪。

这时老汉忽然觉得不对劲。他知道这家人财大气粗是出了名的，伤路亡停放中堂，有败风水，他们家怎么这么快就答应了？莫非自觉理亏，做贼心虚？喜英的死一定有名堂。他把这想法同春生讲了，春生好像拿不准，说那也不一定。

老汉上前揭开女儿脸上的红布，只见女儿死灰色的脸上有几处暗黑色印迹。又凑近闻闻，不见一丝农药味儿。他招呼春生过去。春生一见，心里也明白了八九分。他只是口上不好说。

老太太让所有男人都避开，自己解开女儿衣扣，只见遍体鳞伤。顿时又悲上心头。我的儿哪，你死得好惨哪！明明是叫人打死的，人家硬是说你是自己喝农药死的哪！我的儿哪，你睁开眼睛自己说呀，你自己不说谁给你做主呀……

宋书记听了，厉声喝道，你讲话要负责任！我讲是自杀，你们硬要讲是他杀，影响多不好？到底是依法办事，还是由你们自己去闹？我反复强调，要相信组织，相信组织，就是不听！我们乡连续三年没有发生过刑事案件了，是社会治安模范乡。你们这么一闹，要是把模范乡的帽子闹丢了，由你们负责!

宋书记的威严镇住了大家。老汉望着春生，想让他讲句话。春生却把目光躲过去了。老汉心想，我家人都死了，我怕个鸟！便壮着胆子说道，我女儿明明满身是伤，怎么不是打死的?

宋书记说，这你就不想事了。春生也知道，人喝了农药，药性一发，痛得满地滚，哪有不伤的?

春生便点头，是的是的。

但老汉一家还是不心甘，说硬要有个说法，要求请法医验尸。

宋书记很不高兴了。案子他已做主定了，俊生一家的要求太驳他的面子。他一副无所谓的表情。那好办，既然你们不相信组织，不相信我姓宋的，我也就不管了。他知道，县里只有一个法医，忙得全县四处跑，一时是请不到的。

有银妈听说要请法医，便说了，我有话说在前，有屁放在后。你们要请法医，你们请去，这开支你们自己付。还有，我们请先生看过日子了，喜英明天出门。要是法医一两天请不来，拖了日子，多出开支你们自家出。凭春生支书讲是不是?

春生知道这是有意将他，也只得支吾道，按说，按说也是这个道理。

老汉一家没有想到这一层上来，一时不知怎么回别人。腊青老太太却不管三七二十一，嚷道，我不讲别的，反正我女儿死了，死在你们家里，硬要弄个明白，钱我是没有出的。老汉也来助威，就是这样，就是这样!

一时又把人是怎么死的放在一边了，只为谁出钱的事争个不休。

宋书记见两家争来争去就是那几句话，他又开了腔。我说我不管了，但我人还在这里，又不能不管。俗话说，桥归桥，路归路。你们死了女儿值得同情。但要讲到出钱的事，就是有银妈的那个理。

这话刺激了来福兄弟。怎么？欺负我们家没有钱吗？我们就是砸锅卖铁，也要为我妹妹讨个公道！要是真的是狗日的打死的，要他的脑蛋开花!

宋书记说，开不开花，不是你说了算，也不是我说了算，有法律哩。据我们调查，他们小两口平时虽有些小打小闹，但还算是恩爱夫妻，说是有银打死的，鬼都不信。再说，若是失手打死的，也不要偿命哩。

有银妈听了这话，脸色就不对劲了。宋书记马上发现自己的话可能被人抓了辫子，忙补了一句，我再次申明，这只是假设。根据我们公安调查，死者的确是服毒自杀的。

有银妈这会儿忽然悲上心头，哭着说，喜英这孩子平日孝顺、勤快、又守规矩。如今死了，我们不难受？虽说不是我的亲骨肉，就算在路上捡的，养两年也养亲了。现在到了这一步，我们两家还是亲戚道理，该把这丧事好好儿办了才是个正理。何必硬要打官司，搞得两家日后不好相见呢？退一万步讲，就是打了官司，也是俗话说的，赢了官司散了财。又图什么呢？

俊生老汉哀叹一声，说，我只是要弄个明白，不说什么输赢。人都死了，还能赢到哪里去？

宋书记从老汉的语气里听出了一些名堂，就说，出了这事，双方都难过，死者家属更伤心。我有个建议，你们要是相信组织呢，就依我的建议；要是不相信组织呢，又是另一回事了。春生既是你们村支书，又是死者的叔辈，就让他作代表，先同有银妈个别商量一下，我做中人。你们看怎么样？

春生答应也不是，推托也不是。俊生家明知春生怕宋书记，不敢替自家说多少硬话的，但人家毕竟是支书，只得同意了。春生到底见识多些，猜想这事最后的处理，要么是打官司，要么是赔钱。看这阵势，八成是赔钱了事。便把俊生拉到一边问，要是赔钱，你开口多少？俊生想了想，说，至少一万五！丧事要办得热闹，开一百五十桌，刘姓人一户来一个人吊丧。

有银妈领着宋书记和春生到了里屋，把门关了。外面仍是闹哄哄一片。

自然是宋书记先说。我的意见是，事情并不复杂，能简单了结就简单了结，俊生家不要过分纠缠。死的毕竟是人家的女儿，你们家在经济上就要破费一些，对人家也是一个安慰。验尸我是不主张的。不是我讲不负责任的话，就算是有银打死的，让有银偿了命，谁家又得了什么好处呢？人反正死了，照原样赔也赔不出来了。再说又不是人家打死的。春生你是当支书的，要支持乡党委，多做一点工作。不然，这个简单的民事案件上升成了刑事案件，你也有责任啊！你们今年能否保住治安模范村的帽子，就看这一回了。

什么模范村春生倒不在乎，只是怕得罪了宋书记，自己支书的位子就保不住了。宋书记讲的也的确有理。他也知道，俊生家境不好，来禄快三十岁的人了，还是光棍一个。人家要是赔几个钱，只怕他们家也会依的。但他不能就这么当着宋书记表态了。只说，宋书记的意见很正确。不过我看先做做工作，要不然，人家会说，女儿怎么死的都不弄明白，赔几个钱就想了事?

这话有银妈听了不太中耳，但她不便明里怪春生，就说，还是宋书记讲得在理。我们出几个钱，也只是尽个心意，亲戚道理嘛。真的按理说了，这钱我们还不该出哩。喜英不在了，在你家是死了女儿，在我家是死了媳妇，一个理儿。我给你家出钱，谁给我家出钱呢?

宋书记问春生，你看怎么样？有银妈讲的是入情入理哩。春生埋头想了一下，说，也只好这样了。他便转达了俊生家的意思。钱要一万五，办丧事开一百五十桌，刘姓人一户来一个人。

双方又为这些细节讨价还价。最后说定了，有银家出一万二千块钱，开六十桌，只请娘舅直亲和五服内刘家人。

既然说定了，宋书记也就放心了。说，双方深明大义，这就对了。我代表乡党委向你们表示感谢。不过应该有个字据，不能空口无凭。还有，那一万二千块钱，也不能叫什么赔偿费，而是父母养老费。于是，宋书记口授，春生笔录，最后抄正，形成了一个协议，一致确认喜英服毒自杀。

协议立好了，宋书记又说，我再次强调一下，等会儿双方一签字，这就是法律文书了，具有法律效力。春生你有把握做好工作吗?

春生这时好像彻底明白了，喜英无疑是有银打死的了。看样子谁都明白，宋书记明白，有银一家更是明白。他感到内疚，自己把俊生一家出卖了。

不，也许俊生一家也明白了。

春生却无可奈何，只得说，我做好工作吧。

屋内进行这一切的时候，外面仍在闹个不停，就像战争，前线将士还在白刃相见，政治家们早在谈判桌上碰杯了。

春生出门叫了俊生老汉进来。老汉坐下苦着脸，一言不发。

怎么样? 宋书记问。

一万二千块钱就买一条人命?

亲家公话不可这样说。我们这也只是替喜英尽个孝心。

宋书记出面打圆场。有银妈，依我一句话，再加一千块，也让老人家顺个心。

有银妈叹道，别人老以为我家钱多得当床板草垫，其实又有几个钱呢？再加五百吧。等我家情况好些了，亲家公有什么困难，只管开口。

总算说好了，俊生和有银妈都签了字，按了手印。宋书记握着老汉的手，说，老人家，感谢您啊，我宋某人感谢您，乡党委感谢您。又回头对春生说，关键时候，群众还是有觉悟的嘛，问题在于我们要做过细的思想政治工作嘛。春生点头称是。

事情处理好了，大家都舒了一口气。天也黑了。宋书记很忙，就告辞了。看热闹的人终于知道了一个结果，也心满意足地散了。有银妈便吩咐把灵堂再整一下，要像个样儿。还得请人写一副好挽联，喜英是一个孝顺儿媳哪。最要紧的是赶快去人把棺材买回来，晚上要入殓。

腊青老太留下来哭丧，来福也留下帮着料理。俊生老汉同春生、来禄马上回去，还得挨户通知三亲六眷和五服内族人明天来吊丧。

气氛安详多了。老太太恢复了亲戚的位置，受到尊重。因为女眷不多，哭的人少，不太热闹。这是丧事的大忌。有银家就拿录音机来，把老太太的哭诉录下，反复播放。老太太的哭诉就是一篇凄婉的悼词，听了的人无不落泪。

晚上八点多钟，喜英入殓，哭声大作。

忙完之后，有银妈把腊青老太叫到一边，说有事商量。老太太早不生气了，揩干了眼泪，心平气和地说，有事就直说吧，只要让女儿热热闹闹去，我也就安心了。有银妈说，亲家母你是知道的，有银不在家，他兄弟几个也都在外面，家里没人手。我也老了，理不了事了。你两个儿子很能干。我想这样，办丧事估计要四千块，我家干脆出五千，由你家出人操办，省得我们请别人。这也是俗话说的，请人哭娘不伤心。

腊青老太一时没有想过来，低着头不说话。有银妈就难为情了，说，不是我家仗着有几个钱就推担子，我家哪有什么钱？我家实在是没人手。

就算是请你们家帮忙吧，又不是外人。

可以，那得马上去请他们回来。

老太太把来福叫到一边，说，你赶快回去，明天来吊丧的，只通知几家直亲，其他人就不要喊了。来福不明白意思，说怎么又变卦了？老太太生怕别人听见，又把儿子往一边拉一下，说，你怎么还不明白？他们家给五千块钱,丧事我们自己打经管,余下的是我们自己的。来福一想，也有道理。但只怕爸爸和老弟早已把人通知到了,又马上回去封山（方言，指改变主意之后去回话），不太好，人家知道明天中午有顿牙祭，准备早饭都不吃的，这会儿又不叫人家来了，真过意不去。老太太见儿子仍站着不动，就急了。还不回去，人家睡觉了，要把别人从床上叫起来讲?

来福想想，只喊直亲的话，加上有银这边的亲戚朋友，最多十来桌，花个一千四五百块钱也就打发了，也能弄得热热闹闹。可以余下三千四五,还有那一万二千五,一共万五六了。还是硬硬头皮回了人家吧。于是急忙回赶。

次日，丧事办得也蛮有排场。

办得热闹的丧事是很让人羡慕的。特别是一些老太太，都说喜英这一辈子到底还是值得，人这么年轻，事儿办得那么气派。

又是一个祥和的黄昏。快过年了，小孩子早早地开始玩爆竹，村里就有了稀稀落落的噼啪声。村边的小溪映满落霞。女人们在浆洗衣服。这是柳川人的旧俗，年前要洗洗扫扫，过个干净年。闲扯着，就扯到喜英了。腊青老太太叹了一声，说，喜英那口棺材，他们家硬说花了三千八，还给了我一张发票。哪会这么贵？春生也没有同他家讲好这钱该谁出，他们家硬是少付了我三千八百块钱养老费，你说气人不气人?

图书在版编目（CIP）数据

漫水 / 王跃文著. —长沙：湖南文艺出版社，2018.8（2021.2 重印）
ISBN 978-7-5404-8791-1

Ⅰ.①漫… Ⅱ.①王… Ⅲ.①中篇小说—小说集—中国—当代②短篇小说—小说集—中国—当代 Ⅳ.①I247.7

中国版本图书馆CIP数据核字(2018)第158022号

MANSHUI
漫水
王跃文 著

出 版 人：曾赛丰
选题策划：龚煌景（龚湘海）
责任编辑：龚煌景（龚湘海） 苏日娜
版式设计：周基东工作室
湖南文艺出版社出版、发行
（湖南省长沙市东二环一段508号 邮编：410014）
网址：www.hnwy.net
湖南省新华书店经销
长沙超峰印刷有限公司印刷

版次：2018年8月第1版
印次：2021年2月第4次印刷
开本：970 mm×680 mm 1/16
印张：15.25
字数：210千字
书号：ISBN 978-7-5404-8791-1
定价：28.00元

本社邮购电话：0731-85983015